소림

小林
三十七房

삼십칠방

Fantastic Oriental Heroes

몽월 新무협 판타지 소설

소림삼십칠방 1

몽월 新무협 판타지 소설

초판 1쇄 찍은 날 § 2007년 4월 4일
초판 1쇄 펴낸 날 § 2007년 4월 14일

지은이 § 몽월
펴낸이 § 서경석

편집장 § 문혜영
편집 § 서지현 · 심재영

펴낸곳 § 도서출판 청어람
등록번호 § 제1081-1-89호
등록일자 § 1999. 5. 31
어람번호 § 제2-1167호

주소 § 경기도 부천시 원미구 심곡1동 350-1 남성B/D 3F (우) 420-011
전화 § 032-656-4452 팩스 § 032-656-4453
http://www.chungeoram.com
E-mail § eoram99@chollian.net

ISBN 978-89-251-0630-4 04810
ISBN 978-89-251-0629-8 (세트)

소

림

1

新

삼십칠방

FANTASTIC ORIENTAL HEROES

책
람

小林三十七房

목차

序章 1

　본래 소림사에는 무예를 익히는 방(房)이 서른다섯 곳이 있었다.

　힘이 없어서 억울한 일을 당하는 일반 백성을 위해 무술을 가르치자는 고승 삼덕(三德)의 제안으로 출가하지 않은 속가 제자(俗家弟子)들을 가르치는 한 개의 방이 더 생겨나 모두 삼십육방(三十六房)이 되었다.

　그런데 언젠가부터 소림에 한 곳의 방이 더 있다는 소문이 은밀하게 나돌았다. 서른여섯 개의 방 말고 또 한 개의 비밀스런 방이 있다는 것이었다.

　'그 방(房)은 무척 험난하고 고독한 곳이다. 위력적이고 놀

라운 곳이지만 함부로 문(門)이 열리지 않는다. 바람이 불고
비가 오지 않는 한 누천년이 흘러도 굳게 닫혀 있다’ 고 했다.

삼십칠방(三十七房).

신비하며 때로는 악마의 모습을 갖췄다는 삼십칠방에 대
한 소문은 입에서 입으로, 귀에서 귀로, 바람에서 바람으로
전하여지고 세세연년 끊임없이 중원을 하늘을 떠다니고 있었
다.

序章 2

빠르다.

칼은 뇌전이었다. 지나갔으나 보이지 않았고, 움직였지만 그 자리에 있었다.

쾌(快).

빠르면서 처음부터 그곳에 있다.

칼은 그곳, 그 자리에 조용히 결가부좌하고 있었다.

붉디붉은 선홍색 물길이 벽에 생기지 않았다면 아무도 결코 칼이 움직였다는 것을 인정하지 않았을 것이다. 전율과도 같은 잠깐의 비상에 또 하나의 생명이 꿈틀거리지도 못하고 조용히 이별을 고한다.

눈[目].

그것은 맑았다. 너무 투명하여 퀭하니 뚫린 것처럼 반짝이고 유려한 눈이 텅 빈 복도를 주시한다. 아무것도 없지만 맑은 그의 눈은 가파른 파장을 일으켰다.

두 걸음을 딛고 또다시 왼쪽 옆구리 도집에 들어가 있던 칼이 비상을 한다.

쉭!

침침한 어둠이 반으로 갈라진다. 어둠의 표면은 매끄러웠고 기름을 칠해놓은 듯 반짝거리기까지 했다. 도기(刀氣)에 의해 분리된 어둠은 한참을 그렇게 한 몸이었으나 두 개로 나누어져 서로를 마주 보았다.

스으으!

갈라졌던 어둠이 다시 하나가 되어 처음 그대로의 캄캄함을 유지할 때쯤 우측 기둥에서 또 한줄기의 선혈이 흘러내렸다. 숨어 있는데도 저항이 없다는 것은 이쪽의 존재를 모르고 있다는 뜻이다.

어린아이의 초롱초롱한 눈을 닮은 사내의 시선이 다시 좌측 천장을 쳐다보았다.

그리고 뻗어가는 칼 빛.

쉬악!

여전히 비명도 없고 천장을 타고 떨어지는 붉은 피만이 그곳에 사람이 숨어 있었음을 말해주고 있었다.

벌써 열다섯 명째였다. 하나 아직도 네 개의 온기가 이목에 잡히고 있었다. 그렇다면 이 복도에 모두 열아홉 명의 생명이 숨어 있었다는 뜻이다.

정보는 사명십구(死命十九)로 불리는 열아홉 명의 호위무사가 침입자를 가로막고 있다고 했으므로 정확히 맞아떨어진다.

쿠쿡!

연이어 두 번 칼이 휘둘러졌다. 또다시 어둠이 산산조각났고 회색빛 복도의 좌우 벽에서 붉은 선혈이 배어 나왔다.

'열일곱.'

사내는 속으로 나직이 중얼거렸다.

남은 두 개의 생명을 찾아 사내의 눈이 번득였다. 복도 끝에 있는 방문을 삼 장쯤 앞에 두고 좌측 벽에 걸린 조그만 촛대 하나가 사내의 이목을 붙잡았다. 봉황 문양을 한 촛대에는 팔뚝만 한 황초 하나가 꽂혀 있었는데 불이 꺼져 있었다.

방 안에 주인이 있을 때는 촛불이 꺼져 있다고 했는데 이 또한 정보와 맞아떨어진다.

싹!

칼이 황초를 정확히 양단했다.

순간 노란 황초가 붉게 물들었다. 잠영술이 입신의 경지에 이르지 않고서는 결코 황초와 같은 작은 물체 속에 은신할 수 없다. 마지막 한 명의 은신처는 이미 찾아낸 듯 사내의 발걸음은 복도 끝에 있는 방문을 향해 당당하게 걸어갔다.

슈왁!

한 마리의 청룡이 똬리를 틀고 있는 방문을 향해 사내의 칼이 뻗어갔다.

청룡이 갈라지며 붉게 변했다.

쿠웅!

칼은 문까지 두 조각내어 버렸고 사내는 조각난 문을 밟으며 방 안으로 들어섰다.

멈칫!

기세등등하게 방 안으로 들어서던 사내의 걸음이 얼어붙듯 그 자리에 멈췄다.

빛을 싫어해 항상 어둠 속에서 생활한다는 불 꺼진 주인의 캄캄한 방에 어림잡아 일백 쌍은 될 것 같은 불꽃이 번득이고 있었다.

그것은 눈이었다.

어둠 속에서 빛나는 야수의 눈처럼 입구에 선 사내를 향해 번득이고 있었다.

"……."

자신이 함정에 빠졌다는 것을 이해하기까지는 그리 오랜 시간을 소비하지 않았다.

문득 사내의 눈썹이 찌푸려졌다.

그것은 어떻게 자신이 침입할 줄 알았느냐는 것이었다. 자신의 움직임은 명령 체계에 있는 사람 말고는 아무도 모른다. 절대 밖으로 누설될 수 없는 것이다.

"어떻게 그대가 올 줄 알았느냐는 의문이로군? 어리석군. 세상에 비밀이 존재한다고 생각하나?"

그렇다. 세상에 결코 비밀이란 없다. 하나 사내의 눈은 여전히 이해할 수 없다는 표정을 짓고 있었다. 자신의 오늘 방문을 아는 사람은 두 사람뿐이다. 한 사람은 명령을 내린 사람이고 또 한 사람은 자신의 분신과도 같은 사람이다. 결국 의심은 둘 중 누구에게서도 발견되지 않았으므로 사내의 찌푸려진 인상은 펴질 줄 몰랐다.

"환영하네. 어서 오게, 북사."

주인이 말했다.

그리고 방 안을 채우고 있던 빛들이 천천히 다가들기 시작했다.

방 안에 전운이 감돌았다. 지독한 피의 향기를 잔뜩 머금은 공기가 터질 듯 팽팽해졌고 사방에서 죽음의 아귀들이 너털웃음을 흘리며 날뛰기 시작했다.

바야흐로 전쟁이 시작된 것이다.

"정확히 백여덟. 이들이 바로 제왕성의 신성 백팔룡(百八龍)이로군?"

"그렇다네. 오직 그대를 위해 만들어진 용사들이지."

숨 막히는 힘이 밀려들었다. 전신을 파열시킬 것 같은 거센 압력에 북사의 입꼬리가 기세 좋게 말려 올라갔다.

'좋아.'

이윽고 북사의 얼굴에서 미소가 사라졌다.

그리고 유리알처럼 투명하고 맑은 두 눈이 변했는데 순식간에 짙은 혈안으로 바뀌었다. 핏속에 담갔다 막 꺼내놓은 듯 붉게 채색된 눈빛은 아무런 생기도 담겨 있지 않는 음울한 악령의 동공이었다. 가혹하게 돌변한 북사의 눈빛에 백팔룡이 거칠게 흔들렸다.

'저게 바로 북사의 본모습인가?'

스으으!

북사의 혈목이 부풀기 시작했다.

그것은 붉은 아지랑이처럼 아른거리며 얼굴 전체를 감싸며 칠공을 흐트러뜨려 버렸다. 순식간에 사람의 얼굴이 사라지고 거기에는 흐릿한 괴물의 영상이 물결처럼 어른거리더니 두 개로 분리되기 시작했다.

"앗!"

"혈목분령이닷!"

잠영술이 아니다. 그렇다고 배교에서 전해오는 이체분술은 더욱 아니었다. 불가에서 내려오는 최고의 살도법(殺刀法) 한 가지를 완성하면 두 개의 몸으로 분리된다는 혈목분령이었다.

"쳐라!"

유일한 방법은 나눠지기 전에 공격해야 한다. 하나의 목숨이 두 개가 되기 전에 손을 써야 했다. 두 개 중 한 개만 죽여도 소용없다. 살아 있는 다른 하나의 목숨이 존재하는 한 죽지 않는다.

쏴아아!

백팔룡이 일제히 북사를 향해 덤벼들었다.

하나 그들의 공세가 몸에 닿는 순간, 정확히 실내에는 두 명의 북사가 서 있었다.

第一章

미명(未明)

시련의 연속 끝에 마침내 웅크렸던 몸을 일으켜 창비한다!

복수를 위해 제왕성에 뛰어든 소년에게 닥친 엄청난 고난과

신비하며 때로는 악마의 모습을 갖춘 소림사철방의 등장!

험난하고 고독하며 위협적이고 놀라운 곳, 그곳의 문이 열린다!

『소림사철방(少林三十七房)』

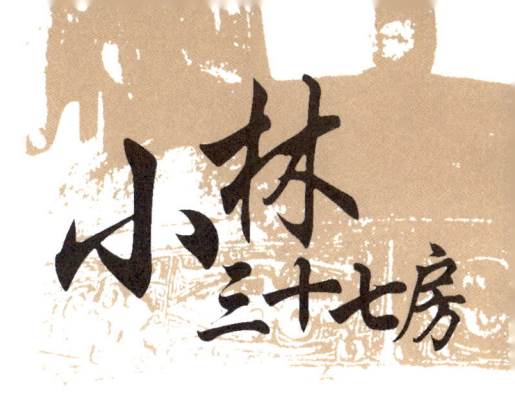

小林三十七房

노관은 구화산 인근에 있는 조그만 도시로 한나라 때는 노광으로도 불렸다. 구화산은 각종 기화이초가 풍부하여 일찍부터 노관은 약재 시장이 발달했고 오강으로 빠지는 도로가 생겨나면서 장강 연안의 물류 중심 지역으로 급부상했다.

"주루의 생명은 친절이다. 더 이상 맛의 시대는 갔느니라. 오로지 친절만이 엄혹한 경쟁에서 살아남을 수 있다는 것을 우린 잊어서는 안 될 것이다."

이른 아침 대월루의 주인 오공삼이 여느 때와 마찬가지로 주방장을 포함한 다섯 명의 점원을 모아놓고 조회를 하고 있었다. 오공삼은 올해 예순다섯의 나이로 삼 대째 대월루를 운영하고 있었다. 슬하에 사남오녀의 자식을 두었는데 안타깝게도 병으로 모두 잃었으며 엎친 데 덮친 격으로 보름 전에는 부인까지 달리는 말에 치어 죽는 사고를 당했다.

"친절은 말도 춤추게 할 뿐 아니라 사람을 기분 좋게 한다. 급변하는 중원 정세에 능동적으로 대처하고 인근 주루와의 경쟁에서 살아남기 위해서는 오로지 첫째도 친절, 둘째도 친절, 셋째도 친절해야 한다는 것을 명심하기 바란다. 그럼 어떻게 처신을 하는 것이 손님에 대한 친절이냐?"

잠시 목이 컬컬한 듯 오공삼이 옆에 놓인 물컵을 들어 마셨다.

"친절이란 별것 아니다. 알고 보면 친절처럼 쉬운 것이 없다. 그냥 손님이 오시면 허리를 깊숙이 숙이고 최대한 웃는 표정으로 어서 오십시오, 하면 된다. 손님을 향해 무조건 허리를 구부리는 것이야말로 친절의 본질이고 전부다. 알겠느냐?"

"예옛!"

"그리고 오늘도 강조하는 것이지만 무림인들을 조심해라. 무림인들은 단순무식하다. 그래서 수틀리면 일단 때려죽이는 게 대수인 놈들인 만큼 절대 그들의 비위를 거슬리지 마라. 그럼 오늘 하루도 열심히 친절하자."

조회가 끝나고 점원들은 각자의 위치로 흩어졌다.

이혈능은 출입구를 향해 다가갔다. 손가락 굵기의 걸쇠를 뽑아내고 닫힌 출입문을 활짝 열었다. 한데 문이 열리자마자 기다렸다는 듯 흑백의 두 노인이 들어섰다.

이혈능이 깜짝 놀라 말했다.

"구 영감님 아니십니까?"

백의를 걸친 노인이 미소를 지었다.

"헛헛! 그동안 잘 있었는가? 주루가 텅 빈 걸 보니 우리가 첫 손님인가 보군?"

백의노인은 텅 빈 주루를 스윽 한 번 휘둘러보더니 안쪽 창가에 자리를 잡았다.

두 노인 모두 칠십가량 되어 보였는데 오른쪽에 앉은 흑의노인은 세모꼴 두상에 양쪽에 흉터로 보일 만큼 깊숙한 보조개를 갖고 있었는데 눈매가 매우 날카로웠다. 그에 반해 왼쪽의 구 노인이란 사람은 바람이라도 불면 날아갈 것처럼 비쩍 야위었는데 키도 작달막하여 볼품이 없었고 허리에 아홉 개의 매듭을 차고 있었다.

"그동안 별일없었는가?"

구 노인의 미소 띤 얼굴을 보며 이혈능이 환한 웃음을 지었다.

"헤헤헤! 저 같은 놈이 무슨 별일이 있겠습니까? 오늘은 뭘 드릴까요?"

이혈능은 올해 열다섯 살로 이곳 대월루의 점원이었다. 네 명의 대월루 점원 중에서 가장 나이가 어리고 체격도 제일 작지만 눈치가 빠르고 인사성이 밝아 주인의 신뢰가 깊었다.

구 노인이 웃으며 입을 열었다.

"항상 먹던 걸로 주게."

구 노인은 대월루의 단골이었다. 그가 대월루 출입을 시작한 것은 반년쯤 되었고 미리 앞서 온 손님이 선점하고 있지 않으면 자리도 항상 저잣거리가 내려다보이는 서쪽 창가를 고집했으며 시키는 음식도 한 가지로 일정했다.

이혈능의 고개가 오른쪽 흑의노인에게 돌아갔다. 구 노인과 달리 오늘 처음 보는 노인이었다.

"이쪽 어르신께서는 무엇을 드시겠습니까? 참고로 저희 대월루에는 못하는 음식이 없다는 것을 말씀드리겠습니다. 혹시 구화산 촌구석인 만큼 이런 음식은 없겠지, 생각하여 먹기 싫은 음식을 시키시지 말라는 뜻입니다."

신나게 떠들던 이혈능이 움찔했다.

흑의노인이 자신을 빤히 쳐다보는데, 눈빛이 무척 날카로웠다. 마치 바늘 두 개가 날아와 얼굴을 콕콕 찌르고 다니는 것 같았다.

"왜 그렇게 쳐다보십니까? 혹시 젊어서 잃어버린 아들이 소인과 닮기라도 했습니까?"

이혈능이 헤벌쭉 웃음을 흘리자 흑의노인의 안색이 변했다.

그때 구 노인이 웃으며 말했다.

"그 친구도 나와 같은 걸로 주게."

"알겠습니다. 금방 올릴 테니 조금만 앉아 계십시오, 두 분."

이혈능은 깍듯하게 허리를 구부리고 주방을 향해 달려갔다. 흑의노인은 사라지는 이혈능에게서 시선을 떼지 않고 있었다.

"저 아인가 보군?"

구 노인이 눈을 반짝이며 물었다.

"어떤가? 괜찮아 보이는가? 사심없이 말해야 하네. 느낀 그대로를 말일세."

구 노인은 마른침을 삼키고 흑의노인을 쳐다보았는데 적지 않게 긴장한 얼굴이었다.

흑의노인은 이맛살을 찌푸렸다.

"글쎄, 키가 좀 작아서 그렇지 골격은 그런대로 괜찮아 보이는군."

"이제 열다섯 살이니 키는 앞으로 더 클 수 있는 여지가 있지 않겠는가?"

"어린아이가 능청맞군. 처음 보는 날더러 잃어버린 아들이 자기를 닮았느냐는 거침없는 농담을 던지는 것도 그렇고."

"그야 직업이 주루 점원이다 보니 어쩔 수 없겠지. 손님이 좀 쳐다봤다고 화를 낼 수는 없지 않겠는가?"

흑의노인이 앞에 놓인 물잔을 들어 소리나게 한 모금 마시더니 정색하고 구 노인을 쳐다보았다.

"그런데 왜 저 아인가? 내 말은 하필이면 주루에서 심부름하는 점원이냔 말이네."

"점원이 어때서? 출신 배경을 따진다면 난 아버지가 누군지도 모르는 기녀의 아들이었네."

"무공을 익히려면 학문이 깊어야 하네. 아무리 근골이 뛰어나도 학문이 갖춰져 있지 않으면 어려운 초식들을 이해하기란 사실상 불가능하지. 내 말은 이런 환경 속에 있는 아이의 학문이 과연 깊을 것이라고 생각하느냐는 걸세."

"내 손으로 내 이름을 썼던 것이 내 나이 스무 살 때였던 것으로 기억하네."

순간 흑의노인이 날카로운 눈으로 구 노인을 쏘아보았다.

"이보게, 그렇게 말말이 싸고돌 거면 날 왜 불렀나? 날 데려다 저 아이를 품평시킬 이유가 없지 않은가?"

구 노인도 지지 않고 눈에 힘을 주었다.

"책(責)을 잡을 걸 잡아야 수긍을 하지."

매서운 눈으로 구 노인을 노려보던 흑의노인이 갑자기 웃음을 터뜨렸다.

"헛헛! 이제 보니 이 사람 저 아이에게 완전히 푹 빠졌구먼."

구 노인이 상체를 앞으로 숙이고 다가앉더니 정색하며 물었다.

"아무튼 빨리 녀석의 관상이나 말해보게. 어떤가? 보나마나 좋겠지?"

흑의노인이 다시 물컵을 들어 쭈욱 마셨다.

잔을 내리고 잠시 눈알을 굴리던 흑의노인이 무거운 신음을 흘렸다.

"으흠……!"

선뜻 말을 하지 않고 뜸을 들이는 흑의노인을 보며 구 노인이 채근했다.

"뭘 꾸물거리는가? 누구 속 태워 죽이려고 작정했는가?"

"이혈능이란 아이의 관상은 한마디로."

흑의노인이 막 입을 열다 말고 얼른 닫아버렸다.

그때 마침 이혈능이 두 사람의 식사를 들고 다가오고 있었다.

"오래 기다리셨지요. 정성이 흠뻑 깃든 음식일수록 아주 느린 법이지요."

이혈능이 내온 것은 돈장폐라는 것으로 돼지고기 뒷다리로 만든 탕이었다. 구 노인은 지난 반년 동안 대월루에 올 때마다 줄곧 돈장폐만 시켜 먹었다.

"시키실 것 있으면 언제든지 소인을 불러주십시오. 소인은 항상 두 분 곁에 있습니다. 그럼 맛있게 드십시오."

"고맙네."

구 노인은 입가에 가득 미소를 지으며 고개를 끄덕였다.

이혈능이 돌아갈 때 맞은편에서 한 명의 장사꾼 차림의 사내가 빠른 걸음으로 다가오고 있었다.

대월루에는 이미 적지 않은 손님들이 아침 식사를 하기 위해 들어와 있었는데 모두가 등에 봇짐을 짊어진 상인들이었다. 사내는 구 노인과 흑의노인을 지나쳐 좌측 창가의 탁자에서 식사를 하고 있는 세 명의 장사꾼들의 자리로 다가갔다.

"상귀 형님."

세 명 중 상귀란 오십가량의 장사꾼이 입 안 가득 밥을 넣고 우물거리며 사내를 올려다보았다.

"어서 오게, 만석이. 기다려도 자네가 오지 않아 우리끼리 먼저 식사를 하던 중일세."

만석이란 사내가 빈 의자에 앉더니 눈을 빛내며 말했다.

"아무래도 이번 길은 식사만 하고 그냥 돌아가야겠습니다."

상귀의 고개가 돌아갔다.

"그게 무슨 말인가? 오자마자 그냥 돌아가자니, 시장에 무슨 일이라도 생겼단 말인가?"

만석의 눈이 심각하게 빛났다.

"무림인들이 몰려오고 있습니다. 한두 명이 아닙니다. 조금 전 족히 백 명은 넘어 보일 것 같은 검을 찬 사람들이 노관으로 들어오더군요."

"그까짓 게 무슨 놀라운 일이라고 그러는가? 무림인들 지나가는 것 어디 한두 번 보는가?"

"단체로 어디 훈련 가는 것 아냐?"

만석이 목소리를 낮춰 말했다.

"아무래도 이상한 기분이 들어 제가 알아봤더니 북사(北死)라는 강호의 인물이 이곳 노관으로 도망쳐 들어왔다고 합니다."

좌측의 작달막한 장사꾼이 눈을 빛내 물었다.

"북사? 그게 누구지?"

상귀가 고개를 갸웃거렸다.

"어디서 많이 들어본 이름 아닌가?"

"북사도 모르십니까? 왜 그 사람 있잖습니까? 강호의 명망 있는 거목들만 골라 벤다는 사람 말입니다."

그제야 상귀가 흠칫했다.

"설마 무림의 유명한 자객 북사를 말하는 것인가?"

"그렇습니다. 그 북사가 제왕성주를 노렸다가 실패하고 지금 구화산으로 쫓겨 들어갔다고 합니다. 그래서 지금 이곳으로 제왕성의 무사들이 몰려들고 있습니다."

상귀의 얼굴이 굳어졌다.

"이런."

상귀는 물론 다른 동료들의 안색이 굳어졌다. 무림인들이 몰려들면 상인들은 본능적으로 위험을 직감하고 가게 문을 닫아버린다. 그러면 장이 전혀 서지 않는다.

네 사내는 사천에서 온 약초 상인들이었다. 육로와 배를 이용해 무려 닷새나 걸려 왔기 때문에 충격은 더욱 컸다.

"빌어먹을!"

"먼 길을 왔는데 그까짓 일로 그냥 갈 수는 없잖습니까? 적은 양이라도 구하는 데까진 구해가 봐야죠."

상귀가 먹던 숟가락을 놓으며 말했다.

"장이 서지 않으면 물건이 귀해지고 약초 값이 곱절로 뛴다. 아쉽지만 이번 장사는 미련 두지 말자."

사내들의 입에서 거친 욕설이 터져 나왔다.

"북사, 그 개자식은 왜 죽이지도 못할 제왕성주를 건드려 이 난리를 피우는 거야."

"이번 장사에 한밑천 챙기려고 작정했는데."

상귀가 벗어놓은 봇짐을 짊어지며 자리에서 몸을 일으켰다.

"떠날 거면 서두르자고. 괜히 머뭇거리다가 고래 싸움에 새우 등 터지는 수가 있으니."

네 사내는 서둘러 짐을 챙겨 주루를 빠져나갔다.

흑의노인이 사라지는 장사꾼들을 바라보며 입을 열었다.

"저들 얘기를 들었는가? 북사가 아직도 안 잡혔다는군."

"……."

"아무튼 대단하네. 암습 사건이 일어난 지 꽤 오래된 것으로 알고 있는데 아직까지 붙잡히지 않는 걸 보면 역시 북사로 구면."

그때 구 노인이 버럭 소릴 질렀다.

"도대체 이혈능이란 아이의 관상에 대해서는 언제 말해줄 건가?"

구 노인이 소릴 지르자 흑의노인이 움찔했다.

흑의노인은 자신을 노려보는 구 노인의 시선을 피하며 투덜거렸다.

"말해주면 될 걸 왜 그렇게 화를 내고 그러는가? 정말 사람 성질 하고는."

흑의노인은 눈을 흘기며 자세를 고쳐 앉았다. 이어 쌍꺼풀 진 두 눈을 지그시 감았다.

인간의 길흉화복은 철저히 신의 영역이라고 사람들은 말하지만 흑의노인에게만큼은 틀린 말이었다. 그는 사람의 미래를 정확히 읽어내고 꿰뚫어 보는 놀라운 점쟁이였다.

흑의노인이 감았던 눈을 떴는데 아주 날카로웠다.

"상(相)을 보는 법은 여러 방식이 있으나 사람은 대자연의 영기를 받고 태어났으므로 모든 것을 자연과 비교하네. 이름하여 관상에도 오악(五岳)이 있지."

"오악?"

"왼쪽 관골을 동악태산이라 하고, 오른쪽 관골은 서악화산이라 하네. 코를 중악숭산이라 하고 턱을 북악항산, 이마는 남악형산이라고 부르는데 우뚝 솟은 중악숭산을 향해 나머지

사 악이 조공을 바치듯 엎드린 형태가 최고의 관상이라고 하지."

구 노인의 두 눈이 강렬한 빛을 뿌렸다.

"하면 이혈능은 어떤가?"

"묘한 일일세."

구 노인이 멈칫했다.

"뭔가 잘못됐는가?"

"이거야 원! 아직까지 수많은 사람들의 관상을 봐왔지만 이런 얼굴은 처음 보네."

구 노인이 벌컥 화를 냈다.

"자네 언제부터 이렇게 말 돌리는 버릇이 있었던가? 빨리 속시원하게 말하지 못하겠는가?"

"한마디로 죽이는 상일세."

죽인다는 말에 구 노인의 안색이 굳어졌다.

"주… 죽이다니?"

"관상에서 제일 좋은 것은 나머지 사 악이 중악인 코를 중심으로 조공을 받치듯 허리를 구부리고 있어야 좋네. 그런데 이혈능이란 아이는 중악숭산을 향해 나머지 사 악이 굽실거리다 못해 아예 바닥에 배를 깔고 엎드린 오체투지의 모습을 하고 있네."

구 노인의 눈이 화등잔만 하게 커졌다.

"오, 오체투지?"

"내 눈이 틀리지 않다면 확실하네. 일컬어 천하백군복 상(天下百君伏相)일세."

구 노인은 어깨를 떨었다. 얼굴도 잘생겼지만 워낙 인사성이 밝고 구김이 없어서 나쁜 관상일 것이라고는 꿈에도 생각하지 않았는데 천하백군복 상이라니.

반년 전 안휘성에 퍼져 있는 개방의 분타를 시찰하기 위해 노관에 들렀다가 이혈능을 만났다. 처음 본 순간 이혈능의 완벽한 근골에 충격을 금치 못했고 이후 틈만 나면 분타 시찰을 핑계대고 노관에 머무르며 그를 살폈다.

그때 두 사람 귓가로 주루 주인의 목소리가 들려왔다.

"혈능아, 어디 있느냐?"

"저 여기 있어요. 갑니다!"

구석진 곳에서 손님 수발을 들던 이혈능이 입구에서 자신을 부르는 오공삼에게 쪼르르 달려갔다.

"부르셨습니까, 주인어른!"

이혈능이 이마의 땀을 소매로 훔치며 꾸벅 고개를 숙였다. 계산대에 앉아 열심히 돈을 헤아리고 있던 오공삼이 한쪽에 놓여 있는 배달 바구니를 턱으로 가리켰다.

"배달 좀 다녀와야겠다. 길 건너 풍월도장(風月賭場) 알지?"

"아, 도박장요?"

"거기 자백육 두 그릇만 가져다주고 오너라. 절대."

주인의 다음 말을 이혈능이 가로챘다.

"돈을 먼저 받고 음식을 줘야 한다. 노름하는 놈들은 질적으로 더럽기 때문에 자칫 돈을 떼일 수가 있다는 말씀을 하려는 거죠? 염려 마세요. 그럼 다녀오겠습니다."

배달 바구니를 들고 문밖으로 달려가는 이혈능을 바라보는 오공삼의 입가에 웃음이 떠올랐다.

"그놈, 그것참!"

대월루 영업의 중심은 친절이다. 그런데 이혈능은 눈치까지 갖추고 있었다. 그런 면에서 볼 때 점원으로서의 능력 하나는 발군이었다.

무거운 배달 바구니를 든 이혈능은 빠르게 인파 사이를 헤집고 달렸다. 배달 일에 익숙해 있기도 하지만, 음식이 담긴 배달 바구니를 들고 북적이는 저잣거리를 달린다는 것은 쉬운 일이 아니었다. 더구나 자백육은 노루 대가리를 푹 고와 만든 국물 요리로 자칫하면 엎질러진다. 또한 고가의 요리이기 때문에 식기 전에 배달해야 하므로 이혈능의 달음박질은 더욱 속도를 높였다.

"어어! 얌마!"

맞은편에서 옹기를 지게 가득 지고 오던 옹기장수가 달려오는 이혈능을 보며 부딪칠까 봐 큰 소리로 외쳤다.

"헤헤! 안 부딪치니까 걱정 마세요."

이혈능의 몸은 부딪칠 듯 옹기장수에게로 달려들었다가 바람처럼 오른쪽으로 비켜 인파 사이로 사라졌다. 충돌을 예감했던 옹기장수는 바람처럼 사라져 버린 이혈능을 돌아보며 감탄을 금치 못했다.

"그놈, 다람쥐가 따로 없구만."

타타탁!

이혈능은 빠르게 풍월도장의 계단을 뛰어올라 가고 있었다. 풍월도장은 노관에 있는 유일한 도박장으로 대월루 맞은편 골목에 있는 목조 건물 삼층에 자리 잡고 있었다.

탁!

이혈능은 붉은 칠을 한 풍월도장의 출입문을 밀치고 들어섰다. 도박장 안은 약간 어두웠다.

또르르!

투툭!

주사위와 마작패 부딪치는 소리만 울릴 뿐 삼십여 명이 넘는 사내가 삼삼오오 모여 도박을 하는데도 실내는 무척 조용했다.

"자백육 시키신 분?"

이혈능은 자백육을 시킨 사람을 찾았다. 실내가 너무 조용했기 때문에 목소리를 낮춰 말했지만 모든 사내들이 한 번씩 돌아보았다.

"대월루에서 자백육 시킨 분 어딨어요?"

안쪽 구석진 곳에서 한 사내가 손을 쳐들며 소리쳤다.

"이쪽이다!"

이혈능은 사내가 있는 곳으로 다가갔다. 둥근 탁자를 가운데 두고 네 명의 사내가 둘러서서 주사위 노름을 하고 있었다.

"안녕하세요."

네 명은 오래전부터 알고 있는 사내들이었다.

노관의 저잣거리 상인들에게는 저승사자로 불리는 흑산파라는 주먹패들이었다.

"뭐 해, 임마, 빨리 꺼내놓지 않고."

이혈능은 돈부터 요구했다.

"모두 은자 두 냥입니다."

오른쪽 입술에 검은 사마귀를 갖고 있는 사내가 인상을 썼다.

"이놈 봐라. 음식도 먹지 않았는데 돈부터 내놓으라는 거야? 잔소리 말고 빨리 꺼내놔. 아이고, 배고파."

"돈 먼저 주시지 않으면 그냥 돌아갈 거예요."

"누가 돈 안 준대?"

사마귀를 갖고 있는 사내가 인상을 쓰며 주먹을 쳐들자 옆구리에 시커먼 중검 한 자루를 차고 있던 어깨가 떠억 벌어진 사내가 웃었다.

"너 내가 누군지 알아?"

"네, 알아요. 헤헤! 흑산파의 두목 추산홍 아저씨 아닙니까?"

"날 아는데도 안 무섭냐?"

이혈능이 히죽 웃었다.

"킥킥! 아저씨가 귀신입니까, 무섭게. 아무튼 어서 돈 주세요. 저 얼른 가봐야 해요. 늦게 가면 우리 주인어른한테 혼난단 말예요."

사마귀사내가 이혈능의 머리를 한 줌 잡아당겼다.

"이 자식이 정말?"

추산홍이 검지로 콧등을 닦으며 말했다.

"그만 됐다. 어서 돈 줘서 보내거라."

사마귀사내가 할 수 없다는 듯 주머니에서 은자를 꺼내 주면서 이혈능을 노려보았다.

"뭘 봐, 돈 받았으면 빨리 꺼내놓지 않고."

이혈능은 배달 바구니의 뚜껑을 열고 두 그릇의 자백육을 탁자 위로 올려놓았다.

"많이들 따세요. 감사합니다."

이혈능은 배달 바구니를 들고 등을 돌렸다.

추산홍이 걸어가는 이혈능을 보며 미소를 지었다.

"짜아식, 볼수록 밉지 않아. 이름이 이혈능이라고 했던가?"

"아주 착합니다."

"뭐 하십니까? 어서 돈 거십시오."

사마귀사내가 입 안 가득 음식을 씹으며 독촉했다.

다다다!

이혈능은 부리나케 계단을 뛰어 내려갔다. 그런데 너무 빨리 내려가느라 그만 신발이 벗겨졌고 내려가는 속도로 인해 몸은 일층에 거의 이르러서야 멈춰 섰다.

"에이, 젠장!"

이혈능은 계단 입구에 배달 바구니를 놓고 떨어진 신발을 줍기 위해 다시 계단을 뛰어올라 갔다.

사마귀사내 곽칠종은 계속해서 돈을 잃자 짜증을 내며 몸을 돌렸다.

"노름하다 말고 어딜 가는 것이냐?"

"도저히 끗발이 죽어 안 되겠습니다. 뒷간에 가서 좀 만지고 올 테니 잠시 셋이서 즐기고 계십시오."

도박판에서 돈을 잃을 때 은밀하게 남자의 상징을 만지면 끗발이 선다는 속설이 있었다. 오늘만 해도 벌써 은자 쉰 냥을 잃었는데 어제 그제 잃은 돈까지 합하면 백 냥이 넘는다. 돈을 딸 수만 있다면 무슨 짓이라도 해야 할 판이었다.

복도로 나온 곽칠종은 뒷간이 있는 좌측으로 몸을 돌렸다.

바로 그 순간 탁, 하며 왼발이 뭔가에 걸렸고 곽칠종은 사정없이 복도에 나동그라졌다.

꽈당!

가뜩이나 돈을 잃은 마당인데 넘어지기까지 하자 곽칠종의 인상이 대번에 험악해졌다.

"시버얼, 뭐야?"

벌떡 일어나 자신이 걸려 넘어졌던 물건을 찾아 두리번거리던 곽칠종이 멈칫했다. 복도에는 자신이 걸려 넘어질 만한 장애물은 없었고 낡은 신발 한 짝이 떨어져 있을 뿐이었다.

곽칠종은 눈을 깜빡거렸다.

"설마 내가 이따위 신발에 걸려 넘어졌을 리는 없고."

그러면서 곽칠종은 벗겨진 신발을 걷어찼다.

툭.

한데 놀랍게도 신발은 꼼짝을 하지 않았다. 곽칠종의 눈이 커졌다.

"이건 또 무슨 경우야."

곽칠종은 신발을 더욱 세차게 걷어찼다.

빠-억!

"아이고……!"

곽칠종은 그 자리에서 오른쪽 발목을 부여잡고 주저앉았다. 신발은 꼼짝도 하지 않았고 발목에 엄청난 통증이 밀려왔다. 곽칠종의 얼굴에 믿을 수 없다는 표정이 떠올랐다. 몸을 일으켜 세운 곽칠종은 신발을 뚫어져라 내려다보았다. 무척 지저분했는데 보통 신발과 크게 다른 점은 발견되지 않았다.

'도대체!'

다시 한 번 슬쩍 발로 걷어차 보았다. 여전히 신발은 꼼짝하지 않는다.

질근!

곽칠종의 입술이 물렸다. 양다리를 어깨 넓이로 벌리고 허리를 구부린 곽칠종은 양손으로 신발을 단단히 붙들고 들어올렸다.

"아자아앗!"

신발은 그제야 들렸다. 신발은 상당히 무거웠다. 커다란 바위 한 개를 들고 있는 듯했다.

쿵!

신발을 다시 내려놓은 곽칠종의 얼굴에 믿을 수 없다는 표정이 떠올랐다. 사람의 신발이 이렇게 무겁다는 것도 불가사의했지만, 이런 신발을 신고 다니는 사람은 도대체 누구란 말인가.

다다다닥!

그때 누군가 계단을 뛰어올라 오는 소리가 들렸다.

계단을 뛰어올라 오고 있는 사람은 조금 전 자신들에게 자백육을 배달했던 대월루의 점소이 이혈능이었다. 주위를 두리번거리던 이혈능이 곽칠종의 발아래 뒹굴고 있는 자신의 신발을 발견하고 반색했다.

"바빠 죽겠는데 자꾸 벗겨지고 지랄이야."

그 순간 곽칠종은 자신의 평생 가장 놀라운 광경을 목격하게 되었다. 자신이 있는 힘을 다해 겨우 들어 올렸던 신발을 이혈능은 가볍게 발에 끼워 신더니 바람처럼 계단을 달려 내려갔다.

다다다다!

이혈능의 모습은 순식간에 눈앞에서 사라지고 말았다.

곽칠종은 눈을 비볐다. 충격을 크게 받으면 눈앞이 하얗게 변한다는데 오로지 보이는 것은 안개뿐이고 머릿속은 텅 비었다.

'이럴 수가!'

곽칠종은 세차게 고개를 흔들었다. 자신이 조금 전 봤던 것은 틀림없는 꿈이라고 생각했다. 인간이 그렇게 무거운 신발을 신고 다닌다는 것은 말도 안 되는 일이었다.

곽칠종은 너무 놀란 나머지 뒷간 가는 것도 잊어버리고 곧장 도박장 안으로 뛰어들었다.

"혀, 혀엉님!"

곽칠종이 다급히 소리치며 부르자 한참 도박에 심취해 있던 추산홍이 눈살을 찌푸렸다.

"입 닥치고 만지고 왔으면 빨리 끼어라. 네놈 빠지고 난 뒤로부터 계속 깨지고 있다."

곽칠종이 호흡을 헐떡이며 말했다.

"형님, 신발 말입니다. 조금 전 자백육 배달을 왔던 대월루 그 아이 신발이 돌덩이입니다!"

하나 누구 한 사람 곽칠종에게 관심을 두지 않았다. 곽칠종이 목소리를 높여 외쳐 말했다.

"큰일 났습니다! 그 아이 신발이 돌보다 무겁다니까요? 세상에 태어나서 그렇게 무거운 신발은 처음 봤습니다. 못해도 백 근, 아니, 쉰 근은 될 것입니다."

그제야 추산홍이 돌아보며 물었다.

"무슨 말을 하는 것이냐? 이혈능의 신발이 어쨌다는 것이냐?"

같이 도박을 하던 다른 사내들도 일제히 곽칠종을 쳐다보았다. 곽칠종이 목소리를 가다듬어 말했다.

"신발 있잖습니까?"

추산홍이 짜증스럽게 말했다.

"네가 하고 싶은 말이 무엇이냐? 도대체 아까부터 자꾸 신발신발 그러는데, 신발이 뭘 어쨌다는 거지?"

"제 말을 믿지 않을 것입니다. 신발 있잖습니까? 사람이 신고 다니는 이런 신발 말입니다. 이런 신발이 들지도 못할 만큼 무겁다고 하면 믿으시겠습니까?"

곽칠종이 왼발을 들어 자신이 신고 있는 소가죽 신발을 가리키며 말했다.

"잠시 전 우리에게 배달을 왔던 대월루 그 아이의 벗겨진 신발에 제가 걸려 넘어졌다니까요? 어찌나 무거운지 제가 가까스로 들어 올렸습니다."

추산홍이 목소리를 깔았다.

"너 죽을래?"

곽칠종이 눈을 부릅떴다.

"제가 거짓말을 한다는 것입니까? 정말로 엄청 무거웠습니다!"

"네놈이 돈을 많이 잃더니 헛것을 본 모양이구나. 안 되겠다. 저쪽 의자에 앉아 잠시 쉬어라."

"진짜라니."

곽칠종의 말이 채 끝나기도 전에 추산홍의 주먹이 턱에 틀어박혔다.

퍼억!

"아이고!"

"자꾸 헛소리를 지껄이겠느냐? 거짓말도 적당히 해야지."

곽칠종이 억울하다는 듯 눈을 부라리며 말했다.

"거짓말 아닙니다. 저 또한 사람의 신발이 그렇게 무겁다는 것이 믿어지지 않습니다. 커다란 바위 한 개를 드는 것 같았다니까요? 제 말을 못 믿으시겠다면 당장 가서 확인해 보면 알 것 아닙니까?"

추산홍이 매서운 시선으로 노려보았다.

"네놈이 끝까지 날 희롱할 셈이냐? 죽고 싶어?"

그때 구경하고 있던 작달막한 키의 소관이 잽싸게 곽칠종에게 다가섰다.

"너 이 자식, 어제부터 연방 깨지더니 완전히 맛이 갔구나. 안 되겠다. 날 따라와. 형님 말씀대로 저쪽 휴게소에서 잠시 쉬어야겠다."

곽칠종이 소관의 손길을 단호히 뿌리쳤다.

"넌 내가 거짓말한다고 생각하느냐?"

"네가 거짓말 않는다는 걸 나도 알고 있다. 하지만 어떻게 이런 신발 따위가 오십 근이 된다고 그런 억지를 부리는 거야? 내 신발을 네가 한번 들어봐."

그러면서 자신의 신발 한 짝을 벗어 곽칠종에게 내밀었다.

"어서 들어보라니까? 손가락 한 개면 충분한데 이게 오십 근이나 된다고 생각하느냐고?"

"우리 내기할까? 만약 그 아이 신발을 네놈이 손가락 한 개로 들어 올리면 내가 은자 열 냥을 내놓겠다. 하나 만약 들지 못할 때에는 네놈이 열 냥을 내놓은 거야. 어떠냐?"

소관의 두 눈이 반짝였다.

"우와! 이 자식 진짜."

"할 거야, 말 거야?"

"진짜로 내가 그 아이 신발을 손가락 한 개로 들어 올리면 은자 열 냥을 준단 말이지?"

추산홍이 곽칠종을 보며 말했다.

"나랑 하자. 네놈 말처럼 그 아이 신발을 내가 검지로 들어

올리지 못하면 은자 열 냥을 내지."

"좋습니다. 남아일언."

그러면서 주머니에서 열 냥짜리 전표 한 장을 꺼내 탁자 위에 놓았다.

콰앙!

순간 추산홍 역시 품에서 열 냥짜리 전표 한 장을 꺼내 탁자 위에 힘껏 놓으며 말했다.

"중천금."

곽칠종이 눈에 핏대를 올렸다.

"확실하죠?"

"중천금이라고 했잖아."

추산홍이 소관과 영호풍을 향해 말했다.

"너희 두 사람이 증인 좀 서줘야겠다."

소관이 전표를 거머쥐고 말했다.

"염려 마십시오. 제가 보관하고 있다가 이긴 사람에게 전해주겠습니다."

추산홍이 더 이상 승부는 볼 것도 없다는 듯 곽칠종을 경멸의 눈으로 쳐다보았다. 곽칠종 또한 입가에 자신 가득한 미소를 지었다.

"가죠, 대월루로!"

"앞장서라."

곽칠종이 앞장을 서고 추산홍이 뒤를 따랐다. 단호한 기세를 갖춘 일행은 도박장을 나와 대월루를 향해 몰려갔다.

일행은 보무도 당당히 저잣거리를 걸어갔다.

어깨를 나란히 하고 걷는 추산홍과 곽칠종의 표정이 굳어 있었고 스무 냥짜리 판이 걸린 내기여서인지 뒤를 따르는 소관과 영호풍까지도 입술을 깨물고 있었다.

노관의 저잣거리를 지배하고 있는 네 사람이 지나가자 행인들이 슬금슬금 피했다.

도박장에서 대월루까지는 가까운 거리였다. 인파를 헤치고 나아가던 일행은 잠시 후 대월루 입구에 도착했다.

삐이걱!

추산홍이 거침없이 대월루 문을 밀치고 들어섰다. 아직 점심때가 되려면 멀었기에 대월루는 비교적 한산했다.

'으허헉!

네 사람이 들어서자 오공삼의 안색이 노래졌다.

한 달에 한 번씩 보호비 명목으로 은자 다섯 냥씩 바친다. 이번 달치는 사흘 전에 주었는데 또다시 나타났으므로 얼굴이 긴장으로 굳어졌다.

"어, 어서 오십시오."

오공삼이 허리가 부러져라 굽실거렸다. 노관에서만큼은 그들이 법이다. 저잣거리에서 장사를 하는 상인들에서부터 주루와 도박장까지 그들의 힘이 미치지 않은 곳이 없었고 누구든 비위에 거슬렸다 하면 목숨까지도 장담할 수 없으므로 무조건 굽히는 것이 최선이었다.

추산홍이 주루 안을 살폈다. 손님이라고 해봤자 자신들뿐이었고 이혈능의 모습은 어디에도 보이지 않았다.

"어딨소? 이혈능 말이오."

"배달 갔지요. 한데 왜 그 아이를……?"

추산홍이 옆에 있는 의자를 끌어다 앉으며 차갑게 말했다.

"언제 오지?"

"금방 올 것입니다. 무슨 일로 찾으십니까?"

"영감, 혹시 그것 알고 있나? 이혈능이 신고 있는 신발이 보통 사람은 들 수 없을 만큼 무겁다는데 사실이야?"

오공삼의 눈이 세모꼴로 가늘어졌다.

"신발이 보통 사람은 들지도 못할 만큼 무겁다는 게 무슨 말입니까?"

"아, 글쎄 이놈이 이혈능이 신고 있는 신발이 무려 쉰 근이나 나간다고 우기잖소. 그게 확실하오?"

오공삼이 고개를 갸웃했다.

"그럴 리가요. 사람이 쉰 근이나 되는 신발을 어떻게 신고 다닌단 말입니까?"

곽칠종이 눈을 부라렸다.

"내가 직접 봤소! 하마터면 허리까지 다칠 뻔했소이다."

추산홍이 피식 웃음을 흘렸다.

"이혈능이 오면 밝혀지겠지."

일행은 입구를 노려보며 이혈능이 나타나기만을 기다렸
다. 오공삼 또한 추산홍 일행이 돈 뜯을 목적으로 찾아오지
않았다는 것을 확인하자 안심이 되었다. 그래서 그 역시도 호
기심 가득한 시선으로 입구를 쳐다보았다.

한참을 기다려도 이혈능이 나타나지 않았으므로 추산홍이
짜증스럽게 말했다.

"어디로 배달을 간 것이오?"

"염방(染房)입니다."

"염방이면 여기서 십 리 가까이 되는 먼 곳 아니오?"

구화산 아래쪽으로 천에 색을 입히는 사람들이 모여 사는
데 그곳을 염방이라고 했다.

"워낙 걸음이 빠른 아이니까 올 때가 됐습니다."

오공삼의 말이 끝나기도 전에 거칠게 문이 열리더니 이혈
능이 배달 바구니를 들고 나타났다.

"다녀왔습니다!"

순간 누가 먼저랄 것도 없이 자리에 앉아 있던 일행이 모두
일어섰다.

"혈능아."

오공삼이 부르자 이혈능이 고개를 돌렸다. 추산홍 일행이
몰려 있는 것을 발견한 이혈능의 안색이 가볍게 변했다.

"여기 추 두목님께서 너에게 할 말이 있다는구나. 잠시 이

리 오거라."

이혈능이 들고 있던 배달 바구니를 주방 안쪽으로 가져다 놓고 다가왔다.

저벅! 저벅!

이혈능이 다가오자 모든 시선이 그의 신발을 주시했다. 이혈능이 신고 있는 신발은 평범했다. 어디서나 흔히 볼 수 있는 신발이었다. 너무 때가 찌들어 몹시 더러웠는데 일제히 자신의 신발을 쳐다보자 놀란 표정으로 물었다.

"뭘 그렇게 쳐다보세요?"

추산홍이 싸늘하게 말했다.

"잠시 신발 좀 벗어보겠느냐?"

"갑자기 신발은 왜요?"

"네가 신고 있는 신발이 쉰 근이 넘는다고 이놈이 박박 우기지 뭐냐. 그래서 우린 내기를 했다. 내가 손가락으로 네 신발을 들어 올리면 이놈이 은자 열 냥을 내놓는 것이다. 하나 내가 들지 못하면 반대로 열 냥을 주기로 했지. 그러니 어서 벗어보거라."

이혈능의 안색이 변했다. 하지만 워낙 짧은 순간의 반응이었기 때문에 누구도 알아보지 못했다.

이혈능이 곽칠종을 돌아보았다.

비록 추산홍의 부하였지만 자신감이 넘쳐 보였다. 아마 복도에 떨어진 자신의 신발을 경험했기 때문일 것이다.

"뭐 하느냐? 어서 벗어서 누구의 말이 진실인지 가리도록
해다오."

오공삼이 흥미진진한 표정으로 재촉했다.

이혈능이 침을 삼켰다.

"내기를 했다구요?"

이혈능이 묻자 기다렸다는 듯 두 사람이 대답했다.

"열 냥짜리 판이다."

"빨리 벗어봐."

이혈능이 천천히 오른쪽 신발을 벗어놓았다.

"그럼 보세요."

스으윽!

신발을 벗자 지독한 구린내가 풍겨 나왔지만 누구 한 사람
도 인상을 쓰거나 고개를 돌리지 않았다. 특히 추산홍과 곽칠
종의 눈빛은 거세게 타올랐다.

신발을 살피는 두 사람의 눈에서 불꽃이 뿜어져 나왔는데
곽칠종이 자신있게 말했다.

"들어보십시오."

추산홍이 신발 가까이 얼굴을 대고 살폈다. 어디에서도 이
상한 흔적은 보이지 않았으므로 입가에 회심의 미소를 지었
다.

"들지."

추산홍이 오른손 검지를 칼처럼 세워 신발 안으로 집어넣

었다.

모든 사람이 숨을 죽이고 쳐다보았고 이혈능 또한 묘한 표정으로 내려다보고 있었다.

"뭐 하십니까? 어서 들어보십시오."

곽칠종이 재촉했다.

"흐흠!"

추산홍이 가볍게 콧바람을 내더니 손가락에 힘을 주었다.

둥실!

추산홍의 검지에 신발이 들려 올라왔다. 오히려 너무 세게 들어 올리는 바람에 신발이 허공으로 떠올라 저쪽 탁자 위로 떨어졌다.

투툭!

"들었다."

"형님이 이겼다!"

소관과 영호풍이 소리쳤고 곽칠종은 안색이 굳어졌다.

결코 믿을 수 없는 일이 벌어졌다. 자신은 양손으로 겨우 들어 올린 신발이 추산홍의 검지에 너무도 쉽게 올려진 것이다. 생각대로라면 신발은 꼼짝도 하지 않아야 했고 어쩌면 손가락이 부러졌어야 정상이었다.

두 눈으로 봤지만 도저히 믿어지지 않았으므로 떨어진 신발을 향해 다가갔다. 그리고 손을 뻗어 신발을 주웠는데 너무 가볍게 올려졌다.

'어떻게 이런 일이……!'

곽칠종의 두 눈이 튀어나올 듯 붉어졌다.

혼신의 힘을 다해 겨우 들어 올렸던 신발이 눈앞에서 흔들거리고 있었다.

그때 등 뒤로부터 소관의 목소리가 천둥처럼 들려왔다.

"형님, 이것 받으십시오."

소관이 보관하고 있던 전표 두 장을 추산홍에게 건네주었다.

추산홍이 흡족한 얼굴로 전표를 받아 주머니에 찔러 넣었다.

"저 자식이 돈을 너무 잃다 보니까 잠시 정신이 나간 게야. 어떻게 냄새 나는 신발이 쉰 근이 나갈 정도로 무거울 수가 있느냐고."

영호풍이 넋이 빠져 있는 곽칠종을 보며 말했다.

"저… 저어… 신발 주십시오."

이혈능이 넋을 놓고 자신의 신발을 들고 있는 곽칠종에게 다가가 말했다.

"일해야 합니다."

거듭 재촉하자 곽칠종이 돌아섰다.

이혈능을 쳐다보는 곽칠종의 눈빛은 무척 복잡했는데 도대체 아까는 어떻게 된 것이냐고 묻는 것 같았다.

하나 이혈능은 가벼운 미소만 지었다.

툭!

곽칠종의 손에 들린 신발이 힘없이 떨어졌다. 이혈능은 신발을 신고 주방으로 사라졌다. 곽칠종의 두 눈이 주방을 향해 걸어가는 이혈능의 등에서 떨어질 줄 몰랐다.

잡털이라고는 눈을 씻고 찾아봐도 없는 세 마리의 백마가 이끄는 마차 한 대가 목향루 후원에 멈췄다. 목향루는 노관에서는 가장 크고 화려한 주루이기도 하지만 제왕성의 비밀 분타이기도 했다.

덜컹!

옆구리에 커다란 도끼 한 자루를 맨 철탑거구의 사내가 마차의 뒷문을 열자 한 명의 흑의청년이 내렸다. 준수한 용모의 흑의청년은 놀랍게도 머리가 온통 황금색이었고 햇빛을 받아 더욱 금광으로 이글거렸다. 순간 목향루 후원에 대기하고 있던 십여 명의 인물이 일제히 금발의 사내를 향해 허리를 구부렸다.

"어서 오십시오, 대주님!"

금발청년은 주위를 휘둘러보았는데 쏟아지는 햇살에 눈이 부신 듯 이마를 약간 찡그렸다.

"원로(遠路)에 얼마나 고생이 많으셨습니까. 어서 안으로 들어가시지요."

목양루의 주인이자 노관 분타주인 사판수는 깍듯이 허리

를 구부렸다. 사판수는 올해 예순으로 무림에서 추운장쾌(追雲掌快)로 불린다. 쾌장이면서도 일장에 열두 번의 현란한 변화가 담겨 있는 그의 독문절기 추운장법은 가을바람이 불면 더욱 독해진다.

"날도 더운데 고생들이 많소. 그만 들어들 갑시다."

금발청년은 왼손을 등 뒤 허리에 대고 오른손을 밖에서 안으로 휘저으며 목향루 후원에 있는 별채로 들어섰다.

금발청년은 제왕성의 정보 조직 귀목당(鬼目堂) 소속의 척살 조직 혈리대의 대주 금사충이었다. 금사충은 이제 스물다섯밖에 되지 않았지만 사판수로서는 감히 쳐다볼 수도 없는 높은 위치에 있었다.

후원 별채는 본채인 주루와 등을 지고 세워진 삼층 건물로 전망이 탁 트여 노관 인근의 풍경이 한눈에 들어왔다.

"호오, 경치가 아름답군. 저 멀리 있는 산이 구화산이오?"

금사충이 자리에 앉아 멀리 구름을 뚫고 우뚝 솟아오른 한 개의 고봉을 가리키며 물었다. 사판수가 그렇다고 대답을 하려는데 옆구리에 도끼를 찬 거구의 사내가 굽실거리며 대답했다.

"그렇습니다, 대주님! 저 산이 바로 북사 그 개자식이 숨어든 구화산으로 구름 위로 불끈 솟아 있는 뾰쪽한 봉우리가 바로 구화산 제일봉인."

빠아악!

금사충의 오른발이 철탑거구의 사타구니를 정확히 걷어찼다.

"아훅!"

거구의 덩치가 숨넘어가는 비명을 지르며 힘없이 주저앉았다. 자리에서 벌떡 일어난 금사충의 오른발이 허공으로 솟아오르더니 사타구니를 감싸고 웅크린 거구의 등짝에 곡괭이처럼 떨어졌다.

퍼—어억!

꽈다당!

거구가 얼굴을 바닥에 처박으며 고꾸라졌다. 갑작스런 사태에 사판수를 비롯한 주위 무사들의 눈이 휘둥그레졌는데 금사충은 쓰러진 거구의 온몸에 무차별 발길질을 해대었다.

파산탈부(破山奪斧) 관악봉(關嶽逢).

별호가 말해주듯 그의 도끼는 산을 부수는 위력을 갖고 있는데 금사충의 오른팔이었다.

탁!

꽈아악!

픽— 퍼퍼픽!

신랄한 발길질이 가해지며 금사충의 입에서 거친 욕설이 튀어나왔다.

"내가 너에게 물었느냐? 저것이 구화산이냐고 내가 네놈에게 질문했냐고!"

관악봉은 바닥에 엎어져 숨넘어가는 대답을 했다.

"죽을죄를 졌습니다! 용서해 주십시오!"

"세상에서 제일 나쁜 자식이 남의 대답 가로채는 놈이다. 난 분명히 사판수 분타주에게 물었다. 그런데 네놈이 무슨 자격으로 대답을 하느냐 말이다!"

"한 번만 봐주십시오. 두 번 다시 남의 대답을 가로채면 사람이 아닙니다!"

"이 새끼한테 질문했으면 이 새끼가 대답을 해야지, 왜 저 새끼가 대답을 하느냐고!"

빠악!

금사충이 관악봉의 옆구리에 도끼로 찍듯이 다시 일격을 가하곤 자신의 자리로 돌아와 앉았다.

금사충은 코피를 흘리며 일어서는 관악봉을 향해 차갑게 말했다.

"남의 대답은 가로챌 수도 없고 가로채서도 안 된다. 그건 아주 비열한 짓이다."

사판수의 얼굴이 굳어졌다. 뭔가 남들이 모르는 숨겨진 재능이 있었기 때문에 어린 나이에 혈리대 대주라는 놀라운 위치에 오를 수 있었을 것이라고 미루어 짐작은 했다. 하지만 다른 사람도 아닌 자신의 오른팔을 대답 좀 대신했다고 두들겨 패다니, 그저 아연할 따름이었다.

第二章
금사충

시련의 연속 끝에 마침내 웅크렸던 몸을 일으켜 참비한다!

복수를 위해 제왕성에 뛰어든 소년에게 닥친 엄청난 고난과

신비하며 때로는 암마의 모습을 갖춘 소림삼십칠방의 등장!

험난하고 고독하며 위력적이고 놀라운 공, 그곳의 문이 열린다!

『소림삼십칠방(少林三十七房)』

사판수는 조심스럽게 입을 열었다.

"그럼 지금부터 북사의 도주로에 대해 말씀을 드리겠습니다."

금사충은 언제 부하를 구타했느냐는 듯 자상한 표정으로 돌아와 있었다.

"구화산은 모두 마흔여덟 개의 봉우리와 두 개의 커다란 연못, 그리고 열네 개의 절벽과 스물다섯 개의 동굴과 열여덟 곳의 샘이 있습니다."

"아무래도 몸을 숨기기에는 연못이나 봉우리보다는 동굴이 좋지 않겠소?"

"그렇습니다. 그래서 지금 스물다섯 개의 동굴에 대해 대대적인 조사를 하고 있습니다. 특히 산을 내려왔을 것을 가정하여 구화산 인근에 있는 열일곱 개의 마을을 집중 감시하고 있습니다."

"반드시 북사를 잡아야 하오. 그는 성주님의 목숨을 노린 세상에서 가장 나쁜 놈이오."

금사충의 눈에서 맹렬한 적의가 타올랐다. 그것은 흔히 육식성 야수들이 갖고 있는 포악한 살기였는데, 사판수는 소름이 온몸으로 달라붙는 듯했다.

"제왕성의 혈맹 중 이곳에 분타를 두고 있는 문파는 개방뿐이라고 했소?"

사판수가 허릴 숙여 대답했다.

"이미 이곳 개방 분타에 도움을 요청했으며 때마침 개방의 구환개 방주께서 노관의 분타 순시차 방문해 있더군요."

"그렇소? 그거 아주 잘됐군. 구환개 방주에게도 손 좀 보태 달라고 하시오."

"그렇잖아도 이미 청을 드렸습니다."

"북사를 꼭 죽여야 하오. 아셨소?"

금사충의 입 끝에 미소가 걸렸다. 틀림없는 웃음이었지만 사판수는 등골이 서늘해졌다. 생김새는 준수한데 웃음만큼은 미덕이라고는 찾아볼 수가 없어서 더욱 긴장되었다.

마지막 두 명의 손님이 계산을 하면서 대월루의 하루 일과가 끝났다. 이혈능은 손님들이 더럽히고 간 실내를 동료들과 같이 청소하기 시작했다. 의자를 탁자 위로 올리고 바닥부터 쓸었다. 그리고 나서 젖은 물걸레로 바닥을 닦았는데 청소가 모두 끝났을 때는 자시가 임박해서였다.

이혈능의 집은 이곳에서 이십 리쯤 떨어진 상보촌이었다. 상보촌은 오십여 가구가 모여 사는 조그만 산골 마을로 모두 구화산에서 채취한 약초를 내다 팔아 생계를 유지했다.

달이 밝았다. 보름달은 아니었지만 달은 중천 가까이에서 빛나고 있었고 하늘에는 구름 한 점 없었다. 투명한 월광을 받으며 이혈능은 집을 향해 걸음을 옮겼다.

상보촌에서 대월루까지 이십 리 길이지만 자신의 달음박질로는 일 다경도 채 걸리지 않았다. 지난 일 년 동안 단 하루도 빠뜨리지 않고 뛰어다녔지만 오늘은 왠지 걷고 싶어졌다.

낮에 그토록 시끄럽던 저잣거리는 무척 조용했다.

구름 한 점 없는 밤하늘은 온통 별들의 천지였으며 이따금 제 무게를 못 견딘 유성들이 긴 꼬리를 남기며 떨어져 내렸다. 콧노래를 흥얼거리며 길을 가던 이혈능이 갑자기 걸음을 세웠다. 두 사람이 길을 가로막고 서 있었는데 오늘 아침 첫 손님으로 대월루를 찾아왔던 구 노인과 흑의노인이었다.

"난 또 누구라고! 깜짝 놀랐잖아요, 구 영감님."

구 노인이 가벼운 미소를 지었다.

"피곤해 보이는구나."

"헤헤! 괜찮아요. 날마다 하는 일인데요 뭘. 그런데 이 늦은 시간에 여긴 왜 서 계신 겁니까?"

"날씨가 좋아 산책을 좀 나왔구나."

"아, 그러세요. 그런데 무슨 걱정거리 있는 사람처럼 구 영감님 안색이 어두워 보이는군요. 밤이어서 그런가요? 헤헤!"

점원 생활에 잔뼈가 굳은 이혈능답게 구 노인의 불편한 낯빛을 금방 알아차렸다.

구 노인은 제자가 되어달라는 말이 쉽게 나오지 않았다. 자칫 거절을 당할 가능성이 컸기 때문이다. 옛날 한때는 자신의 문파에 들어오고 싶어하는 젊은이들로 개봉부가 북적거렸지만 요즘 들어서는 거의가 소림이나 무당을 선호했다. 지저분하고 너절한 행색 탓에 아무리 친절하게 대해주어도 하나같이 손사래를 치며 고개를 내젓는다.

그럴 경우 그 민망함과 낯뜨거움을 어찌 감당한단 말인가. 그렇다고 강제적으로 인연을 맺을 수는 더욱 없는 일이다. 일이 잘못되면 지난 반년 동안의 수고와 짝사랑은 물거품이 되고 말 것이라는 생각에 늙은 가슴이 죄지은 사람마냥 두근거렸다.

"죽을 날만 기다리는 늙은이 얼굴이 얼마나 좋겠느냐? 별일은 없구나."

"그럼 천천히 산책하시다가 들어가세요. 저는 그만 가보겠어요."

"그래, 어서 가서 쉬렴."

이혈능이 꾸벅 고개를 한 번 끄덕이고 지나갔다.

붙잡아야 한다. 하지만 도저히 이혈능을 불러 세울 용기가 없었다. 마음속으로는 숱하게 밑져야 본전이라고 되뇌이면서도 입은 좀체 열릴 생각을 하지 않았다. 안타까운 시선으로 걸어가는 이혈능을 쳐다만 보고 있을 때 보다 못한 듯 흑의노인이 나섰다.

"쯧쯧쯧! 무공은 당세를 질타하는 사람이 이렇게 용기가 없어 가지고서야 원! 저리 비키게, 내가 말하겠네. 거기 멈춰랏!"

몇 걸음 걷던 이혈능이 다시 돌아섰다.

"왜 그러세요. 할 말 있으면 빨리 하세요. 저 지금 무진장 피곤하거든요."

흑의노인이 한 걸음 앞으로 나섰다. 그리고 이혈능을 향해 큰 소리로 말했다.

"네놈은 여기 있는 구 늙은이를 어떻게 보느냐? 설마 별 볼일 없는 촌 영감쯤으로 여기는 건 아니겠지?"

흑의노인의 느닷없는 호통에 이혈능은 눈을 휘둥그레 떴다.

"구 영감님을 어떻게 여기다뇨? 그게 무슨 말씀이세요?"

"솔직히 말해봐라, 구 노인을 어떻게 보느냐?"

이혈능이 씨익 웃었다.

"구 영감님은 점잖으시고 마치 친할아버지처럼 자상한 분이죠. 특히 우리 대월루의 매상을 올려주는 일등 고객이기도 합니다. 그런데 왜 그런 질문을 하십니까?"

"좋다. 네놈이 그렇게 생각을 하고 있다면 지금부터 너에게 한 가지 부탁을 하겠다. 너 당장 대월루 점원 노릇 때려치우고 구 노인 밑으로 들어와라."

이혈능이 눈을 부릅떴다.

"설마 구 영감님께서 주루를 운영하고 계신단 말입니까?"

흑의노인의 인상이 와락 찡그려졌다. 이혈능은 구 노인이 주루를 운영하고 그래서 자신을 점원으로 데려가기 위해 찾아온 줄 알고 있었다.

"주루는 무슨 얼어죽을 주루란 말이냐? 구 노인은 그 이름도 유명한 개방(丐幇)의 장문인이시다."

이혈능이 눈살을 찌푸렸다.

"개방이요? 그건 어디에 있는 주루예요? 노관에 있나요? 처음 듣는군요?"

"닥쳐라! 감히 천년 개방을 한낱 주루로 모욕하다니, 네놈이 죽고 싶어 환장을 한 모양이구나!"

"혈능아."

그때까지 뒤로 빠져 있던 구 노인이 앞으로 나섰다.

이혈능은 깜짝 놀랐다.

"구 영감님께서 어떻게 저의 이름을 아십니까? 난 한 번도 가르쳐 준 적이 없는데요?"

"네 나이가 올해 열다섯이라는 것도 알고 있다. 구화산 동쪽 자락에 있는 상보촌에서 약초 상인인 형과 단둘이 산다는 것까지도 알고 있다면 무척 화를 내겠구나?"

이혈능의 표정이 굳어졌다. 이유야 어쨌든 자신에 대해 소상히 알고 있다는 것은 썩 유쾌한 일이 아니었다.

"대월루를 자주 찾아온 것은 돈장폐를 먹기 위해서가 아니었군요?"

구 노인은 고개를 끄덕였다.

"부인 않겠다. 노부는 구환개(九幻丐)라고 한다. 조금 전에 이 늙은이가 말했다시피 개방이라는 문파의 장문인이니라. 너를 제자로 삼고 싶은 욕심에 몇 가지 알아봤는데 아무튼 너 모르게 뒷조사를 하여 아주 불쾌할 것이다. 정말 미안하구나. 하지만."

"기분 좋은 건 아니지만 그렇다고 불쾌하지는 않아요. 어쨌든 저같이 하찮은 놈을 제자로 거두기 위해 무려 반년 동안을 그렇게 찾아오셨다니 고맙고도 황송하네요."

흑의노인이 다시 앞으로 나섰다.

"노부는 구환개 늙은이의 죽마고우이자 천하제일의 복술가(卜術家) 역불객(易不客)이라고 한다. 저 친구가 말했지만 개방은 상당히 강한 곳이다. 비록 지금은 최고가 아니지만 한

때는 소림은 물론 마교까지도 우습게봤던 천하제일문이었다. 그런데 가인박명이라고 워낙 뛰어나다 보니 오래 푸르지 못하고 약간 기울고 말았단다. 하지만 저 늙은이가 내 친구여서 하는 얘기가 아니다. 개방의 제자만 되면 너의 인생은 무조건 좋아진다고 할 수 있다. 최소한 지금 생활보다 월등히 나아진다는 사실 하나만큼은 확신할 수 있다."

이혈능의 마음을 사로잡기 위해 역불객은 혼신을 다해 설명했다. 개방의 역사에서부터 오늘에 이르기까지 손짓 발짓 해가며 열변을 토했다.

역불객의 얘기를 한참 듣고 있던 이혈능이 미소 띤 얼굴로 구환개를 돌아보았다.

"무슨 얘긴지 알았어요. 하지만 워낙 갑작스런 일이어서 약간은 혼란스럽네요. 오늘 꼭 이 자리에서 확답을 드려야 하는 건 아니죠?"

"물론이다."

"그럼 저에게도 생각할 시간을 조금만 주세요. 달리 고민이 좀 필요할 것 같군요."

구환개가 기다렸다는 듯 대꾸했다.

"네가 제자만 되어준다면 얼마든지 기다릴 수 있다. 부디 현명한 결정을 내려줄 것을 간곡히 부탁한다."

이혈능이 환하게 웃으며 말했다.

"이만 가보겠어요. 졸음이 마구 쏟아지는 것이 빨리 가서 쉬어야 할 것 같아요."

"우리가 너무 오래 붙잡고 있었구나. 어서 가보거라."

이혈능이 꾸벅 절을 하고 등을 돌렸다.

어둠 속으로 사라지는 이혈능을 쳐다보는 구환개의 얼굴은 상당히 흥분되어 있었다. 예상 밖으로 이혈능의 반응이 좋았기 때문이다.

"과연 내 제자가 되겠다고 나설까?"

"그래서 내가 조금 전 개방이 한때는 천하제일문이었다고 슬쩍 띄워놓지 않았는가? 일자무식이 아닌 이상 천하제일문이 무엇을 뜻하는지 알 테니 반드시 찾아올 걸세."

그 말에 구환개의 눈이 가늘어졌다.

"띄우다니? 하면 자네는 개방이 한때 천하제일문이 아니었다는 말인가?"

"입은 비뚤어져도 말은 바로 하라고 했네. 삼백 년 전 아주 잘나간 적은 있었지만 천하제일문은 아니었지? 당시 천하제일문은 마교였고 그다음이 소림사였네. 그리고 세 번째가 개방 아니었는가?"

구환개가 역불객을 노려보았다.

"잘 알지도 못하면서 아는 척하는 것이 얼마만큼 더러운 일인 줄 아는가? 내 말 잘 듣게. 삼백 년 전 당시 개방의 방주이셨던 몽개(夢丐)님과 마교 교주인 구천대제가 태산 장안봉에서 천하제일 자리를 놓고 붙은 적이 있었네. 물론 이런 사실을 알고 있는 사람은 마교와 개방의 몇몇 간부들뿐이었지. 두 사람은 정확히 삼 주야를 싸운 끝에 본 방의 몽개 방주님께서 반 초 차이의 승리를 거두셨네. 물론 싸움의 후유증으로 보름 만에 돌아가셨지만! 이래도 개방이 천하제일문이 아닌가?"

"그럼 결국 보름 동안 천하제일문이었단 얘기 아닌가."

구환개가 버럭 소릴 질렀다.

"보름은 세월 아닌가?"

구환개의 면박에 역불객의 안색이 굳어졌다. 잠시 두 사람 사이에 싸늘한 냉기가 감돌았고, 돌연 구환개가 날카로운 눈으로 역불객을 쏘아보며 물었다.

"그나저나 아까 그 말 틀림없는가? 이혈능의 관상이 뭇 제왕들을 거느릴 천하백군복 상이라는 것 말일세."

이번에는 역불객이 버럭 소릴 질렀다.

"사실이야!"

구환개는 하늘을 올려다보았다. 달은 어느덧 그림자를 없앨 만큼 하늘의 한복판에 떠올라 있었다. 구환개는 칠십 평생 처음으로 달빛이 아름답다는 사실을 깨달았다.

그때 한 명의 거지가 달려오더니 다급히 입을 열었다.

"방주님! 제왕성 노관 분타주인 사판수님으로부터 급전입니다. 북사가 상보촌 쪽으로 도주했으니 속히 그쪽으로 움직여 주셨으면 한다는 내용입니다."

상보촌이면 이곳에서 멀지 않다. 구환개는 서둘러 부하의 뒤를 따라 어둠 속으로 몸을 날려갔다.

상보촌은 달빛 속에 묻혀 있었다. 어디선가 올빼미 우는 소리가 들려왔고 구화산으로부터 불어온 바람이 동네 어귀를 할퀴며 빠르게 관도로 뻗어나갔다.

이혈능의 집은 마을에서도 안쪽으로 깊숙이 들어가 있었다. 모두들 깊은 잠에 빠진 듯 집집마다 불은 꺼져 있었고 골목을 올라가는 발자국 소리에 놀란 이웃집 개들이 기세를 올리며 짖어댔다.

컹! 커컹!

골목이 좌측으로 꺾어지며 커다란 백송 한 그루가 나타났다.

예로부터 백송은 영험한 소나무로 알려져 있었는데 상보촌 사람들은 백송을 끔찍이 아끼고 지켰다. 해마다 정월 보름이면 백송 아래서 당산제를 지냈고 수시로 마을의 액운을 막아줄 것을 빌고 또 빌었다. 그런 백송이 내려다보이는 언덕배기에 있는 단출한 초옥이 이혈능의 집이었다.

대문이 열려 있었다. 항상 언제 돌아올지 모를 형님을 생각해서 일부러 조금 열어놓고 다녔는데 살림살이도 넉넉한 것이 아니어서 도둑에 대한 염려는 하지 않았다.

멈칫!

마당으로 막 들어서던 이혈능의 발걸음이 멈춰 섰다. 마치 잔잔한 호수에 누군간 돌을 던져 물결을 일으켜 놓은 것처럼 평소와 다른 느낌이 든 것이다. 이혈능은 빠르게 집 주위를 살폈다. 대월루에서 손님들을 향해 친절히 허리를 구부리던 점소이의 모습과는 약간 거리가 있는 제법 당찬 눈빛인 이혈능은 흠칫했다.

일곱.

다리에서부터 머리끝까지 흑의로 온몸을 동여매듯 감싼 일곱 명의 사내가 마당 한쪽에 우뚝 서 있었다. 일곱 사람의 나이는 대략 스물 후반에서 서른 중반쯤 되어 보였는데 자신을 쳐다보는 눈빛에 적의가 없어 도둑 같아 보이지는 않았다.

"당신들 누굽니까?"

이혈능이 잔뜩 쏘아보며 물었다.

그때 닫힌 방문 안쪽으로부터 거칠었지만 묵직한 음성이 흘러나왔다.

"혈능이냐?"

순간 이혈능은 온몸을 벼락을 맞은 듯 떨었다.

'이 목소리는……!'

그것은 꿈에서도 잊지 못할 형의 목소리였다. 일 년 전 형은 여느 때와 다름없이 낙양으로 약초를 한가득 지고 떠났다. 그리고 금방 온다던 형은 하루가 지나고 한 달이 되어도 돌아오지 않았고 아직껏 소식 한 번 없었다.

급기야 형이 남기고 간 식량이 바닥났고 더 이상 굶주릴 수가 없어서 대월루의 점소이로 들어갔던 것이다.

너무 흥분이 된 탓인지 발걸음이 옮겨지지 않는다. 이혈능은 길게 호흡을 가다듬고 번개처럼 방을 향해 달려갔다.

"그래, 형, 나야."

바람에 날리는 낙엽처럼 한달음에 마루로 뛰어올랐다.

한데 막 마루로 뛰어올라 가던 이혈능의 몸이 그 자리에 굳어버린 듯 멈춰 섰다.

토방에서 마루로 이어지는 곳에 여러 개의 물방울이 떨어져 있었다. 비도 오지 않는데 무슨 물방울인가 싶어 고개를 가까이 대고 확인하다 말고 이혈능은 깜짝 놀랐다. 그것은 물방울 자국이 아니라 핏자국이었다. 이혈능의 고개가 본능적으로 방문을 쳐다보았는데 핏방울은 토방에서 마루를 지나 방으로 이어지고 있었다.

"뭣 하느냐? 어서 들어오너라."

벌컹!

문을 열고 뛰어든 이혈능은 처참한 방 안 풍경에 또다시 굳어버렸다. 방 안 구석에 당당한 체격의 한 사내가 불같은 눈을 하고 벽에 기대어 있었다. 온몸에 피를 뒤집어쓴 흑의사내는 자신보다 열 살이 많은 형 이청천이었다. 비록 온몸에 붉은 피칠을 했지만 이청천은 자기 앞에서 태연한 척하기 위해 애를 쓰고 있었다.

"내 동생 많이 컸구나."

이청천의 왼팔은 이미 잘려 나가고 없었는데 무척 고통스러운 듯 이마를 찌푸렸다 폈다를 반복하고 있었다.

"일이 이제 끝난 모양이구나?"

이혈능의 눈이 반짝 빛났다. 이청천의 말뜻을 되새겨보면 자신이 대월루에서 일하는 것을 알고 있다는 뜻이었다.

"어떻게 내가 그곳에서 일한다는 것을 알고 있어?"

"아는 사람이 말해주더구나."

"아는 사람 누구?"

이청천은 눈을 치켜떴다. 다그치듯 묻는 이혈능의 말투에서 분노를 발견한 것이다.

"말해봐, 누가 내가 대월루에서 점원으로 일한다고 형에게 가르쳐 주었지?"

이청천은 길게 한숨을 내쉬었다.

"원망이 크구나. 미안하다, 혈능아."

"뭐가? 뭐가 미안해? 형이 무얼 잘못했는데 나에게 미안하다고 하는 거야?"

이혈능의 목소리가 떨리며 볼을 타고 눈물이 흘러내렸다.

아는 사람으로부터 자신이 대월루에서 일한다는 소식을 전해 들었다는 것은 거짓말이다. 아마 오늘 집으로 돌아와 알았을 것이다. 일 년 동안 소식 한 장 전하지 못했지만 항상 자신에게 관심을 쏟고 있었다는 것에 대한 우회적인 표현이다.

쿵!

이어 이혈능은 힘없이 이청천 앞에 무릎을 꿇고 울면서 말했다.

"누구와 싸웠어? 빨리 내 등에 업혀! 내가 잘 아는 의원이 노관에 있어. 밤이 늦었지만 내가 찾아가면 치료해 줄 거야."

"그보다 너에게 부탁이 하나 있다. 나에게 지난 일 년 동안 연습했던 것을 보여다오."

이혈능은 눈물이 범벅된 얼굴로 물었다.

"지금?"

이청천은 대답 대신 고개를 끄덕였다.

이혈능은 형이 무척 다급한 상태라는 것을 알았다. 그래서 지체없이 마당으로 내려갔다. 이청천은 열린 방문을 통해 자신을 뚫어져라 처다보고 있었다.

"녀석, 아직도 신발을 신고 있구나."

이혈능은 신발을 내려다보았다.

흑모중석(黑募重石).

이청천은 일 년 전 장사를 떠나기 전 흑모중석으로 신발의 창을 만들어주었다. 흑모중석은 돌 중에서 가장 무겁지만 부드러운 성질을 갖고 있다.

이청천은 다섯 살 때 운기조식법을 가르쳤고 아침저녁으로 하루 두 번씩 결가부좌하여 육합범천혈심결(六合梵天血心訣)을 운용토록 했다. 육합범천혈심결은 이청천의 독문심법으로 오늘까지 이혈능은 단 하루도 빼놓지 않고 아침저녁으로 수련했다. 그렇게 육합범천혈심결로 꾸준히 다져진 몸이지만 흑모중석의 창이 깔린 신발을 신고 다니려니 너무 힘들었다.

하지만 이혈능은 형의 지시를 거역하지 않고 매일 대월루까지 이십 리 길을 뛰어다녔다. 처음에는 고통스럽고 힘들었지만 부단한 수련으로 내공이 어느 정도 쌓이고 다리에 힘이 붙으면서 신발은 점차 가벼워졌다. 모든 무예의 근간은 하체다. 일각지주산(一脚之柱山) 이각지주천(二脚之柱天), 한 개의 다리가 산을 떠받치고 두 개의 다리가 하늘을 지탱하면 천하를 활보한다고 말했다. 전체적으로는 체력을 단련시킬 목적이지만 더욱 다리가 튼튼하면 걸음[步法]이 좋아지고 상체의 놀림이 원활해지며 그것은 곧 뛰어난 공격성으로 연결된다는 것이 흑모중석의 창을 만들어준 이청천의 뜻이었다.

"그럼 먼저 귀불보법(鬼佛步法)을 보여줄게."

이혈능은 신발을 벗었다. 순간 온몸이 날아갈 듯 가벼워졌다. 이윽고 길게 숨을 말아 쉰 이혈능이 오른발을 좌측으로 이동했다.

스으으.

뒤이어 왼발이 오른발이 벌어진 간격만큼 따라 이동했다. 발의 움직임이 제법 빨라 발이 지나가고 먼지가 피어났다.

스르르르.

이혈능의 발은 본격적으로 귀불보법을 밟기 시작했다.

귀불보법은 오행에 근원을 둔 걸음이다. 오행이란 금, 목, 수, 화, 토로써 다섯 가지의 기운은 천지 우주 공간에 충만하여 사시(四時)를 따라 끊임없이 유동(流動)한다. 사시란 춘하추동 사계절을 말하는데, 행(行)이란 오기가 운행(運行)한다는 뜻이니 곧 순환 운동을 말한다. 이처럼 귀불팔보도 금, 목, 수, 화, 토의 오기의 법칙에 따라 절정에 이르면 한 호흡에 다섯 번씩 이동하고 순환한다. 한 걸음에 여덟 번의 변화를 담아내며 다시 제자리로 돌아오는 귀불팔보가 조금씩 그 모습을 드러내고 있었다.

숫- 스스슷!

일곱 명의 사내도 이혈능을 주시했는데 상당히 놀란 표정이었다.

방구석에 기대어 앉아 이혈능의 움직임을 바라보고 있던 이청천의 눈썹이 가는 파장을 일으켰다. 귀불보법은 신비막측하여 그 실체에 다가서기가 쉽지 않았다. 자신 또한 오랫동안 매달렸지만 아직도 허점투성이일 만큼 귀불보법은 어렵고 난해한 걸음이었다. 이혈능의 두 다리는 정확히 보로(步路)를 따르고 있었지만 변화가 투박했다. 그것은 아직 오의를 완전히 깨우치지 못하고 있다는 뜻이었다. 하나 일 년 전과는 비교가 되지 않을 만큼 발전해 있었다. 예상했던 것보다 훨씬 성장한 이혈능의 걸음에 이청천은 가슴이 떨린 듯 자꾸 숨을 들이쉬었다.

쉬이익!

갑자기 이혈능의 신형이 포물선을 만들며 길어졌다. 보법에서 신법으로 전환한 것이다.

귀불신법(鬼佛身法).

원리는 귀불보법과 동일하며 호흡과 진기 운용에서 차이가 날 뿐이었다. 보법과 달리 신법은 속도 위주이기 때문에 넓은 공간에서 펼쳐야 제 위력을 십분 발휘할 수 있는데 마당에서는 한계가 있었다. 더구나 이청천이 부상으로 인해 움직일 수 없다는 것을 감안해 이혈능은 더욱 형의 시각을 벗어나지 않는 좁은 공간에서 펼치려다 보니 여간 곤혹스러운 게 아니었다.

"……."

이청천은 아무 말이 없었다. 입을 꾹 다물고 이혈능이 펼치는 귀불신법을 뚫어져라 쳐다만 보고 있었다. 좋고 나쁨에 대한 반응을 보이지 않았지만 상기된 안색으로 인해 무척 흡족해한다는 것을 짐작할 수 있었다.

"후와— 후와!"

이혈능의 걸음이 멈췄는데 좌우 어깨가 상하로 거칠게 요동하며 헐떡이는 것이 무척 힘들어 보였다. 이혈능은 숨을 가다듬으며 입을 열어 말했다.

"이번에는 무정도법(無情刀法)을 보여줄게. 미리 얘기하지만 초식 응용은 서투나마 삼 초까지이고 전체적인 도세의 흐름은 어느 정도 깨우쳤어."

이혈능은 곧바로 마당가에 세워둔 낡은 목도를 거머쥐었다. 자신이 수련할 때 사용하던 목도로 쇠처럼 튼튼하다는 상추목으로 만들어졌는데 무게가 일반 칼과 같았고 날이 빠져 톱날처럼 울퉁불퉁했다.

"시작할게."

마당 가운데 우뚝 선 이혈능이 천천히 칼을 들어 올렸다. 비스듬히 세운 칼이 이제 막 중천을 넘어가는 달을 겨누었을 뿐인데 기도가 바뀌었다. 조금 전까지 평범하던 소년의 모습에서 금방이라도 어떤 재앙을 안길 것처럼 폭력적으로 돌변하고 말았다.

무정도법의 기수식 무정애사(無情愛死).

기수식 자체가 갖고 있는 냉혹하고 비정한 기운이 나름대로 물씬 흘러나왔다.

스으으!

느릿하게 칼이 좌측으로 내려왔다. 무척 느려 보였지만 제법 속도가 숨겨져 있어 어둠이 산산이 잘려 나가는 것을 볼 수 있었는데, 완만한 칼 빛에 삶이 끊어진다는 무정도법 제일식 무정절(無情切)이었다.

칼은 좌우상하로 거칠게 흘러 다녔는데, 어둠이 냉혹하게 잘려 토막 나고 있었다.

쉬익!

목도의 공격이 변화를 보였다. 수직으로 선 목도가 발끈 수평으로 눕더니 전면을 향해 요동했다.

쿠우우!

이어 목도 끝에서 한줄기 바람이 일어나 주위에 먼지를 일으켰다.

바람은 칼끝처럼 섬뜩한 요기를 담고 사방을 베어갔다. 하늘의 바람을 끌어들여 태산을 부수는 무정도법 제이식 무정풍(無情風)이었다.

슈와아!

목도가 세 번째로 변했다. 갑자기 주위 공기가 더워지자 멀리서 지켜보던 일곱 사내들까지 화들짝 놀라며 당황했다. 이 혈능의 칼끝에서 미세하지만 아지랑이와 같은 열기가 피어오르고 있는 것이다. 하나 아직 수위가 부족한 듯 빨간 불꽃이 나타나지는 않았다.

무정도법 제삼식 무정화(無情火).

쏴아아아!

목도의 속도는 갈수록 빨라지며 여러 가지의 변화를 보여주었다. 토막토막 끊어짐이 없이 계속 이어지는 것이 사식부터는 무정도법 전체의 큰 줄기만을 펼쳐 보였다.

쿠와아아!

칼은 바람이 되어 나뭇가지를 흔들었고 한 조각 구름이 되어 야천을 떠나녔다. 불쑥 솟구쳐 올라 허공을 양단하고 잔잔한 바람처럼 공간을 삼키더니 갑자기 냉랭해지며 사방을 휘어잡았다. 어둠과 달빛이 도기에 쫓겨 아우성을 쳤다. 거친 숨을 몰아쉬며 이혈능은 좁은 마당을 부지런히 흘러 다니고 있었다.

그것은 춤이었다. 아직 설익은 과일처럼 조금은 주춤거렸고 간간이 끊어지며 매끄럽지 못했지만 거친 바람을 일으키며 나름대로 대지를 파괴해 가고 있었다. 칼과 몸이 연결되어 회한(悔恨)을 넘고 마당을 가르며 사뿐히 별빛을 등지는 무정(無情)한 몸부림 속에서 희로애락이 떠나간 무상의 바람이 좁은 마당을 가득 메우고 있었다.

스으으!

이혈능이 목도를 거두어 가슴 앞에 일자로 세웠다.

처마 끝에 매달린 빗방울마냥 이마 가득 땀방울을 매단 이혈능이 입을 열어 말했다.

"이번엔 무정쇄불수(無情碎佛手)."

이혈능의 오른손이 곧장 수평으로 뻗어나갔다. 순간 오른손에서 강한 바람이 폭사되었다.

따닥!

마당 좌측에 있던 바위가 깨지며 돌가루가 흩날렸다.

이혈능이 자세를 풀었는데 무척 힘든 듯 숨을 헐떡거렸다.

"학! 하학! 지난 일 년 동안 연습한 전부야. 물론 형 마음에 차지 않겠지만 결코 게으름 피운 적은 없어."

"훌륭하다. 일 년 동안 피나는 고련을 하였구나. 진정 몰라
보게 달라졌다."

돌아오지 않는 형에 대한 그리움은 미움으로 변색되었다.
그래서 오기로 더 연습했다. 돌아오면 난 결코 놀지 않았다는
것을 보여주고 큰소리치기 위해 잠을 줄여가며 연습에 매달
렸다. 그런데 자신이 놀지 않았다는 것을 알아주는 대답에 형
을 향한 원망이 조금은 소멸되었다.

"가까이 오너라."

이혈능은 방 안으로 들어갔다.

"등을 돌리고 앉아보겠느냐?"

이혈능이 엉거주춤 등을 돌리고 앉자마자 이청천의 오른
손이 '퍼억' 소리를 내며 번개처럼 명문혈에 달라붙었다. 그
리고 곧바로 뜨거운 내력이 밀물처럼 밀려들어 왔다.

"우욱!"

워낙 순식간에 벌어진 일이었고 전혀 대처를 하고 있지 않
았기 때문에 이혈능은 다급한 비명을 지르며 상체가 쓰러질
듯 앞으로 휘청거렸다.

"혀… 혀엉!"

그때 이청천의 목소리가 빠르게 귓가를 파고들었다.

"시간이 없다. 속히 육합범천혈심결을 운행하여 내력을 받
아들여라."

"왜 이러는 거야?"

"아무 소리 말고 어서 운기하거라. 때라는 것이 있다. 놓치면 너도 나도 서로에게 커다란 손실이다."

진기가 들어오는데 일방적으로 몸을 일으키거나 한쪽이 거부하면 양쪽 모두 치명적인 내상을 입는다. 일생 동안 쌓아 올린 내력을 자신에게 넘겨준다는 것은 곧 삶의 마지막을 정리하고 있다고 봐야 했으므로 이혈능은 하늘이 무너지는 것 같았다.

왜 금방 돌아온다는 약속을 지키지 않았으며 일 년 동안 어디서 무엇을 했는지, 그리고 누구와 싸웠기에 온몸에 피를 뒤집어썼는지 가슴 밑바닥으로부터 의문이 구름처럼 일어났지만 지금은 그걸 물어볼 여유가 없었다.

이혈능은 육합범천혈심결을 운용했다.

거대한 물길이었다. 극양의 뜨거운 기류가 도도히 밀어닥쳤고 이혈능은 신중하게 육합범천혈심결을 운용하여 받아들이기 시작했다. 이청천의 내력이 순식간에 단전을 채워 나가기 시작했다. 이혈능은 육합범천혈심결을 더욱 빠르게 운용하며 거칠게 밀고 들어오는 이청천의 내력을 차곡차곡 쌓았다.

하루는 너무나 형이 보고 싶었다. 그래서 낙양을 가보기로 마음먹고 길을 나섰는데 안휘성에서 낙양이 있는 하남까지는 너무도 멀고 험한 길이었다. 결국 칠십 리 밖에 있는 오강의 포구에서 발길을 돌리고 말았다. 하나 형에 대한 그리움은 나날이 깊어갔고 어느 날인가 구화산에 올라서면 낙양이 보일지 모른다는 어리석은 생각을 떠올렸다. 그래서 이틀에 걸려 만 장 높이의 천대봉 절벽을 기어올라 갔지만 보이는 것은 구름과 푸른 하늘뿐이었다.

파르르!

전이대법이 막판에 이른 듯 이청천의 몸이 파장을 일으켰다. 하지만 이를 악물고 마지막 한 올의 진기까지 모조리 긁어 이혈능의 몸에 쏟아 넣었다.

투툭.

마침내 이혈능의 명문혈에 대어 있던 형의 손이 힘없이 밑으로 떨어졌다. 이혈능은 운기에 박차를 가했다. 형으로부터 들어온 진기는 부드러운 결정이 되어 단전에 쌓이기 시작했는데 곧 정(精)이다. 지금은 그렇게 뭉쳐 있지만 언젠가 자신의 기(氣)와 력(力)이 되어 신(身)으로 합쳐질 것이다.

운기를 마친 이혈능은 급히 돌아앉았다.

"학… 하학!"

가쁜 숨을 몰아쉬는 형의 낯빛은 창백했다. 핏기라고는 찾아볼 수 없는 안색이었지만 입가에는 만족스런 미소가 걸려 있었다.

"뭣들 하느냐, 어서 데리고 떠나거라."

그때까지 마당에 시립해 있던 일곱 명의 사내가 일제히 대답했다.

"예!"

이혈능이 눈을 크게 떴다.

"데리고 가다니? 내가 형을 놔두고 누굴 따라간단 말이야?"

"혈세칠검을 따라가거라. 여기 있으면 너도 죽는다. 그들은 절대 널 살려두지 않을 것이다. 저들이 널 보호할 것이다."

"그들이라면?"

돌연 이혈능의 눈이 무엇을 떠올린 듯 예리하게 번득였다.

"혹시 형이 북사… 야?"

형이 깜짝 놀라며 물었다.

"네가 그걸 어떻게 아느냐?"

이혈능은 입을 떠억 벌렸다. 오늘 낮에 장사꾼들이 나눈 대화 속에서 북사의 얘기를 들었다. 북사가 제왕성주를 노렸다가 실패하고 노관으로 쫓겨드는 바람에 하루 장사를 망치게 되었다면서 상인들은 그를 무척 원망했다. 자신 또한 애꿎은 상인들에게 피해를 안긴 북사를 슬쩍 흉보았다. 그래서 지금 누군가 쫓아오고 있다는 말에 넘겨짚고 물었던 건데 사실이라니.

"정말이야? 형이 제왕성주를 죽이려다 실패한 그 북사란 말이야?"

이청천의 얼굴이 급속히 창백해지기 시작했다. 삶의 마지막 기운이 떠나기 시작하고 있었다.

"믿어지지 않느냐?"

자신이 알고 있는 형은 약초를 매매하는 중상(中商)이었다. 구화산에서 약초를 캐는 약초꾼들에게 물건을 넘겨받아 먼 지역으로 내다 팔아 이윤을 남긴다. 장사를 나갈 때만 호신용으로 칼을 찼을 뿐 집에 들어와서는 지극히 평범했고 아직까지 단 한 번도 누구와 싸우는 모습을 보지 못했다. 다만 자신에게 무공을 가르칠 때의 모습이 워낙 진지해 조금은 이상한 느낌이 들긴 했지만 장사를 다니며 산적들의 위협에서 벗어나고자 무술을 배웠을 것이라는 생각 말고는 형의 무공에 대해 어떤 의미도 부여하지 않았다.

그런데 북사라니.

"시간이 없다. 이 아이를 부탁한다, 혈세칠검."

"우릴 따라오거라."

호리호리한 체격의 사내가 방문 앞에 서서 재촉했다.

바로 그때 한줄기 웃음소리가 마당을 휘몰아쳤다.

"우핫핫핫! 북사에게 혈육이 있었다니, 이거야말로 경천동지할 사건이군요."

거대한 회오리바람처럼 웃음소리가 윙윙거리며 이십여 명의 무사가 마당에 날아 내렸는데, 선두에 금사충과 관악봉이

서 있었다. 순간 혈세칠검이란 사내들 중 나머지 여섯 명이 금사충 일행의 앞을 막아섰다.

"중간에 몇 번 우리의 포위망에 구멍이 생겼어도 빠져나가지 않는 것을 보며 이상하다고 생각했는데 이곳에 두고 온 동생이 보고 싶어 그랬던 것이군요. 대륙제일의 고독한 늑대에게 핏줄이 있었다니 정말 너무 의외입니다. 핫핫핫!"

금사충이 큰 소리로 웃었다.

이윽고 표정을 고친 금사충이 이청천을 향해 깍듯이 포권의 예를 취했다.

"서로가 쫓고 쫓겼지만 이렇게 직접 대면하긴 처음인 것 같습니다. 북사 대협께 정식으로 인사 올리겠습니다. 제왕성 혈리대 대주 금사충이라고 합니다."

이청천의 눈에서 이채가 피어났다.

"금사충?"

"사람들은 저를 제왕성주의 충견이라고 한다지요. 그렇습니다. 저는 성주님의 충성스런 개입니다."

"……."

"오늘 밤 북사 대협을 죽여야겠으니 이 개새끼의 무례를 용서하십시오. 무엇들 하고 있느냐! 최대한의 예우를 다해 북사 대협을 보내 드려라!"

관악봉이 왼쪽 옆구리에 매달린 파산탈부를 거머쥐고 큰 소리로 외쳤다.

"들었느냐? 놈을 잡으라는 명령이시다!"

앞을 막고 있던 여섯 명의 혈세칠검이 일제히 검을 뽑아 들었다.

재— 채채챙!

그걸 보는 관악봉의 인상이 우그러졌다.

"네놈들이 막겠다는 것이냐. 오냐, 어디 막아봐랏!"

관악봉이 그대로 파산탈부를 휘둘렀고 뒤를 따라 관악봉의 부하들이 일제히 혈세칠검을 공격했다.

금사충이 방을 향해 다가서자 혈세칠검 중 한 명이 그대로 찔러 들어갔다.

피식!

금사충의 입꼬리가 말려 올라가더니 냉정한 외침을 터뜨렸다.

"북사를 돕는 너희들은 누구지?"

하나 혈세칠검 중 누구도 입을 열지 않았고, 금사충이 껄껄 웃었다.

"좋아. 일단 잡으면 알게 될 일."

금사충의 오른손엔 어느새 방망이 한 개가 쥐어져 있었다. 샘에서 빨래를 하는 아낙들 손에 들린 방망이와 다르지 않았는데 단지 먹물 속에 담갔다 꺼내놓은 듯 시커멓다. 찔러오는 혈세칠검 중 한 사내의 검을 방망이로 후려쳤다.

뚜욱!

한데 방망이와 부딪친 검이 힘없이 부러지고 말았다. 단 일 초에 검이 부러뜨리는 방망이를 보며 사내의 눈빛이 급속히 흔들렸다. 보통 방망이가 아니라는 것을 간파한 것이다.

그때 이청천이 이혈능에게 독촉했다.

"형에 대해 궁금한 것이 많을 것이다. 모든 건 소천득이 말해줄 테니 어서 함께 이곳을 떠나거라."

"가지 않겠어! 형을 놔두고 날더러 어딜 가라는 거야? 그럴수는 없어."

"정녕 말을 안 듣겠느냐?"

"도망을 쳐도 형을 데리고 갈 거야."

바로 그때 꽝 하는 소리에 이혈능이 고개를 돌렸다. 금사충의 방망이에 맞은 소천득의 몸이 벽을 뚫고 옆방으로 나자빠졌다. 그리고 금사충의 방망이가 방향을 바꾸더니 곧장 이청천을 파고들었다.

쐐애액!

이청천을 부축하고 있던 이혈능은 다급한 김에 바닥에 떨어진 형의 칼을 들어 방망이를 후려쳤다.

티익!

하나 태풍에 휩쓸린 낙엽처럼 이혈능의 칼은 손아귀에서 빠져나가 구석으로 날아가 버렸고 금사충의 방망이가 형의 앞가슴을 정통으로 뚫어버렸다.

푸우욱!

"이 새끼가!"

그때 옆방으로 나자빠진 소천득이 입가에 핏물을 흘리며 달려들었고 마당에서 싸우던 무사들까지 일제히 방 안으로 뛰어들었다.

"개자식!"

"죽엇!"

혈세칠검의 합공에 금사충이 넓은 공간인 마당으로 몸을 이동시켰다.

쾅쾅!

"죽엇!"

마당에서 치열한 격전이 벌어지는 가운데 이청천의 가슴에서 피가 샘물처럼 흘러내렸다.

이청천의 떨리는 손이 이혈능의 손을 쥐었다.

"가라!"

이청천의 입술이 파랗게 푸들거렸고, 입 언저리에는 흰 거품이 부글부글 끓어올랐다.

"혈능아, 빨리… 가… 거라……!"

"혀엉."

"너… 에게 잘해… 주고 싶었는데, 이 형을 용서해 다오……. 사랑한다, 혈능… 아."

이청천이 마지막 말을 뱉고 고개가 옆으로 꺾였다.

툭!

"형… 혀어엉!"

이혈능은 이청천을 끌어안고 소리쳐 불렀다. 이청천은 두 눈을 뜨고 숨을 거두었는데, 어서 도망치라는 간절한 소망이 담겨 있었다.

"크악!"

비명 소리가 들려왔다. 혈세칠검 중 한 명이 쓰러지고 있었다. 관악봉을 필두로 하는 제왕성 무사들의 무공은 살인적이었고 특히 숫자가 너무 많았다. 더구나 금사충의 방망이가 한 번씩 휘둘러질 때마다 방과 마당의 경계에 서 있는 혈세칠검은 무척 당황했다.

이혈능은 자리에서 일어났다. 열다섯의 나이가 가지는 영역의 한계는 강호무림의 무서운 이치를 헤아리기에는 아직 빈약했지만 한 가지는 확실하게 머릿속에 자리 잡고 있었다. 눈앞에서 벌어지고 있는 일은 꿈이 아닌 냉정한 현실이며 자신의 현재 능력으로는 도주 말고는 어떤 방법도 금사충을 비롯한 제왕성 무사들의 위협에서 벗어날 수 없다는 것이었다.

탁!

이혈능은 방바닥에 떨어져 있는 녹슨 형의 칼을 집어 들었다. 가오리 껍질을 둘둘 감은 칼의 손잡이에서 형의 체온이 느껴졌다. 시뻘겋게 녹이 슨 칼은 장사를 나갈 때를 제외하고는 항상 마루 밑 먼지 구덩이 속에 처박혀 있었다.

무정도법을 시범 보일 때 휘두르던 칼을 보며 녹도 좀 떼어

내고 숫돌에 갈아서 광을 좀 낼 일이지 저렇게 내버려 둘까 하며 형의 게으름에 혀를 차기도 했던 칼을 낡은 도집에 넣고 옆구리에 꿰찼다.

이혈능은 이청천을 쳐다보았다.

눈을 뜨고 있어서인지 죽었는데도 살아 있는 것처럼 보였다. 금방이라도 '내 동생 어디 한번 안아보자' 하고 하나뿐인 오른팔을 한가득 벌릴 것 같았다.

주르륵!

아무리 눈물을 참으려고 해도 소용이 없었다.

"형아."

소리 내어 불러봤지만 아무런 대답이 없었다.

자신을 버려두고 도망쳤다는 생각에 잠을 이루지 못할 때가 있었다. 하루 이틀도 아니고 몇 달이 지나도 돌아오지 않는다는 것은 자신을 버리고 도망갔다는 것 말고는 달리 생각할 여지가 없었다. 하나뿐인 동생을 버려두고 혼자 잘살겠다고 도망친 형이라고 생각하자 이가 갈렸고 어떻게 해서라도 복수를 해야겠다는 마음을 먹었다. 하나 이내 그럴 리는 절대 없다고 마음을 고쳐 먹었지만 솔직히 오늘까지 마음 한구석에는 그런 의심이 없지는 않았다.

이혈능은 문고리를 잡고 다시 한 번 형을 돌아보았다. 흘러내리는 눈물 때문인지 형의 얼굴이 두 개로 보인다. 이혈능은 형이 부쩍 말랐다는 생각을 하며 문을 밀쳤다.

"가요!"

이혈능은 뒷문을 열었다. 뒷문으로 나가면 곧바로 대밭으로 이어진다. 이미 이곳 지리는 자신이 훤했으므로 앞장을 섰고 소천득이란 사내가 뒤를 따랐다.

하나 몇 걸음 가지 못하고 다시 돌아섰다.

아무리 생각해도 이 모든 것이 꿈 같았다.

그토록 애타게 기다렸던 형은 돌아오자마자 채 한 시진도 함께 있지 못하고 숨을 거두었고, 일 년 동안 가슴을 조이고 어깨를 짓눌러왔던 그리움의 무게가 벗겨지는가 했는데 죽음이라니 너무 기가 막힐 뿐이다.

"컥!"

"하학!"

마당 쪽에서 비명 소리가 들렸고 금사충의 살기 가득한 목소리가 밤하늘을 지배했다.

"이자들을 빨리 죽이고 속히 도망친 동생을 잡아야 한다!"

소천득이 재촉했다.

"뭐 하느냐? 시간없다."

이혈능은 눈물로 범벅이 되어 돌아섰다. 이윽고 뛰기 시작했다.

다다닥!

하나 대나무가 너무 촘촘해 신법을 펼치기가 쉽지 않다. 그래서 신법을 삼가고 보법 위주로 대밭을 달렸다.

사실 형에게 이상한 모습이 전혀 없었던 것은 아니었다. 형은 이따금 툇마루에 걸터앉아 의미를 알 수 없는 한숨을 짓곤 했었다. 언덕 아래로 막연하게 던진 눈빛은 어딘가에 정신을 팔고 있음이 분명했다. 그렇게 한참을 앉아 있던 형은 조용히 방문을 열고 방으로 들어가 때아닌 낮잠에 빠져들곤 했고, 기역자로 꾸부린 조촐한 형의 수면을 보고 있노라면 왠지 모르게 회한에 사무쳤다. 그건 약초 가격에 울고 웃는 구차한 장사꾼의 소담(小膽)과는 적지 않은 거리가 있는 모습이었다. 하지만 그 정도로 형의 행동에서 북사라는 자객의 숨겨진 모습을 발견할 수는 전혀 없었다. 형은 속였고 자신은 완벽하게 속아 넘어간 것이다.

쏴아아!

대밭 속은 습기로 축축하게 가라앉아 있었다. 바람이 부는 듯 머리 위로는 껑충한 대나무들이 이파리를 뒤척여 대는 소리가 요란했지만 아래쪽은 무척 조용했다.

온몸이 땀으로 흥건히 젖었다. 이혈능은 이마의 땀을 훔치며 자신이 달려온 뒤쪽을 돌아보았다. 대 잎사귀에 달빛이 가려 어둡기도 했지만 집은 보이지 않았기에 혈세칠검의 우두머리인 소천득의 두 눈은 다급한 빛을 뿌렸다.

"왜 멈추는 거냐? 우리에게는 여유가 없다고 했지 않느냐?"

캄캄한 어둠 속에서 낯선 사내와 서 있는 자신을 보면서 비로소 형이 죽었다는 것이 피부에 와 닿기 시작했다.

　다다닥!

　이혈능은 빼곡하게 들어찬 대나무 사이를 다시 내달렸다. 대나무 밭을 지나면 황소 한 마리가 뛰어들어도 표식이 잘 나지 않은 일평구라는 잡목 숲이 나온다. 이혈능의 일차 목표는 바로 그 일평구였다.

第三章 은원(恩怨)

시련의 연속 끝에 마침내 웅크렸던 몸을 일으켜 창비한다!

복수를 위해 제왕성에 뛰어든 소년에게 닥친 엄청난 고난과

신비하며 때로는 악마의 모습을 갖춘 소림삼십칠방의 등장!

험난하고 고독하며 위력적이고 놀라운 곳, 그곳의 문이 열린다!

『소림삼십칠방(少林三十七房)』

小林三十七房

　그런데 대나무 밭을 빠져나와 가파르게 이어지는 일평구의 검을 숲을 향해 막 도약을 하려는데 전면으로부터 강력한 압력이 쏟아져 왔다.

　"추운장이다. 비켜라!"

　뒤를 따라오던 소천득이 벼락처럼 앞으로 나서며 검을 뽑아 힘껏 내려쳤다.

　퍼억!

　강력한 반탄강기에 주위 대나무들이 아우성을 쳤고, 땅에 내려선 이혈능의 시선 속으로 열 명의 흑의인을 거느린 사판수가 대나무 밭과 일평구 중간에 서 있는 모습이 보였다.

"사 어르신 아니십니까?"

목향루 또한 같은 노관에 있고 배달 도중 자주 사판수를 만났기 때문에 잘 알고 있었다.

이혈능은 반가운 마음에 눈물을 훔치고 물었다.

"어르신께서 여긴 어쩐 일입니까?"

하나 이내 차가운 시선으로 자신을 쳐다보는 사판수를 보며 뭔가 잘못되었다는 것을 느꼈다.

사판수가 냉랭한 목소리로 물었다.

"그러는 넌 여기에 어떻게 있느냐?"

이혈능이 얼른 대답을 하지 못하고 우물쭈물하자 사판수가 조용한 목소리로 입을 열어 말했다.

"한낱 점소이였지만 난 널 예사로 보지 않았다. 그런데 역시 내 눈이 잘못된 게 아니었구나. 역시 대호의 동생은 아무리 흙탕물 속에 던져 놔도 달라."

소천득이 한 걸음 나서며 빠른 목소리로 말했다.

"가라. 여긴 내가 막겠다."

이혈능은 어디로 가느냐고 막 물으려는데 귓속으로 소천득의 전음이 파고들었다.

"여기서 북쪽으로 삼십 리쯤 가면 비월사(悲月寺)라는 낡은 폐찰이 있다. 그곳에서 날 기다려라."

이혈능은 가지 않고 이곳에 남아 함께 싸우겠다고 말하려는데 생각을 읽기라도 한 듯 소천득의 전음이 다시 들렸다.

"위험은 있겠지만 쉽사리 죽지는 않는다. 내 걱정은 말고 전력을 다해 도망쳐라."

부웅!

소천득의 몸이 떠올랐다. 한 마리 새처럼 날아오른 소천득이 사판수를 양단해 들어갔다. 날아가는 소천득의 뒷모습이 왠지 비장해 보였다. 자신을 재촉하는 목소리가 조금 젖은 듯 들리는 것이 형을 잃은 데서 오는 적지 않은 비감 때문일까?

슈욱!

이혈능은 맨발로 땅을 박차 올랐다.

"어딜 가느냐! 못 간다."

두 명의 흑의무사가 달려들자 사판수를 공격하던 소천득의 검이 번개처럼 빠져나와 가로막았다. 그 틈을 놓치지 않고 이혈능의 몸은 우거진 일평구 속으로 자취를 감춰 버렸다.

어둠이 무겁게 내려앉아 있었다. 먹물을 뿌려놓은 듯 아무리 눈을 부릅떠도 보이는 것이라고는 장막처럼 두텁게 드리워진 어둠뿐이었다. 무겁고 음산하기 그지없는 짙은 어둠 속에서부터 가슴을 쥐어짜는 듯한 불호가 흘러나왔다.

"아미타불!"

중생들의 번뇌를 씻어내고 제도와 축원을 담아야 할 불호는 정한으로 켜켜이 쌓여 있었다. 새끼줄을 붙여놓은 듯 굵은 주름은 노승의 나이를 짐작할 수 없도록 만들었다. 두 눈을 질끈 감고서 연신 불호를 외우고 있는 것이 한눈에도 모진 갈등과 치열한 시름에 시달리고 있는 듯했다.

"아미타불!"

"선사님!"

더 이상 생산성없는 시간을 보낼 수 없다고 판단한 듯 우뚝솟은 산봉우리처럼 훤칠한 키의 사내가 노승을 재촉했다. 사내는 무릎을 꿇고 앉아 있었는데, 허벅지는 말뚝처럼 튼튼해보였고 양손은 솥뚜껑 같았으며 목은 짧고 굵었다. 사내의 검게 탄 얼굴색이 수시로 색깔을 달리하는 것이 뭔가 다급한 사정을 고하고 있는 것 같았다.

"지체할 시간이 없사옵니다. 추가로 무사들을 보내야 합니다. 이대로 놔뒀다가는 그의 유일한 혈육까지 위험에 빠질지 모릅니다."

노승을 쳐다보는 사내의 눈빛은 거친 열기를 태우고 있었다.

팟!

문득 굳게 감겨 있던 노승의 눈이 빛을 발했다. 어둠을 가르는 두 가닥 광채는 배반자의 살의까지도 초월할 만큼 날카로웠다.

사내의 얼굴에 긴장의 빛이 떠올랐다. 사내는 오십 중반쯤으로 보였는데, 숨을 죽이며 노승을 주시하고 있었다.

"석룡(蜥龍)을 아느냐?"

느닷없는 석룡 얘기에 사내는 멈칫했다. 노승은 나직했지만 힘이 가득 실린 목소리로 말했다.

"그놈은 위기에 처하면 지 몸의 꼬리를 잘라내고 사라진다. 그건 한마디로 몸통까지는 내놓을 수 없으니 그것만 먹고 떨어지란 뜻이다."

"무, 무슨 말씀이온지……?"

"그들 모두와 인연을 끊어라. 더 이상 정(情)에 연연했다가는 크게 위험하다. 어쩔 수 없다. 몸통을 지키기 위해서는 고통스럽더라도 꼬리를 잘라내는 수밖에."

사내의 동공이 확 커졌다.

"아니 되옵니다! 그럴 수는 없사옵니다."

"최선을 다했다. 그들 일곱 명을 보낸 것도 천 년의 위험을 각오한 비장한 조치였다. 더 이상 무사들을 보냈다간 자칫 꼬리를 아끼려다 몸통까지 노출되는 화를 당할 것이다."

"선사님!"

노승의 두 눈에서 도도한 광채가 줄기줄기 폭사되었다.

"명하노니 이 시간 이후 그에 대한 모든 것을 깨끗하게 지우도록 하라."

노승은 단호한 한마디를 내뱉고 다시 눈을 감아버렸다.

툭툭툭!

거칠게 염주를 굴리는 노승을 바라보는 사내는 커다란 충격을 받은 듯 한동안 꼼짝도 하지 않았다. 한참을 뚫어져라 쳐다보던 사내는 비통한 한숨을 지으며 몸을 일으켜 세웠다.

휘청!

손을 벽에 짚어 넘어지려는 몸을 바로 세운 사내는 뒤뚱거리며 어두운 방을 걸어나갔다.

팍!

돌연 노승이 굴리던 검은 염주가 깨지고 검지 끝을 타고 한 줄기 피가 방바닥으로 떨어져 내렸다.

주르륵!

"세존이시여, 노납을 만겁의 불 지옥에 던져 넣으소서."

노승의 입술을 비집고 나온 목소리는 떨리고 있었다.

"아미타불! 아미타불!"

끊어진 인연의 사슬이 못내 안타까운 듯 노승의 처연한 불호가 방 안을 맴돌았다. 그리고 어둠은 이내 노승을 완전히 집어삼키며 침묵으로 몰아넣었다.

일평구는 칠흑처럼 어두웠다. 어느덧 달빛도 서산으로 기울었고 우거진 가시덤불과 잡목들이 별빛까지 차단하여 숲은 암흑으로 뭉쳐 있었다.

이혈능은 조심조심 보법과 신법을 지형에 맞춰 펼치면서 일평구를 나아갔다. 노루 사냥을 위해 몇 번 들어와 일평구의 지리는 상당히 눈에 익어 있었다. 비월사로 가려면 동북쪽으로 방향을 잡아야 했다. 한 번도 가본 적은 없지만 언젠가 비월사라는 버려진 절이 있다는 말을 형에게 들은 기억이 있었다.

뚝!

앞만 보고 부지런히 나아가던 이혈능의 몸이 어느 순간 벼락을 맞은 듯이 정지했다. 전방의 고목 아래 희뿌연 모양을 드리우며 한 사람이 서 있었다. 갈라진 고목의 껍질처럼 주름살 가득한 얼굴의 인물은 다름 아닌 어젯밤 집으로 돌아오면서 불쑥 만났던 개방 장문인 구환개였다.

이혈능은 반색하여 불렀다.

"구 영감님!"

이혈능은 여전히 구 영감으로 호칭했고 구환개는 무심하게 말했다.

"북사의 동생이라고 들었다."

순간 이혈능의 안색이 굳었다. 본능적으로 구환개의 등장이 자신에게 결코 호의가 아니라는 느낌이 강하게 든 것이다.

"무슨 말씀이십니까?"

구환개가 굳은 얼굴로 말했다.

"날 속일 생각은 하지 마라."

"저도 속일 생각은 없습니다. 다만 믿을지 안 믿을지 모르지만 저도 제 형님이 북사라는 것을 오늘 밤에서야 알았습니다."

구환개가 다가섰다. 그리고 천천히 쌍장을 들어 올렸는데,

두 눈에선 무서운 살기가 뿜어져 나왔다.

이혈능은 흠칫 놀라며 뒤로 한 걸음 물러났다.

"저를 죽이려는 건가요?"

"그렇다."

"저를 왜 죽이려고 하는 것입니까?"

"몰라서 묻느냐?"

"북사의 동생이라는 것 때문인가요?"

이혈능이 피식 웃었다.

"화근이 될 수도 있으니 미리 제거하겠다는 것이군요?"

"똑똑하구나."

구환개의 쌍장이 벼락처럼 앞으로 뻗어나왔다.

팟!

손바닥이 번쩍 뒤집어졌다고 여기는 순간 싸늘한 느낌이 가슴 앞까지 도달하고 있었다. 이혈능은 본능적으로 피해야 한다는 생각에 좌측으로 이동했다.

슥.

아슬아슬하게 어깨를 스치며 지나간 구환개의 장력은 뒤에 있는 소나무를 부러뜨렸다.

퍼억!

구환개의 눈이 커졌다.

"호오! 노부의 일장을 어렵지 않게 피하다니, 과연 북사의 동생이구나. 어디, 그럼 이것도 한번 피해보거라."

형에게 열심히 배우기만 했지 실전 경험이라고는 아직 한 번도 없었다. 그래서 지금 이혈능은 무척 당황하고 있었고 심장이 밖으로 튀어나올 듯 두근거렸다. 이혈능은 마음속으로 침착해야 한다고 연신 자신을 다스렸다.

쉬익!

조금 전과는 속도에서 비교도 안 될 만큼 빠른 장력이 날아왔다.

꿀꺽!

마른침을 삼키며 왼쪽 허리에 차고 있던 형의 칼을 뽑아 있는 힘껏 내려쳤다. 무정도법을 배웠지만 너무 당황한 끝에 쏟아낸 본능적 행위는 개방의 진산절기 회선장법에 저항할 수가 없었다.

퍼억!

장력을 내려쳤던 칼이 거센 힘에 튕겨 나왔고, 앞가슴에 구환개의 장력이 틀어박혔다.

"크후욱!"

뒤로 나자빠진 이혈능은 벌떡 일어났다. 구역질이 일어나고 눈앞이 빙빙 돌았지만 이를 악물고 구환개를 노려봤다.

'침착하자, 침착해.'

삶은 몸이 아니라 정신이라고 형은 말했다. 몸은 정신이 가는 대로 따라갈 뿐이며 정신을 똑바로 차리면 이루지 못할 것이 없다고 귀가 아프도록 말했다.

'난 할 수 있다. 차분하게 생각해야 한다.'

그러면서 이혈능은 부지런히 육합범천혈심결을 운용했다. 열심히 수련하면 강(强)을 이루고 결(結)을 알며, 한 단계 더 올라 정(靜)을 얻어 궁극에는 상(上)에 이른다는 육합범천혈심결.

육합범천혈심결을 운용하자 놀랍게도 구역질할 것 같던 게 가라앉으며 몸이 가벼워졌다.

'된다!'

그때 구환개의 장력이 다시 날아오고 있었다.

다급했다. 이혈능은 잽싸게 육합범천혈심결에 무정도법 제일초 무정절의 구결을 섞었다. 무정절은 단순하지만 아주 빠른 도법으로 극성에 이르면 뭐든지 잘라낼 수 있다고 형은 말했다.

"이 쌍!"

이혈능은 온 힘을 다해 날아오는 구환개의 장력을 후려쳤다.

뻐억!

"후훅!"

또다시 비명을 지르며 뒤로 물러났지만 앞서와 달리 이혈능의 표정은 절망적이지 않았다. 가슴이 찌르르 하고 오른쪽 팔목이 충격으로 시큰거렸지만 자신의 칼에 구환개의 장력의 일부가 잘려 나갔기 때문이다.

"정말 놀랍구나. 이 정도의 실력을 갖추었는데도 노부가 네가 무공을 익혔다는 사실을 전혀 알아보지 못했다니, 역시 대호답게 동생에게 자신을 감추는 법을 제대로 가르쳤구나."

구환개의 오른손이 느릿하게 원을 그리고 있었다. 이미 두 번에 걸친 장법을 펼칠 때도 원을 그렸는데 그보다 훨씬 진지했다. 이혈능은 본능적으로 앞선 두 번의 공격보다 더 높은 위력의 장법을 준비한다는 것을 눈치 채곤 호흡을 가다듬었다.

차아아!

완전히 한 바퀴를 돈 구환개의 오른손이 쭉 뻗어 나오며 강력한 장력을 쏟았다. 회선장법 오식 망향회수가 펼쳐진 것이다.

이혈능은 빠르게 무정도결을 암송하며 형을 밟아갔다.

─무정도재위중(無情刀在危中), 무정한 칼은 위험 속에 있어도

불개도력위(不改刀力威), 결코 그 위력이 잦아들지 않는다.

무정도법 제이식 무정수의 식.

오른손에 들린 철도가 직선으로 뻗어나가며 마주쳐 오는 구환개의 장력 중심 부위를 파고들었다.

치이—익!

쇠를 긁는 섬뜩한 소리가 터지며 철도가 장력의 중심 부위를 파고들자 구환개가 멈칫했다.

"갈!"

이내 분노의 사자후가 터지며 위력이 급상승해졌고 두 치 가까이 장력을 뚫고 들어가던 철도가 무서운 힘에 의해 밀려 나왔다.

화악!

이어 칼을 통해 들어온 엄청난 힘이 사방으로 퍼지면서 온몸을 휘감아 버렸다.

"커헉!"

이혈능이 숨넘어가는 비명을 지르며 뒤로 날아갈 때 한 사내가 나타나 황급히 받아냈다. 이혈능을 끌어안은 사내는 온몸에 피를 흘리고 있는 소천득이었다. 이혈능은 소천득의 처참한 모습을 보며 두 눈을 휘둥그레 떴다.

"많이 다쳤잖아요?"

"웨엑!"

소천득은 피를 토했다. 하나 두 눈은 지독하게도 형형했고 이혈능을 가로막고 서며 낮았지만 단호한 목소리로 말했다.

"계속 가라."

"나도 함께 싸우겠어요!"

소천득은 매섭게 소리치며 구환개를 향해 날아갔다.

"이 새꺄, 가라면 가, 빨리!"

구환개가 날아오는 소천득을 보며 광소를 터뜨렸다.

"핫핫핫! 이름도 없는 허접한 너 따위가 노부를 베려느냐?"

구환개의 장력이 소천득을 휘감아 버렸고 거센 회선장법을 뚫기 위해 발악을 하는 소천득의 검을 보며 이혈능은 하는 수 없이 몸을 날렸다. 자신이 남아 있어봤자 해만 될 뿐이다. 한시라도 소천득의 말처럼 빨리 떠나는 것이 좋다.

"자네는 누군가?"

구환개가 나직이 물었다.

"으왁!"

소천득이 피를 한 모금 내뱉으며 대답했다.

"쓸데없는 질문입니다."

"그렇군. 정말 쓸데없는 질문이로군."

구환개의 장력이 날아왔다.

쿠콰콰콰!

그것은 바람이라기보다는 거센 톱니바퀴였다. 쇳덩이라도 갈기갈기 찢어버릴 것 같은 구환개의 회선장법을 쳐다보는 소천득의 얼굴에 절망이 피어났다.

자신의 몸 상태가 정상일지라도 결코 항거할 수 없는 위력의 회선장법이었지만 소천득은 망설이지 않았다.

슈와악!

소천득은 있는 힘껏 날아오는 회선장법을 베었다.

카캉!

하나 검은 힘없이 튕겨 나갔고, 충격으로 비틀거리는 소천득의 몸을 거친 바람이 할퀴어 버렸다. 걸치고 있는 의복과 살점이 사정없이 뜯겨 나가며 자욱한 피보라가 허공을 메웠다.

푸—푸푸푹!

"크악!"

소천득이 피투성이가 되어 비틀거렸다.

"삐—이익!"

그때 누군가를 부르려는 듯 구환개가 입술을 오므려 강한 휘파람을 불었다.

그리고 십여 호흡도 지나기 전에 옷자락 펄럭이는 소리가 들리더니 다섯 명의 무리가 장내에 날아 내렸다. 비록 지저분한 누더기를 걸친 꾀죄죄한 행색이었지만 두 눈에서는 별빛 같은 신광이 쏟아져 나왔고 허리에 네 개의 매듭을 두르고 있었다.

이들은 바로 개방의 방주를 수행하는 오구자(五狗子)로 모두 호법 급이었다.

"부르셨사옵니까?"

구환개가 비틀거리는 소천득을 보며 차갑게 말했다.

"난 북사의 동생을 쫓아야겠다. 저 아이는 너희가 잡아라."

"염려 마십시오."

부하들에게 소천득을 맡기고 구환개의 신형이 바람처럼 이혈능이 사라진 곳을 향해 날아갔다. 사라지는 구환개를 보며 소천득의 두 눈이 커졌다. 구환개의 신법은 육지비행술이었는데 그것은 이혈능이 그의 손을 빠져나갈 확률이 높지 않다는 것을 강하게 시사하고 있었다.

이혈능은 비월사가 있는 북쪽을 향해 죽어라 달렸다. 숨이 턱까지 차 올랐고 주위가 어두운 탓에 자꾸 나무와 바위에 부딪쳤지만 그때마다 벌떡 일어나 다시 산길을 달렸다. 땀과 눈물이 범벅되어 흘렀고 살아야 한다는 본능까지 더해지면서 이혈능의 모습은 마치 한 마리 짐승과 같게 되었다.

"학학!"

두 개의 산봉우리를 넘어섰다.

어림잡아 족히 십 리는 달려온 듯싶었다. 점점 다리가 풀리기 시작했고 체력이 급격하게 떨어지기 시작했다.

뚝!

산모퉁이를 돌아 달리던 이혈능의 발걸음이 느닷없이 멈춰 섰다.

이제 막 떠오르기 시작한 서쪽의 초승달을 등지고 구환개가 길을 막고 있었다.

이혈능이 거칠게 숨을 헐떡이며 말했다.

"비켜주십시오. 부탁드립니다."

구환개가 무심하게 말했다.

"내가 비켜주리라 생각하느냐?"

"제왕성과 어떤 관계인지 모르겠지만 저와도 얕지 않은 관계를 맺지 않았습니까?"

"지난 시간의 인연을 생각해서 한 번 봐달라는 얘기구나?"

"안 되는 것입니까?"

구환개가 깊숙한 시선으로 쳐다보았다.

모든 점쟁이는 약간의 허풍과 과장을 섞는다. 단점은 축소하고 장점은 부풀려야 고객이 즐거워하기 때문이다. 역불객역시도 이혈능의 관상에 대해 상당한 허풍을 섞었을 것이지만 전혀 근거없는 말을 하는 사람은 아니었다. 천하백군복 상이라는 건 나중에 무척 큰 인물로 성장할 상을 갖추었다는 뜻이다.

역불객의 관상 풀이가 아니었어도 이혈능을 처음 만났을 때 받았던 충격은 결코 작지 않았다. 가히 타고난 무골이라할 만큼 이혈능의 신체 조건은 뛰어났다. 천하를 종횡하며 내로라하는 기재들을 봐왔지만 아직까지 그 누구도 이혈능만큼 감탄을 자아내게 만드는 아이는 보지 못했다. 일문의 수장으로서, 또한 강호의 고수로서 뛰어난 제자를 얻는 것은 그 어떤 행복과도 비교할 수 없는 절대적인 기쁨이다.

그래서 하루도 빠지지 않고 대월루를 찾아가 그와의 관계를 좁혔고 환심을 사기 위해 수고를 아끼지 않았다.

그리고 어젯밤 마침내 긍정적인 답변도 얻었다. 한데 불과 반 각 후에 들려온 소식은 청천벽력이었다. 자신들과 가장 대립각을 세우고 있는 북사와 뗄 수 없는 관계라는 사실 앞에 처음으로 하늘을 원망하기도 했었다.

"저를 보내주십시오, 영감님!"

이혈능은 끝까지 영감님이라고 말했다. 그것은 듣는 사람으로 하여금 묘한 감정을 불러일으켰는데 그 어떤 호칭보다 마음을 뒤흔들기에 충분했다.

"한 가지만 묻겠다. 우리 손에 너의 형이란 사람이 죽었다. 이 사실을 잊을 수 있겠느냐?"

이혈능은 단호히 고개를 가로저었다.

"아니오. 절대 잊지 못합니다."

"그래서 널 보내줄 수가 없는 것이다. 나중에 화가 될 것이라면 미리 밟아야 한다. 이것은 나뿐만이 아니라 강호인이라면 누구나 인정하고 수긍하는 불변의 법칙이지."

이혈능이 칼자루를 잡으며 말했다.

"그렇습니까? 하면 죽이십시오."

채앵!

이혈능이 칼을 뽑아 들었다.

그리고 두 눈에 힘을 주며 한자한자 또렷하게 말했다.

"꼭 죽이십시오. 만에 하나 소생을 죽이지 못하면 크게 후회하실 겁니다."

구환개가 웃었다.

"물론이다. 반드시 죽여주겠다."

한때는 하루 종일 그리워할 만큼 거두고 싶었지만 이제는 반드시 죽여야 한다. 하루라도 보지 않으면 궁금해서 안달을 할 만큼 좋아했는데, 그래서 노관에서 살다시피 했는데 이제 모든 것이 물거품이 되고 말았다.

"잘 가거라, 이혈능."

구환개의 양손에서 장력이 뻗어졌다.

체력이 떨어진 탓인가? 처음 겨룰 때보다 훨씬 빠르고 강하게 느껴졌다.

슈우욱!

이혈능은 무정절의 구결을 따라 칼을 측면으로 빠르게 내려쳤다.

콰아앙!

구환개의 장력에 부딪치자 손아귀가 찢어질듯 아파왔다. 강한 충격에 의해 칼이 손아귀를 벗어나려 했으므로 혼신의 힘을 다해 칼을 거머쥐었다.

구환개의 눈이 커졌다.

"호오, 불과 반 각도 지나지 않았는데 달라졌구나. 역시 넌 살려뒀다간 무서운 재앙이 될 것이 틀림없다."

구환개의 신형이 무서운 속도로 달려들었다.

쉬이이!

면전 가까이 다다른 구환개의 쌍장이 쾌속하게 뻗어 나왔는데 그물처럼 이혈능의 전신을 덮어왔다.

개방이 자랑하는 회선장법 중 최고의 절초인 회구살망(回狗殺網).

일명 바람의 그물이라고도 불리며, 한 번 갇히면 빠져나갈 수 없을 뿐만 아니라 전신이 산산조각이 되고 만다.

쿠와아아!

자신을 덮듯이 떨어지는 구환개의 장력을 향해 이혈능의 칼이 번득였다.

콰―콰아!

무정절과 무정풍을 동시에 펼쳤다.

콰쾅!

이혈능의 칼이 구환개의 장력을 연속적으로 베었다.

멈칫!

이혈능의 두 눈이 커졌다. 잘렸다고 느낀 장력이 다시 달라붙고 있었다. 잘린 것이 아니라 강한 도기에 의해 약간 늘어졌다가 원래대로 돌아온 것이다.

쿠와아!

이혈능의 안색이 굳어졌다.

'위험하다!'

벼락처럼 파고드는 회구살망을 피하기 위해 옆으로 이동
했다. 귀불보법이 펼쳐진 것이다. 하나 백전노장이고 강호에
서 손가락에 꼽히는 대고수의 공세를 피하기에는 이혈능의
능력이 턱없이 부족했다.

퍼어―억!

둔탁한 소리가 터져 나오며 이혈능의 몸이 뒤로 날아가 한
마리 교룡처럼 서 있는 고송에 부딪쳤다.

쾅!

이혈능의 몸은 피투성이가 되었다.

잠시 죽은 듯 꼼짝도 않던 이혈능이 꿈틀거리며 몸을 일으
켜 세웠다.

휘청!

몸의 중심을 잡지 못해 비틀거렸는데 부상이 깊은 듯 보였
다. 하나 이혈능은 끝내 몸을 바로 세우고 구환개를 노려보았
다.

흠칫!

구환개가 깜짝 놀랐다.

자신을 쳐다보는 이혈능의 시선은 사람의 눈빛이라고 하
기에는 지나치게 메말라 있었다. 온기가 철저히 배제된 삭풍
과 같아 보는 사람으로 하여금 서늘한 느낌을 갖도록 만들기
에 부족하지 않았다.

"개방의 장문인 되신다고 했습니까?"

"구환개라고 부른다."

"아까도 말했지만 저를 살려둬서는 안 될 것입니다."

"이 상황에서 네가 살아날 수 있다고 생각하느냐?"

이혈능이 입가에 미소를 지었다.

"쉽지는 않을 것 같습니다. 하나 희망을 버리지는 않고 있습니다. 우리 형이 세상에서 가장 나쁜 것이 포기하는 것이라고 말했거든요."

구환개의 표정이 굳어졌다.

이혈능의 더듬거리며 계속 말을 이었다.

"뭐든지 할 수 있다고 생각하면 반드시 그렇게 된다고 했습니다. 섭섭하게 들릴지 모르겠지만 제가 오늘 영감님 손에 죽는다곤 생각하지 않습니다. 전 살아날 것입니다."

"헛헛! 너의 형 말이 하나도 틀리지 않구나. 그렇단다. 포기는 아주 나쁜 것이지. 어떤 위기와 난관이 닥쳐도 이겨낼 수 있다는 신념을 잃지 않는다면 반드시 어려움에서 벗어날 것이다."

이혈능이 칼을 세워 들었다.

표정은 담담했고 의연했으며 기개가 넘쳤다.

'역시!'

이제 열다섯.

여느 아이들 같으면 죽음이라는 공포에 젖어 어쩔 줄 모를 나이였다. 살려달라고 무릎 꿇고 애원하거나 아니면 지독한 두려움에 똑바로 서 있지도 못하는 것이 일반적이다.

하나 이혈능은 달랐다. 최소한 겉으로만 봐서는 두려움을 전혀 느끼지 못하는 듯 당당한 기세를 보이다 못해 일말의 여유까지 보이고 있었다.

'죽여야 한다, 반드시!'

뜨거운 물일수록 김을 적게 뿜어내고 강한 병기일수록 표면이 일반적이다. 열다섯 살 소년의 침착한 대응 속에는 그 누구도 감당할 수 없는 미증유의 복수심이 담겨 있을 것이 뻔했다.

슈우우!

구환개의 쌍장이 뻗어 나왔다. 그런데 지금까지와 달리 바람이 덩어리지어져 있었다.

화악!

이혈능의 눈이 커졌다. 뭔지 모르지만 직감적으로 지금까지 받아봤던 공세와는 차이가 있다는 것을 느꼈다. 뭐든지 펴질 때보다 뭉쳐지면 파괴력은 더해진다.

이혈능은 위험하다는 것을 알면서도 피하지 않았다. 피한다고 해서 해결될 일이 아니었다. 위기일수록 잔꾀보다는 정면으로 맞서야 할 것 같았다. 그건 누가 가르쳐 줘서가 아니라 그냥 그런 생각이 들었던 것이다. 더구나 구환개 같은 고수에게 잔꾀가 먹힐 리는 더욱 없었다.

스윽!

구환개의 쌍장에 맞서기 위해 칼을 들어 올렸다.

그런데 바로 그때 등 뒤로부터 다른 기운 하나가 날아와 구환개의 쌍장을 정면으로 후려쳤다.

퍼억!

"크흑!"

둔탁한 소리와 비명이 동시에 터져 나왔고 이혈능은 깜짝 놀라며 검은 인영이 나동그라진 땅바닥을 쳐다보았다. 웬 시커먼 그림자 하나가 비틀거리며 일어나더니 자신을 향해 돌아섰다. 검은 그림자의 얼굴을 확인한 이혈능의 눈이 커졌다.

"아, 아저씨는?"

구환개의 장강을 대신 막은 사람은 다름 아닌 곽칠종이었다.

이혈능이 화들짝 놀라며 곽칠종을 향해 더듬거리며 물었다.

"도, 도대체 아저씨가 여긴 어떻게……?"

곽칠종이 내상을 입은 듯 입가에 흘러내리는 피를 손등으로 닦으며 말했다.

"하, 한 가지 묻고 싶어서 왔다. 도저히 이해가 되지 않아서 말이야."

"뭐가요?"

"신발."

그리고 헐떡거리며 이혈능의 발을 쳐다보았다.

"그날 복도에 벗겨진 네 신발은 분명 돌덩이보다 무거웠다. 그런데 어떻게 주루에서는 그렇게 가벼워질 수가 있단 말이냐?"

이혈능이 눈을 크게 뜨고 물었다.

"그걸 확인하기 위해 여기까지 날 쫓아왔단 말인가요?"

"으왁!"

곽칠종이 피가래를 뱉으며 다시 말했다.

"형님과 내기에 진 것도 진 것이지만 졸지에 난 거짓말쟁이가 되어버렸다. 내가 비록 저잣거리 상인들을 괴롭히며 살고 있지만 아직까지 누구에게 거짓말을 해본 적은 없다. 우리 아버지가 세상에서 가장 나쁜 죄가 거짓말하는 것이라고 했기 때문이지. 그런데 이번에 처음으로 거짓말을 해버렸다. 어떻게 된 것이냐? 우와악!"

곽칠종이 또다시 핏덩이를 토했다.

이혈능이 혀를 차며 말했다.

"쯧! 아저씨도 참. 그까짓 게 뭐가 그렇게 중요하다고 여기까지 쫓아온단 말입니까?"

곽칠종이 버럭 화를 냈다.

"넌 몰라도 내게는 중요하다! 목에 칼이 들어와도 거짓말은 절대 하지 않기로 우리 아버지에게 약속했다. 아버지와의 약속을 지키지 못했다는 것 때문에 도저히 잠을 잘 수가 없었다. 그래서 물어물어 너희 집을 찾아갔는데 젠장, 웬 이상한 놈들이 지키고 있더구나. 다행히 네가 그들의 손을 피해 산으로 도망쳤다는 사실을 알아내고 이렇게 뒤쫓아왔다. 빨리 말해봐라. 어떻게 된 것이냐? 내가 정말로 돈을 많이 잃어 정신을 놓은 것이냐?"

"사실 그날 제가 아저씨를 속였어요. 신발을 벗으면서 흑모중석으로 된 창을 슬쩍 뺏거든요."

곽칠종의 눈이 커졌다.

"틀림없느냐?"

"예, 아저씨는 거짓말하지 않았어요. 그런 무거운 신발을 신고 다니면 보나마나 이상하게 생각할 것이 뻔했기 때문에 제가 속인 거예요."

곽칠종의 얼굴이 환하게 바뀌었다.

"확실하지?"

"네,"

"우핫핫핫! 아버지와의 약속을 어기지 않았구나. 고맙다."

"미안합니다. 어쨌든 저 때문에 돈까지 잃게 되었잖아요."

"돈이라는 게 없다가도 있고 있다가도 없는 것 아니더냐? 하나 거짓말은 한 번 뱉으면 돌이킬 수가 없다. 아무튼 사실대로 말해주어 기쁘다."

그리고 이혈능의 앞을 떡하니 막아섰다.

이혈능이 놀라며 소리쳤다.

"지금 뭐 하는 거죠?"

"빨리 가라. 저 늙은이는 내가 어떻게 붙잡고 늘어져 볼 테니까."

"아저씨."

"대충 들었다. 너희 형이 북사라는 분이라면서? 나 사실 이제 말하는데 내 꿈이 뭔지 아느냐? 너희 형 같은 사람이 되는 것이다. 그토록 마음에 두고 있던 가슴속 영웅의 동생이라는데 어떻게 내가 모른 체할 수 있겠느냐? 내 능력으로 저 늙은 이를 이긴다는 것은 불가능하지만 오륙 초 정도는 어떻게 버틸 수 있을 것 같으니까 그사이에 도망쳐라."

이혈능이 단호히 소리쳤다.

"어서 비키세요! 우리 일에 끼어들지 마세요!"

곽칠종이 등을 돌리고 서서 말했다.

"임마, 가라고 할 때 어서 가거라. 혹시라도 오늘 내 덕에 살아난다면 나중에 내 이름 잊지 말고. 내 이름 곽칠종이라는 것 알지?"

바로 그때 어둠을 뚫고 차가운 비아냥이 들려왔다.

"건방진 놈, 너 같은 저잣거리의 잡배가 어떻게 영웅 북사님을 존경할 수가 있단 말이냐?"

이혈능이 깜짝 놀라며 고개를 돌렸다.

좌측 숲 속에서 세 명의 사내가 다가오고 있었는데 추산홍과 소관, 그리고 영호풍이었다.

이혈능이 깜짝 놀랐다.

"추산홍 아저씨?"

곽칠종 또한 크게 놀란 표정을 지었다.

"혀… 형님!"

추산홍이 곽칠종을 보며 인상을 썼다.

"북사님을 모욕하지 마라. 우리 같은 놈들은 그분을 존경할 자격도 없다."

"여길 어떻게 알고 오셨습니까?"

소관이 나서서 말했다.

"너에게 돈을 따신 형님께서 뭔가 이상하다고 말씀하셨다. 다른 건 몰라도 네가 거짓말할 위인은 아니라는 것이지. 결국 저 어린놈이 중간에서 뭔가 수작을 부렸다고 확신한 형님께서는 상보촌으로 쫓아갔다. 그리고 이후의 일은 네놈이 겪은 것과 같다."

세 사람이 곽칠종과 어깨를 나란히 하고 섰다.

추산홍이 구환개를 향해 말했다.

"얘기 들었습니다. 어르신께서 개방의 방주님 되신다구요? 소생은 노관의 저잣거리에서 기생하는 추산홍이라는 놈입니다. 정파 무림에서는 우리 같은 사람들을 인간 쓰레기들이라고 말한다더군요. 그래서 이 인간 쓰레기가 한 말씀 올리겠습니다."

구환개가 약간 재미있다는 듯 입가에 미묘한 웃음을 머금고 말했다.

"해보거라."

"좀 봐주면 안 되겠습니까? 이 아이는 제가 조금 압니다. 대월루에서 점원으로 있는데 아주 착하죠. 한마디로 법없이도 살 아이입니다. 어르신께서 딱 한 번만 눈감아주십시오."

이번에는 소관이 힘주어 말했다.

"제왕성은 천하제일문파입니다. 나중에 커서 앙갚음할 것을 우려해 죽이려 한다면 그건 잘못된 생각입니다. 설마 이 아이가 복수를 위해 무공을 배운다고 해도 제왕성 같은 대문파를 이길 것이라고 보십니까? 그건 절대 말이 안 됩니다. 그러니 자비를 베풀어주십시오."

기다렸다는 듯 이번에는 영호풍이 헛기침으로 목을 가다듬고 말했다.

"존경하는 개방 장문인님, 소생은 흑산파 서열 이위인 영호풍이라고 합니다. 먼저 말로만 듣던 개방 장문인님을 이렇게 직접 뵙게 되어 실로 감개가 무량합니다. 아뢰옵기 미안하지만 이 아이를 죽이지 말아주십시오. 혹시 우리가 이 아이를 살려달라고 부탁한다고 해서 뒷구멍으로 돈을 먹지 않았을까 오해하실지 모르겠는데, 추호도 그런 일은 없습니다."

영호풍의 두 눈이 활활 타올랐다. 그것은 그가 마음을 다해 부탁하고 있음을 말해주고 있었다.

'놀랍구나.'

구환개는 이들이 단지 북사를 존경하기 때문에 그의 동생인 이혈능을 살려달라고 부탁하는 것은 아니라고 생각했다.

그것은 이혈능의 개인 때문임이 분명했다. 물론 북사를 자신들의 영웅으로 가슴에 담고 있었기에 그의 동생이 처한 위험을 외면하지 못했을 수도 있을 것이다. 하지만 이들이 하나뿐인 목숨을 과감히 포기해 가면서 이토록 적극적으로 끼어들 수 있는 것은 이혈능에 대한 애정을 빼놓고서는 말할 수 없다.

애정은 우정과 달리 긴 시간을 필요로 하지 않는다.

아주 짧은 시간 안에서도 튼튼하게 형성되고 잉태되는 것이 애정의 특징이다. 뿐만 아니라 남녀가 아닌 사내들 간에 애정이 생기면 그것은 죽기 전에는 떨어뜨려 놓을 수 없다. 지금 이들은 이혈능에 대한 애정에다 북사의 동생이라는 이유까지 더해지면서 쉽게 물러나지 않을 가세였다.

"가상하구나. 보기 드문 의리다. 하나 노부는 너희의 부탁을 들어주고 싶은 마음이 추호도 없으니 물러나거라. 그럼 목숨만은 살려주겠다."

추산홍이 비장한 표정으로 말했다.

"죄송합니다. 물러날 것 같으면 오지도 않았습니다."

"죽고 싶으냐?"

"죽고 싶지 않습니다. 하나 이혈능을 죽이는 것을 못 본 체할 수는 없습니다."

"죽고 싶다는 말을 무척 어렵게 하는구나. 알겠다. 날 원망하지 말거라."

구환개의 두 눈이 가늘게 좁혀졌다.

추산홍 일행을 쳐다보는 눈이 차갑게 빛났는데 그것은 혹독한 살기였다.

상대는 무림에서 손꼽히는 절대고수다. 자신들이 수적으로는 우세하지만 오래 버틴다고 해도 이십 초를 넘기기는 어려울 것이다. 승산없는 싸움이 확실했지만 누구도 두려워하거나 초조한 기색은 없었다.

"어서 가라!"

"아저씨."

추산홍이 등을 돌리지 않고 말했다.

"그냥 가. 앞만 보고 가라."

"왜 이러세요. 왜 저를 위해 죽으려고 해요?"

"나도 몰라. 아니, 그냥 네놈이 좋아서 그런다. 이제 됐느냐? 그러니 어서 도망쳐라."

이혈능이 떨리는 목소리로 말했다.

"…갈게요. 하나 아저씨들을 절대 잊지 않을 거예요."

"당연하지, 자식아."

"너, 그럼 우릴 잊으려고 했어?"

누구도 몸을 돌려 쳐다보지 않았다.

그들이 왜 돌아보지 않는지 이혈능은 그 이유를 나름대로 짐작할 수 있었다. 자신이 없는 것이다. 패배가 예정된 싸움을 해야 하고, 그래서 겁에 질린 자신들의 초라한 모습을 보여주고 싶지 않기 때문인지도 모른다고 생각했다.

이혈능의 시선이 네 사람의 어깨를 지나 구환개에게 가 멎었다.

구환개를 뚫어져라 쳐다보던 이혈능이 한자한자 힘주어 말했다.

"건강하십시오."

구환개가 껄껄거리며 웃었다.

"헛헛헛! 네 손에 죽어야 하니 절대 죽지 말라는 뜻이구나. 하나 다시 말하지만 넌 오늘 밤 노부의 손을 빠져나가지 못한다."

이혈능이 네 사람을 향해 단호히 말했다.

"네 분을 꼭 기억하겠습니다."

"잘 가거라."

"이혈능, 죽지 마."

"힘내!"

"나중에 잘되면 꼭 우리 생각해야 한다."

"예, 네 분."

이혈능은 몸을 돌렸다. 그리고 어둠을 향해 달리기 시작했다.

다다다다!

이혈능의 모습은 사라졌지만 발자국 소리는 귓가에 남아

있었다. 이윽고 발자국 소리까지 사라지고 나서야 추산홍이
입을 열어 말했다.

"준비됐나?"

"예."

추산홍이 길게 호흡을 들이쉬더니 큰 소리로 외쳤다.

"공겨억!"

추산홍의 명령에 네 사람의 신형이 땅을 박차고 날아올랐
다.

그 모습을 바라보며 구환개가 입술을 비틀었다.

"어리석은 놈들 같으니."

그와 동시에 네 사람을 향해 구환개의 신형이 마주 날아갔
다.

이윽고 네 사람이 뻗어내는 권과 장을 향해 쌍장을 갈겼다.

퍽!

퍼퍼퍼—억!

"컥!"

"흡!"

네 사람의 입에서 신음 소리가 튀어나왔다.

땅에 내려선 네 사람 모두 중심을 잡지 못하고 휘청거렸다.

"이게 뭐야?"

추산홍의 눈이 커졌다.

최소한 이십 초는 버틸 수 있다고 자신했는데 십 초도 어려

울 것 같았다.

'시팔, 더럽게 강하잖아!'

하나 물러설 수는 없었다.

"공격! 무조건 공격!"

목이 찢어져라 악을 쓰며 구환개를 향해 날아갔다. 악이라도 쓰지 않으면 도저히 무서워 제풀에 죽을 것 같았기 때문이다.

반쯤 무너진 용마루와 지붕 위를 덮은 무성한 잡초가 바람에 흔들거렸고 처마 끝에 달린 풍경은 녹이 두껍게 슬어 바람이 부는데도 소리를 내지 못했다. 땅바닥에 거꾸로 처박혀 있는 비월사란 편액은 이곳이 오래전에 버려진 사찰이라는 것을 말해주고 있었다.

덜컹!

이혈능은 반쯤 떨어져 나간 대웅전의 문을 열고 들어섰다. 대웅전 안은 무척 어두웠다. 금방이라도 누군가 나타나 칼을 휘두를 것 같은 불길한 느낌에 등골이 서늘했다. 조금씩 눈이 어둠에 적응되면서 사물이 드러나기 시작했다.

바닥의 나무는 군데군데 조각나 있었고 캄캄한 천장에는 희뿌연 거미줄이 가득 쳐져 있다. 문득 이혈능의 시선이 가운데 좌정하고 있는 석가모니불에 고정되었다.

'저것이다.'

이혈능은 지체 않고 석가모니불 등 뒤로 들어갔다. 석가모니불과 벽 사이에 사람 한 명이 들어갈 만한 틈이 있었기 때문에 몸을 숨기기에 알맞았다.

이혈능은 조심스럽게 석가모니불 뒤에 쭈그리고 앉았다.

"으음!"

구환개로부터 입은 내상이 얕지 않았다. 운기행공으로 내상을 치료한다고 형에게 배웠지만 한 번도 부상을 입어본 적이 없어서 아직까지 실행에 옮겨보지는 못했다. 그래서 운기행공을 시도해 볼까 했지만 결가부좌하기에는 장소가 마땅치 않았다. 이혈능은 솟구치는 고통을 꾹 누르며 고개를 옆으로 삐쭉 내밀고 밖을 관찰하기 시작했다.

사방은 쥐 죽은 듯 고요했다.

'그들은 어찌 됐을까?'

저잣거리에서는 틀림없는 황제이고 법이었다. 하지만 그들이 상대해야 할 구환개는 개방의 수장이었다. 저잣거리의 주먹이 아무리 세고 강하다고 해도 개방이라는 엄청난 집단의 수장 앞에서는 그저 어린아이의 장난일 뿐이다. 결코 구환개 손에서 살아나지 못할 것이다.

'잡히면 안 된다.'

이혈능은 이를 깨물었다.

이제야말로 살아야 했다. 자신을 위해 죽은 네 사람의 희생을 생각해서라도 도망쳐야 했다. 어떻게 해서라도 이 난관을 극복해야 했다.

'몇 시진쯤 되었지?'

구환개의 손에서 도망쳐 올 때 근처 어느 절에서 인시(寅時) 예불을 시작하는 종소리를 들었다. 그곳에서 여기까지 달려온 시간을 계산해 볼 때 묘시가 되려면 일각쯤 더 기다려야 할 것이다. 소천득은 묘시까지 이곳으로 오겠다고 약속했다.

콱!

이혈능은 혹시 만약을 대비해 형의 칼을 오른손에 쥐었다.

벌름!

그때 느닷없이 이혈능의 코가 꿈틀거렸다. 정확히 표현할 수 없는 기이한 냄새가 콧구멍을 파고들었기 때문이다. 냄새는 너무도 맑고 은은하여 구환개로부터 입은 내상으로 울렁거리던 속이 놀랍게도 가라앉고 있었다.

'그 냄새와 흡사하다!'

형은 왕왕 구화산에 올라 약초를 캐기도 했다. 물론 지금 생각해 보면 자신에게 약초 상인이라는 것을 보여주기 위한 의도적 행동인 것이 분명했지만, 어쨌든 어느 날 잎사귀가 세 개이고 붉은 꽃이 핀 약초 한 뿌리를 캐오더니 자신에게 다짜고짜 먹였다. 삼엽선란이라는 것으로 내상을 치료하고 한 뿌리만 먹으면 평생 잔병치레할 일 없을 것이라고 했는데, 당시 맡았던 냄새와 비슷했다.

냄새의 근원지를 찾아 주위를 두리번거리던 이혈능의 시

선이 뚝 멈췄다. 불상의 엉덩이 부분에 너덜거리는 의복 한 벌이 놓여 있었다. 처음 불상 뒤에 몸을 숨길 때는 어두워서 미처 보지 못했는데 아마 전에 이곳에서 살던 스님들이 불상을 닦을 때 사용하던 걸레인 듯싶었다.

조심스럽게 걸레를 들추자 손바닥 크기의 붉은 꽃이 피어 있는 약초 한 뿌리가 보였다. 걸레에 눌려 꽃은 약간 우그러져 있었는데 팔뚝만 한 뿌리와 손바닥 크기만 한 세 개의 잎사귀를 보며 이혈능은 눈을 빛냈다.

'삼엽선란이다!'

불상 뒤에서 삼엽선란이 자랄 이유는 없었다. 도대체 누가 이 귀한 약초를 걸레에 싸서 불상 뒤에 놔뒀을까? 그러나 구환개로부터 입은 내상으로 고통을 당하고 있던 이혈능에겐 삼엽선란이 왜 불상 뒤에 숨겨져 있는지 원인 분석에 매달릴 여유가 더 이상 없었다.

콱!

가장 먼저 꽃잎을 씹어 먹었다. 삼엽선란은 꽃에 가장 많은 효과가 들어 있고 그다음이 뿌리이며 잎사귀도 무척 효과가 좋으므로 버릴 것이 하나도 없다고 형은 말했다.

삭! 사각!

꽃잎은 모두 열두 개로 이루어져 있었다.

이혈능은 부지런히 꽃잎을 뜯어 입속에 넣었다. 꽃잎을 씹자 형언할 수 없는 뜨거운 향기가 입 안으로 가득 퍼졌다. 잠간 사이에 꽃잎을 모두 씹어 삼킨 이혈능은 이번엔 뿌리를 먹기 시작했다.

꿀꺼억!

형이 캐왔던 삼엽선란은 뿌리가 손가락 굵기 정도밖에 되지 않아 몇 번 씹을 것도 없었는데 이것은 팔뚝만 하여 허기까지 달랠 수 있었다. 조용한 대웅전에 이혈능의 삼엽선란 씹는 소리가 나직이 울렸다. 마지막으로 세 개의 잎사귀까지 모두 삼키고 나자 배가 불룩했다. 뿐만 아니라 헛구역질이 나고 토할 것 같던 뱃속이 언제 그랬냐는 듯 시원했다.

"꺼억!"

트림을 하고 입 안에 남은 찌꺼기까지 혀로 깨끗하게 핥아 삼킬 때 밖으로부터 발자국 소리가 들렸다.

이혈능은 긴장하며 숨을 죽였다.

"이 죽일 놈이 도대체 어디로 숨은 거야?"

돌연 거친 욕설이 들리더니 겨우 붙어 있던 대웅전 문이 통째 날아갔다.

콰앙!

한 사람이 대웅전을 들어섰다. 긴 수염을 배꼽까지 드리운 선풍도골의 노인이었는데 오른손에 커다란 몽둥이 한 개가 쥐어져 있었다.

"나쁜 놈!"

선풍도골의 노인은 금방이라도 석가모니불의 목을 내려칠

듯 노려보았다. 누군가를 찾는 듯 씩씩거리며 한참 동안 대웅
전을 돌아보던 노인은 자기 분에 못 이긴 듯 측면의 기둥을
사정없이 몽둥이로 내려쳤다.

뿌지직!

어른 한 명이 팔을 벌려도 끌어안지 못할 두꺼운 기둥이 부
러져 나가면서 천장이 기우뚱거렸다.

와르르!

우스스!

지붕이 흔들리며 자욱한 먼지와 나뭇조각들이 우박처럼
대웅전 바닥으로 떨어져 내렸다.

먼지 속에서 선풍도골의 노인은 살기 짙은 욕설을 내뱉었
다.

"벼락을 맞아 뒈질 놈! 너를 잡아 죽이지 못하면 나 탈혼도
백이 사람이 아니다!"

탈혼도백이라고 자신을 밝힌 선풍도골의 노인은 살기충천
한 눈을 희번덕거리며 대웅전을 걸어나갔다.

"마승 이놈, 어딨느냐! 좋게 말할 때 나와라!"

탈혼도백은 악에 받친 외침을 터뜨리며 몸을 날려 사라져
갔다.

제왕성 무사들인 줄 알고 잔뜩 숨을 죽이고 있던 이혈능은
탈혼도백이 사라지자 길게 안도의 숨을 내쉬었다.

'누굴까?

고아한 풍채도 범상치 않았지만 천장을 떠받치고 있는 아름드리 기둥을 단번에 부러뜨려 버린 솜씨는 이미 형에게 어느 정도 무공을 배운 이혈능에게도 놀라운 충격이었다.

흠칫!

그런데 갑자기 이혈능이 어깨를 떨었다. 앞을 가로막고 있던 불상의 색깔이 변하고 있었다. 황금색에서 점차 희멀겋게 바뀌고 있었다.

스멀스멀!

불상은 색깔만 변하는 것이 아니었다. 팽팽하던 표면이 점차 쭈글쭈글해지더니 주름이 생겼고 꼿꼿하던 등이 살짝 구부러지며 완전히 사람의 등으로 변했다.

"으헉!"

이혈능이 더욱 놀란 것은 느닷없이 불상이 움직인 때문이다. 너무 충격적인 사태에 이혈능은 기겁하며 대웅전 바닥으로 몸을 날려 내려섰다. 지금까지 불상으로 믿고 숨어 있었던 것은 놀랍게도 한 명의 노승이었다.

"선사님은 누구십니까?"

불상으로 위장하여 앉아 있던 알몸의 노승은 나이를 추측할 수 없을 만큼 얼굴에 주름살이 가득했는데, 온몸을 부들부들 떨고 있었다. 그것은 무척 분노한 모습이었으며 이혈능에게 뭔가 할 말이 있는 듯했는데 얼굴만 벌겋게 달아올라 있을 뿐 얼른 말을 뱉지 못했다.

"왜 그러십니까? 소생에게 무슨 할 말이라도 있습니까?"

"너… 너!"

"저 말입니까?"

"크으으!"

노승은 숨을 헐떡거리며 말을 잇지 못했다. 한참을 얼굴을 붉으락푸르락하던 노인이 바닥으로 날아 내려왔다.

"패 죽여도 분이 안 풀릴 이놈아!"

노승은 바닥에 내려서자마자 꽥 소리를 질렀다.

노승은 알몸을 감출 생각도 않고 그대로 오른손을 뻗었다. 순간 엄청난 장력이 휘몰아쳐 왔으므로 이혈능은 깜짝 놀라며 귀불보법을 펼쳤다.

스윽!

찌익!

전력을 다했는데도 앞가슴의 옷자락이 칼로 도려낸 것처럼 잘려 나갔다. 이혈능은 혼비백산하며 칼을 반쯤 세워 들고 싸늘하게 외쳐 물었다.

"처음 보는 사람에게 이게 무슨 짓입니까?"

"널 가만 안 두겠다!"

노승은 인정사정없이 이혈능을 공격해 왔다.

콰아아!

손바닥이 뒤집힌 것 같았는데 어느새 장력이 가슴을 파고들고 있었다. 노승의 장력은 무시무시했다. 이혈능은 다시 재

빠르게 귀불보법을 펼쳐 옆으로 이동하며 칼로 후려쳤다.

빠아악!

"혁!"

노승의 장력에 실린 힘이 어찌나 세던지 손아귀가 찢겨 나가는 것 같았다. 하나 이혈능은 이를 악물고 칼을 비스듬히 세웠다. 무정도법 이식 무정수의 자세였다.

"악마 같은 놈!"

노승은 몸서리치며 장력을 내뿜었다. 이혈능은 있는 힘을 다해 맞섰지만 삼 초를 넘기지 못하고 일방적으로 얻어맞기 시작했다.

빠악!

"우욱!"

노승의 무공은 상상을 초월했고 자신의 실력으로는 절대 맞설 수 없는 고수였다. 이미 오른손에 쥐어 있던 칼은 어디론가 날아가 버렸고 온몸은 피투성이가 되었다. 그런데도 이혈능을 향한 노승의 공격은 멈추지 않았는데, 마치 불공대천지수를 만난 사람 같았다.

"죽어랏! 제발 죽어!"

이혈능은 입가에 피를 흘리며 소리쳐 물었다.

"도… 도대체 내가 뭘 잘못했다고 이러는 것입니까?"

"이런 뻔뻔한 놈을 봤나. 네놈이 정녕 몰라서 그따위 헛소리를 지껄이는 것이냐?"

이혈능은 기둥에 몸을 기대며 외쳤다.

"사람을 이렇게 마구 패도 됩니까? 말해보십시오. 뭘 잘못했는지 알고서나 맞아야 덜 억울할 것 아닙니까?"

노승이 눈을 부릅떴다.

"진짜 모른단 말이냐? 네놈이 처먹은 것이 무엇인지 아느냐? 만 년에 한 번 핀다는 전설의 만빙설련(萬氷雪蓮)이란 말이다! 그 귀한 것을 네놈이 통째 먹었단 말이다!"

"만빙설련은 또 뭡니까? 내가 먹은 것은 삼엽선란인데?"

노승은 자지러질 듯 온몸을 흔들며 악을 썼다.

"그게 어떻게 삼엽선란이란 말이냐! 삼엽선란처럼 생기긴 했지만 꽃도 다르고 뿌리도 다르단 말이다! 효과는 말할 것도 없고!!"

노승은 미친 듯이 이혈능을 두들겨 패며 말하기 시작했다.

第四章 강호쌍괴

시련의 연속 끝에 마침내 웅크렸던 몸을 일으켜 장비한다!

복수를 위해 제왕성에 뛰어든 소년에게 닥친 엄청난 고난과

신비하며 때로는 악마의 모습을 갖춘 소림칠십삼방의 등장!

험난하고 고독하며 위력적이고 놀라운 곳, 그곳의 문이 열린다!

『소림칠십삼방(少林七十三房)』

少林三十七房

칠십 년 전 강호쌍괴(江湖雙怪) 탈혼도백과 마승은 구화산을 여행 중이었다. 구화산 제일봉 천대봉을 오르던 두 사람은 갑자기 쏟아지는 폭우를 피하기 위해 근처의 한 동굴을 찾아 들어갔다가 그곳에서 만빙설련을 발견했다. 만빙설련은 햇빛이 들지 않는 얼음 속에서 자라는 전설의 설련(雪蓮)으로 만 년에 한 번 꽃을 피우는데, 그 효능은 상상을 초월했다. 당시 두 사람이 발견한 만빙설련은 금방이라도 개화할 듯 화봉을 맺고 있었는데 두 사람은 수십 년의 세월이 흐르면 꽃이 필 것으로 내다보았다. 그때부터 두 사람은 무려 칠십 년 동안을 교대로 지켜왔고 어젯밤 마침내 만빙설련이 핀 것이다.

"하, 하면 만빙설련이 어떻게 불상 뒤에 버려져 있단 말입니까?"

"이 개자식아, 그… 건."

마숭은 대답을 못하고 머뭇거리더니 다시 말을 이었다.

탈혼도백과 마숭은 만빙설련이 피면 정확히 절반씩 나누어 복용하기로 했다. 열두 개의 꽃잎은 여섯 개씩 나누고 세 개의 잎은 한 개 반씩, 뿌리도 정확히 나누기 위해 저울까지 준비했다. 만빙설련의 최고 효능은 꽃에 있고 그다음이 뿌리이며 마지막으로 잎이다. 강호에 내려오는 설에 의하면 만빙설련을 복용하면 탈태환골과 불로장생은 물론 상상할 수 없는 내공을 얻는다고 했다.

어젯밤 자시쯤 만빙설련이 만개하는 순간 탈혼도백은 아랫배가 아파왔다. 오늘 밤이면 마침내 칠십 년을 기다린 만빙설련이 핀다는 긴장과 흥분에 저녁 식사 때 모태주를 마셨는데 그게 탈을 일으킨 것이다. 그런데 근처 바위 뒤에서 쭈그리고 볼일을 보는 순간 마숭이 혼자서 만빙설련을 채취하여 줄행랑을 쳐버린 것이다. 수십 년의 우정도 만빙설련이란 희대의 영초 앞에서는 한낱 물거품이 되고 만 순간이었다.

두 사람의 무공은 우열을 가릴 수 없을 만큼 비등했지만 악에 받쳐 쫓아오는 탈혼도백과의 거리는 시간이 갈수록 좁혀졌다. 싸움이 벌어진다고 해도 평소라면 모를까 독이 오를 대로 오른 탈혼도백인 만큼 절대 그의 상대가 될 수 없다는 것이 마승의 판단이었다. 그러던 중 이곳 비월사를 지나가던 마승은 최후의 수단으로 과거 불상이 놓여 있던 자리에 올라 앉아 금광천룡진력을 운용했다. 금광천룡진력은 자신의 비공(秘功)으로 극성에 이르면 온몸이 황금빛으로 변하여 마치 석가모니불을 보는 듯한데 마승은 얼마 전에서야 완성한 것이다.

"그럼 소생이 만빙설련을 먹기 전에 막을 일이지 왜 가만 내버려 두었습니까?"

"네놈이 등 뒤로 숨을 때는 이미 금광천룡진력이 한참 운행 중이었기 때문에 어떻게 제지하거나 막을 방법이 없었다."

온몸이 만신창이가 되어 욱신거렸지만 그토록 귀한 물건을 자신이 먹었다는 것에 이혈능은 할 말을 잃었다. 이미 뱃속으로 삼켜 버린 물건을 꺼내줄 수도 없고 미안한 마음으로 마승을 쳐다보았다.

"미안합니다. 정말 죄송합니다."

"죄송하면 다냐?"

마승이 버럭 소릴 질렀다.

순간 이혈능도 짜증을 내며 마주 소리쳤다.

"그만큼 소생을 두들겨 팼으면 됐지 그럼 날더러 어떡하란 말입니까? 내가 일부러 먹었습니까?"

와지끈!

바로 그때 부서진 문을 밟으며 탈혼도백이 다시 대웅전으로 들어서고 있었다. 그리고 마승을 보며 앙천광소를 터뜨렸다.

"크핫핫핫! 그럼 그렇지. 그렇잖아도 한때 절 밥 좀 먹은 놈인 만큼 이곳 어딘가에 숨어 있을 것이라고 확신하고 다시 찾아왔는데 역시 있었구나. 이 자식 죽어라!"

백 근은 너끈해 보이는 몽둥이를 휘두르며 달려들던 탈혼도백이 갑자기 멈췄다.

"아니지. 네놈을 죽여 버리면 만빙설련의 행방을 알 수가 없지. 어디 있느냐? 우선 만빙설련부터 내놔라!"

마승이 잔뜩 풀이 죽어 말했다.

"도백아."

탈혼도백이 버럭 소릴 질렀다.

"너는 나의 원수니라! 내 이름 다정하게 부르지 마라, 이놈!"

"내가 이런 말을 하면 믿지 않겠지만 유감스럽게도 만빙설련은 나에게 없구나."

"크핫핫핫! 내가 그 말을 믿으리라고 생각하느냐? 끝까지 반성은커녕 날 속이려 들다니, 널 반드시 죽여야겠다! 네 이놈, 어서 내놓지 못하겠느냐!"

마승은 피투성이가 되어 서 있는 이혈능을 힐끔 쳐다보며 말을 이었다.

"모든 것이 일장춘몽이로구나. 죽 쒀서 개 줬다는 말은 들어봤지만 이거야말로 미치고 환장할 노릇이 아닐 수 없다."

"헛소리 말고 빨리 내놓시 못하겠느냐!"

바로 그때 기둥에 등을 기대고 서 있던 이혈능이 아랫배를 움켜쥐며 주저앉았다.

"크흑!"

무척 고통스러운 듯 이혈능이 바닥을 나뒹굴었다.

"으아악… 아이고!"

이혈능이 거품을 물며 바닥을 나뒹굴자 탈혼도백이 처들었던 칼을 내리며 물었다.

"저 아이는 누구냐?"

"내가 무슨 말을 해도 믿지 않을 테고 지금부터 저 아이의 몸에서 일어나는 반응이나 잘 보거라."

온몸을 떨며 바닥을 나뒹굴던 이혈능이 의식을 잃고 축 늘어졌다. 그런데 돌연 이혈능의 얼굴 피부가 갈라지기 시작했다.

툭— 투툭!

거미줄처럼 얼굴이 갈라지더니 허물을 벗는 뱀마냥 피부가 벗겨지기 시작했다. 얼굴뿐만이 아니라 의복 밖으로 드러난 팔과 다리의 피부도 벗겨지며 하얀 속살이 드러났다. 그뿐 아니었다. 골격까지 변화가 일어나는 듯 뼈 부딪치는 소리가 요란했다.

우드득!

파도치듯 온몸이 요동을 했고 거무튀튀하던 피부가 완전히 벗겨지며 우윳빛 뽀얀 살결로 바뀌고 있었다.

"저, 저건 틀림없는 탈태환골?!"

"더러운 놈 같으니, 누가 만빙설련 안 먹었다고 그럴까 봐 탈태환골 한번 요란하게 하는구나."

마승의 얘기를 들은 탈혼도백의 눈이 확 커졌다.

"지금 뭐라고 했느냐? 만빙설련을 저 아이가 먹었다고?"

탈혼도백이 마승의 멱살을 거머쥐었다. 마승을 쳐다보는 탈혼도백의 두 눈에서 뇌전 같은 광채가 쏟아져 나왔다.

"다시 말해봐라. 저놈이 누군데 만빙설련을 먹었단 말이냐?"

"……."

"빨리 사실대로 말하지 못하겠느냐!"

탈혼도백이 목을 칠 듯 오른손에 들린 몽둥이를 쳐들자 마승이 빠르게 그간의 상황을 설명했다. 모든 얘기를 듣고 난 탈혼도백의 안색이 창백하게 변했다.

"저… 정말이냐?"

"이 마당에 내가 왜 거짓말을 하겠느냐? 저렇게 탈태환골을 하는 것을 보면서도 못 믿겠느냐?"

부들부들!

탈혼도백이 온몸을 세차게 떨었다. 탈혼도백은 엄청난 충격을 받은 듯 한참 동안 정신을 차리지 못했다. 재앙 같은 현실을 받아들이지 못해 수십 차례 마른침을 삼키던 탈혼도백이 놨던 마승의 멱살을 다시 잡았다.

와락!

"모든 게 네놈 때문이야! 네놈이 도망치지 않고 그 자리에서 사이좋게 나눠 먹었다면 이런 일이 없었을 것 아니냐!"

"미안하다. 할 말이 없구나."

"미안하다고 하면 끝나는 것이냐? 너 같은 놈은 죽어야 한다!"

"죽이거라. 날 죽여 너의 분이 풀린다면 얼마든지 죽여. 절대 반항하지 않겠다. 그 몽둥이로 나의 대가리를 쳐라."

"치라고 하면 내가 못 칠 줄 아느냐?"

탈혼도백이 마승을 향해 몽둥이를 뻗었다.

쏴악!

엄청난 속도로 몽둥이가 날아오는데도 마승은 눈을 지그시 감고서 피하지 않았다. 몽둥이에 맞아 죽겠다는 단호한 의지를 보이려는 듯 입술까지 악물었다. 이윽고 몽둥이가 마승의 앞가슴을 뚫으려는 순간 그때까지 비장한 기세로 눈을 감고 있던 마승의 눈이 떠지더니 벼락같이 쌍장을 뻗었다.

콰—아앙!

엄청난 반탄강기에 가뜩이나 위태롭게 버티고 있던 대웅전 건물이 좌우로 크게 흔들거렸다.

뒤로 물러난 탈혼도백의 눈이 경악으로 부릅떠졌다.

"반항하지 않겠다고 해놓고서 공격을 하다니……."

"나는 살고 싶다."

"흐흐흐! 반성의 기미를 보이는 척하면 내 몽둥이가 용서할 줄 알았다는 얘긴데, 교활한 놈!"

탈혼도백의 몽둥이가 또다시 날아갔다. 조금 전보다 훨씬 속도가 빨랐는데 마승의 안색이 굳어졌다. 탈혼도백의 몽둥이에서 무서운 살기를 느낀 것이다.

슈와악!

마승의 오른 주먹이 탈혼도백의 몽둥이를 향해 뻗어갔는데 누런 금광에 휩싸여 있었다.

탈혼도백이 깜짝 놀라며 소리를 질렀다.

"금광천룡진력!"

콰아앙!

몽둥이와 장이 또다시 부딪쳤고 대웅전 대들보가 반쯤 부러지며 천장이 금방이라도 내려앉을 것 같았다.

"금광천룡진력을 완성했단 말이냐?"

"오냐."

"그런데 왜 내게 말 한마디 하지 않았느냐?"

"네놈이 뭔데 내가 보고를 해야 한단 말이냐?"

"이런 나쁜 놈! 친구 사이에 숨기는 것이 있어서는 절대 안 된다고 해놓고서! 나는 지난 세월 터득한 무공이 있으면 곧바로 너에게 말해줬는데 넌 금광천룡진력을 연성했으면서도 지금까지 나한테 숨겼단 말이냐? 이 자식, 이제 보니까 완전히 양아치 새끼 아냐. 너를 오늘 기어코 죽여 버리겠다!"

가뜩이나 만빙설련으로 인해 배신감을 느끼고 있던 탈혼도백의 얼굴이 돌덩이처럼 굳어졌다.

불끈!

몽둥이를 거머쥔 오른손에 힘이 팽팽하게 들어갔다.

"네놈과의 팔십구 년의 우정도 오늘로써 끝이다."

탈혼도백이 길게 숨을 내쉬더니 서서히 몽둥이를 들어 올렸다. 그런데 단순히 몽둥이를 들어 올리고 있을 뿐인데 마치 대웅전이 통째 올라가는 듯한 엄청난 압력이 풍겨져 왔다.

여유만만하던 마승의 눈이 세모꼴로 좁혀졌다. 탈혼도백의 기세가 심상치 않다는 것을 느낀 듯 마승도 느릿하게 쌍장을 끌어올렸다.

스으으으!

마승의 전신이 서서히 금빛으로 물들어가기 시작했다. 발끝에서부터 시작해 머리까지 완전히 금빛으로 물든 마승의 모습은 실로 놀라웠다. 마치 어둠 속에 석가모니불이 현신한 듯 장엄한 금광 속에 파묻힌 마승을 보며 탈혼도백의 눈썹이 미미한 파장을 일으켰다.

'극성의 금광천룡진력!'

탈혼도백이 몽둥이 끝을 가볍게 한 번 팅겼다. 그것은 싸움직전 자신의 위세를 적에게 과시하기 위해 낮게 으르렁거리는 대호의 포효와 같은 것이었다.

파파팟!

몽둥이 주위로 거친 경기의 회오리가 일어나며 주위의 먼지를 피워 올랐다.

"간닷!"

탈혼도백이 몽둥이와 한 몸이 되어 날아갔다. 이에 뒤질세라 금광 속에 묻혀 있던 마승의 입에서도 쩌렁한 외침이 터져 나왔다.

"아… 미… 타… 불!"

도도한 몽둥이의 기세와 금광이 서로를 향해 아귀처럼 달려들었다.

그때 의식을 잃고 있던 이혈능이 벌떡 일어났다. 조금 전까지 만신창이가 되어 있던 몸이 깨끗하게 나았을 뿐 아니라 온몸에 가득 찬 힘을 느끼며 두 눈을 휘둥그레 떴다. 이혈능은 온몸에 넘치는 힘과 뽀얗게 변한 손등의 피부를 보며 자신이 의식을 잃고 있는 동안 말로만 듣던 탈태환골이 이루어졌다는 것을 깨달았다.

'내가 탈태환골을……!'

무공은 몸으로 펼치는 것이기 때문에 근골이 뛰어나야 한다. 보통 수준의 무공이라면 몰라도 상승의 신공일수록 뛰어난 체질을 갖고 있지 못하면 터득할 수 없다. 탈태환골은 상승의 기예를 익히기 위해 알맞은 체질로 몸을 바꾸는 것인데, 이루기만 한다면 보통 사람보다 훨씬 강하고 빠른 속도로 성장할 수 있다고 형이 말했었다.

이혈능은 극도로 흥분이 되었다. 한마디로 상상할 수 없는 기연을 얻은 것이다.

바로 그때 탈혼도백과 마승의 공격이 부딪쳤다.

꽈—가가강!

우르릉!

두 사람의 공격이 부딪치며 생겨난 폭풍에 대웅전이 또다시 들썩거리더니 급기야 무너지기 시작했다.

와직끈!

와그르르!

이혈능은 위험하다는 것을 깨닫고 서둘러 대웅전 밖으로 몸을 피했다. 하지만 마승과 탈혼도백은 그 자리에서 꼼짝도 하지 않았다. 하지만 무너져 내리던 지붕은 두 사람의 몸을 가격하지 못하고 무형의 강기에 의해 좌우로 튕겨 나갔다.

대웅전이 완전히 폭삭 내려앉은 한가운데 두 사람은 여전히 마주 보고 서 있었다.

"흐흐흐! 제법이구나. 하지만 너의 목은 곧 떨어질 것이다."

"그까짓 몽둥이로 내 목을 자르겠다니, 건방진 놈."

두 사람은 또다시 서로를 향해 공격을 퍼붓기 시작했다.

콰─콰앙!

싸움의 판세는 어느 쪽도 우위를 점하지 못하고 팽팽하게 흘러갔다. 두 사람의 치열한 격투로 인해 주위는 완전히 폐허로 변했다.

"크핫핫핫! 이놈, 죽어라!"

"잘됐다! 이놈, 팔십구 년 전에 결(決)하지 못했던 싸움을 오늘 아예 끝장을 내자!"

탈혼도백의 몽둥이가 부챗살처럼 퍼졌다. 한 번 앞으로 찔렀을 뿐인데 무려 다섯 개의 몽둥이가 쫙 퍼지며 에워싸듯 달려들었다.

슈─슈슈슉!

쫙 퍼져 나가던 다섯 개의 몽둥이가 도중에 갑자기 하나로 뭉쳤다.

콰아아!

하나로 뭉치자 몽둥이는 더욱 두꺼워졌고 엄청난 파괴력이 느껴졌다. 그걸 본 마승의 눈이 튀어나올 듯 불거졌다.

'만공(滿空), 저 개자식이 마침내 그 미증유의 초식을 얻었구나!'

마승은 안색을 급변시키며 털끝만 한 힘 하나 남기지 않고 모조리 장심에 쏟아 넣었다.

"오냐! 갈 때까지 한번 가보자."

"바라던 바다!"

슈우우!

쿠와아!

퍼어—억!

몽둥이와 손이 정통으로 부딪쳤다. 둔탁한 소리와 함께 두 사람은 어깨만 움찔할 뿐 한 걸음도 뒤로 물러나지 않았다. 두 사람은 마주 선 채 아무 말도 못하고 서로를 향해 눈만 깜박거리고 있었다.

이혈능은 누가 이겼는가 싶어 눈을 부릅뜨고 살폈다.

주르륵!

먼저 입가에 피를 흘린 사람은 탈혼도백이었다.

'승려 복장을 한 사람이 이겼구나.'

하나 이혈능은 멈칫했다. 마승의 입가에서도 검붉은 핏물이 흘러내리고 있었다.

'뭐지? 둘 다 피를 흘린다는 것은 무승부란 얘긴데……'

이혈능은 고개를 갸웃거렸다. 둘 모두 피를 흘리고 있는데 무승부라고 말하기에는 모순이 있었다.

"아미타불! 아까 날더러 금광천룡진력을 익혔으면서 왜 말해주지 않았느냐고 따지던 네놈은 왜 만공(滿空)을 얻었으면서 내게 입도 벙긋하지 않았느냐? 결국 네놈과 나 모두 팔십구 년 동안 친구로 지냈으면서도 마음속으로는 그때 못다 결(決)한 승부에 미련을 두고 상대를 격패시키기 위해 끝임없이 기예를 숨기고 기회를 엿봤다는 뜻 아니겠느냐?"

두 사람은 다시 내기를 끌어올렸다.

같은 날 약관의 두 청년이 세상에 나타났다.

마승과 탈혼도백이라고 불린 두 청년은 출도하자마자 거센 바람을 일으켰고 불과 오 년 만에 내로라하는 당대의 수많은 거목들을 무참히 무너뜨렸다.

폭풍지세(暴風之勢).

그렇게 대강 남북을 울리며 강자만을 찾아다니며 도전하던 두 사내가 마침내 강소의 봉황대에서 맞닥뜨리고 말았다.

정확히 출도한 지 십 년째 되던 해였다. 그동안 두 사람이 부딪치면 과연 누가 이길까 궁금해하던 강호는 숨을 죽이며 봉황대를 주시했다. 무려 삼 주야에 걸친 싸움에도 승부를 결하지 못한 두 사람은 건곤일척의 대미를 놀랍게도 악수로 장식하기에 이르렀다.

그때부터 둘은 마음을 다하여 교분을 나누었고 사람들은 그들의 뜨거운 관계를 제나라 관중과 포숙아의 우정에 비교했다. 또한 두 사람에게 강호쌍괴(江湖雙怪)란 별호를 붙여주었는데, 그때 두 사람의 나이 이립(而立)이었다.

"흐흐흐! 이제 와서 뭘 숨기겠느냐? 이제 더 늙기 전에 누가 센지 끝장을 내자."

탈혼도백이 다시 뛰쳐나가려 들 때 마승이 힘껏 소릴 질렀다.

"잠깐!"

"무슨 얼어죽을 잠깐이냐. 네놈과는 더 이상 할 말이 없다."

"이렇게 계속 싸워야 하겠느냐?"

"싸움이 싫으면 네놈이 죽으면 될 것 아니냐? 단방에 잘라 줄 테니까 어서 목을 빼거라."

"진심으로 잘못했다. 입이 열 개라도 할 말이 없구나. 하나 우리가 이렇게 싸운다고 해서 저놈이 삼켜 버린 만빙설련이 돌아오는 건 아니지 않느냐? 냉정하게 생각해 보거라. 내가 죽어서 만빙설련이 돌아온다면 정말로 죽을 수 있느니라."

반쯤 치켜 들린 탈혼도백의 몽둥이가 도중에 멈췄다. 눈빛이 약간 흔들거리는 것이 자신의 말에 일리가 있음을 인정하는 것이 분명했고 마승은 기회를 놓칠세라 빠르게 말을 이었다.

"나에 대한 너의 분노는 충분히 이해한다. 그렇지만 이미 만빙설련은 우리 곁을 떠나 저놈의 뱃속으로 들어가 버렸다."

탈혼도백의 고개가 이혈능에게 돌아갔다. 생각할수록 분통이 터지는지 안색이 붉으락푸르락했다.

"네놈 말처럼 만빙설련은 이미 저놈 뱃속에 있으니 우리 둘이 박 터지게 싸워봤자 아무런 소용이 없지. 그래, 앞으로 어떡하면 좋겠느냐?"

마승의 두 눈이 날카로운 빛을 뿌렸다.

"글쎄, 아직 어떻게 하겠다고 구체적인 생각을 해보지는 않았지만 만빙설련을 가로챈 저놈을 이대로 내버려 둘 수는 없지 않겠느냐?"

"그야 물론이지."

탈혼도백이 고개를 끄덕였다.

"어떻게 처리할 것인지는 나중에 생각하기로 하고 일단 끌고 가야지."

"훌륭한 얘기다."

탈혼도백이 이혈능을 돌아보며 냉랭한 어투로 입을 열어 말했다.

"네 이놈, 조용히 따라오겠느냐, 아니면 몇 대 맞고 끌려가겠느냐?"

이혈능이 대답을 하지 않고 물끄러미 쳐다보자 탈혼도백이 버럭 소릴 질렀다.

"뭘 봐!"

마승이 다가와 인상을 썼다.

"이놈, 앞장서라."

이혈능이 눈을 반짝이며 물었다.

"한 가지 물어도 되겠습니까?"

"말해봐라."

"만빙설련을 무려 칠십 년 동안 지켜왔다고 자꾸 말씀하시는데 도대체 두 분의 나이가 올해로 몇입니까?"

마승이 씨익 웃었다.

"놈, 우리 나이가 그만큼 안 들어 보인다는 얘긴데! 허험, 백이십에서 한 살 부족하다."

이혈능이 경악했다.

"배… 백이십에서 한 살 부족! 정말입니까? 진짜로 두 분께서 백십구 세란 말씀입니까?"

탈혼도백이 목을 좌우로 투툭 소리가 나게 꺾으며 말했다.

"우리가 그만큼 늙어 보이지 않는다는 얘긴데, 하긴 지금도 기루에 가면 칠십 정도로밖에는 보지 않지."

탈혼도백이 기분이 좋은지 연신 목을 좌우로 움직이며 눈을 부라렸다.

"그만 꾸물대고 어서 가자!"

이혈능은 자신이 왔던 일평구가 있는 쪽을 쳐다보았다. 조금 전 묘시가 지났는데도 오지 않는 것을 보면 소천득의 신상에 문제가 생긴 것이 분명해 보였다. 어쩌면 소천득은 추적자들에게 목숨을 잃었을지도 모른다.

형에 대해 궁금한 것이 한두 가지가 아니었다. 소천득이 모든 것을 말해줄 것이라고 했는데 그가 오지 않으니 이제 형의 강호 활동에 대한 얘기를 어디서 듣는단 말인가.

'으흠.'

이혈능은 길게 숨을 내쉬었다. 불과 하루 밤 사이에 모든 것이 뒤죽박죽되어 버렸다. 그토록 오매불망 기다리던 형은 북사(北死)라는 이름이 되어 가혹한 피를 몰고 왔다. 아무리 되새겨봐도 좀체 받아들여지지 않는 악몽 같은 현실에 이혈능은 거듭 한숨을 내쉬며 강호쌍괴를 쳐다보았다. 두 사람은 빨리 가자고 눈을 부라리고 있었다.

"안 갈 거냐?"

이혈능은 걸음을 옮겼다. 자신의 능력으로는 도저히 두 노인의 뜻을 거역할 수가 없었다.

이혈능은 맞은편 봉우리를 쳐다보았다. 저런 봉우리 다섯 개를 넘으면 형과 같이 살았던 상보촌 집이 나온다. 여길 떠나면 어쩌면 영원히 돌아가지 못할지도 모른다는 생각이 들자 가슴 한쪽이 떨어져 나가는 것 같았다.

집이 그리운 것이 아니었다. 형이 보고 싶었다. 형은 형만이 아니었다. 때로는 엄마였고 때로는 근엄한 아버지가 되어 자신을 훈육했다. 아직까지 한 번도 형이 없는 세상은 생각해 보지 않았다. 그런데 이제 더 이상 형이 없다고 생각하자 가슴이 두근거리며 두려움이 왈칵 치솟았다.

"정말 맞고 가겠느냐?"

탈혼도백이 눈을 부라렸다.

눈물이 바닥난 줄 알았는데 또다시 흘러내렸다. 마음속으로 형을 부르며 이혈능은 두 사람을 따라 걷기 시작했다.

"사내자식이 울긴, 우리가 잡아먹냐? 당장 눈물을 그치지 못하겠느냐!"

이혈능도 지지 않았다.

"누가 무서워서 우는 줄 알아요? 잘 알지도 못하면서."

이혈능이 소릴 지르자 강호쌍괴가 흠칫했다.

탈혼도백이 더듬거리며 물었다.

"우리가 무섭지 않으면 왜 우는 것이냐?"

"두 분이 무서워 우는 줄 아는 모양인데 착각하지 마세요. 두 분이 귀신입니까?"

"우리가 무서워서 울지 않으면 그럼 뭐냐?"

"아무튼 내가 울든지 말든지 두 분은 신경 쓰지 마세요."

이혈능이 하도 서슬 퍼렇게 쏘아붙이자 두 사람은 눈만 깜빡거릴 뿐 아무 소리도 하지 못했다.

갑자기 분위기는 냉랭해졌고 일행은 말없이 숲길을 걸었다.

대웅전 뒤쪽으로 조그만 길이 있었는데 과거 비월사 승려들이 다니던 길인 것 같았다.

"아까 대웅전에서 내게 휘두르던 그 칼 말이다. 제법 힘이 있던데 누구에게서 배웠느냐?"

한동안 이혈능의 눈치를 살피던 마승이 슬며시 다가와 물었는데 두 눈이 섬광처럼 번득였다.

이혈능은 무뚝뚝하게 말했다.

"형에게 배웠습니다."

"너희 형이 누군데? 제법 강호에서 이름깨나 날린 사람인 모양이구나."

이혈능은 자랑스럽게 북사라고 말하려다 말고 입을 다물었다. 아직 두 노인의 진짜 정체가 밝혀지지 않았다. 말투와 행동거지를 보면 결코 정도의 인물들 같지는 않았지만 혹시라도 제왕성과 연관이 있을지 모른다는 생각이 들었기 때문이다.

"말하고 싶지 않다는 것이냐? 말하기 싫으면 하지 마라. 그냥 물어본 거니까."

마승이 입술을 지그시 깨물었는데 그냥 아무 생각 없이 물어본 사람의 태도라고 보기에는 너무 심각했다. 다시 한 번 이혈능의 위아래를 곁눈질로 살폈다.

두 사람은 이혈능을 앞뒤에서 포위하듯 하며 걸음의 속도를 높였다. 이혈능은 강호쌍괴라는 노인들에게 붙잡혀 여명이 밝아오는 동쪽을 향해 빠르게 가고 있었다.

소천득은 눈을 떴다. 그러나 아무것도 보이지 않는 캄캄한 어둠만이 가득했다. 자신은 의자에 앉아 있었는데 포박되어 끌려올 때와는 다르게 몸은 자유스러웠다. 어디선가 물방울 떨어지는 소리가 들렸고 온몸으로 느껴지는 축축한 기운을 보아 동굴 같았지만 주위가 너무 어두워 아무것도 보이지 않았다. 소천득을 주위를 살피기 위해 내력을 끌어올렸는데 돌연 입술을 질끈 깨물고 말았다. 놀랍게도 자신의 무공이 폐지되어 있었다.

"……."

무공 폐지, 그것은 무인이라면 꿈속에서조차도 두려워하는 일이다. 무림인에게 무공 폐지란 최악의 절망이며 비극인데 자신에게 그 악몽 같은 일이 벌어졌으므로 소천득은 온몸을 떨었다. 소천득은 한동안 꼼짝도 하지 않고 어두운 저편을 노려보았다. 적에게 붙잡혔으므로 어느 정도 각오는 하고 있었지만 무공 폐지라는 돌이킬 수 없는 불행은 생각하지 못했다.

'고문을 준비하고 있다.'

소천득은 무공을 폐지시킨 적의 의도를 나름대로 짐작했다. 단순히 죽일 것 같았다면 무공을 폐지할 이유가 없다. 무공 폐지는 고문을 하기 위한 수순이다. 동일한 강도의 고문일지라도 무공이 없는 상태에서 느끼는 고통과 공포는 배가되기 때문에 의지가 약화되고 가슴에 담겨진 비밀을 쉽게 누설한다. 적은 자신을 고문하여 북사에 대한 정보를 얻고 싶어하는 것이 분명했다.

무공을 잃지 않았다고 해도 고문 앞에서는 비밀 엄수를 장담 못하는데 무공까지 폐지되었으므로 자신감이 급격하게 소멸되어 갔다.

'아혈까지…….'

혀를 깨물려고 했는데 입이 요지부동이다. 적은 자신이 자살할 것을 대비해 아혈은 물론 마혈까지 제압하여 완벽하게 자신을 해체시켜 버린 것이다. 자신의 몸과 마음은 이미 남의 것이 되었으므로 꿈은 요원해졌다.

자살은 내 의지대로 몸을 움직일 수 있을 때 가능한 일이다.

덜컹!

그때 육중한 철문 열리는 소리가 들리더니 강렬한 빛이 새어 들어왔다.

강한 빛의 역광으로 인해 얼굴은 볼 수 없었지만 덩치가 우람한 것으로 보아 관악봉이란 자가 틀림없었다.

치익!

관악봉이 화섭자를 당겨 벽에 꽂힌 황초에 불을 붙였다. 사면 네 벽에는 촛대가 설치되어 있었고 팔뚝만 한 황초가 꽂혀 있었다. 네 곳의 황초가 타오르자 실내는 환해졌다. 예상대로 자신이 앉아 있는 곳은 천연 동굴에 약간의 손질을 한 석실이었다. 좌측 벽으로 수많은 고문 기구가 걸려 있었다.

저벅! 저벅!

또다시 발자국 소리가 들리더니 이번에는 금사충과 사판수가 들어섰다. 기다란 금발을 어깨까지 늘어뜨린 채 다가오는 금사충의 모습에서 소천득은 섬뜩한 한기를 느꼈다.

자신은 금사충에 대해서 전혀 모른다. 하지만 그가 속해 있는 귀목당에 대해서는 알고 있었다. 아니, 정확히 말하면 귀가 아프도록 들었다. 귀목당은 아주 오래전부터 경계해야 할 조직으로 배워왔는데, 그들은 제왕성주의 가장 충성스런 조직이었다. 돌부처도 그들 앞에 서면 모든 것을 순순히 실토한다고 할 만큼 추적과 납치, 고문에 전문가들이었다.

척!

금사충이 앞에 놓인 탁자 위에 오른발을 올렸는데, 깨끗하게 손질된 가죽 장화가 촛불을 받아 번쩍거렸다. 먼지 한 올 묻지 않았는데도 금사충은 소맷자락으로 장화의 앞 코를 닦아댔다.

"이름이 소천득이라고 했소?"

소천득은 아무 말을 하지 않았다. 아니, 아혈이 제압되어 대답을 할 수 없었다.

"혈세칠검이라고 불렸던 것으로 기억되는데, 내가 조사한 바에 의하면 강호에 그런 별호를 지닌 사람은 없더구려. 그것은 우리 눈을 속이기 위해 그날 임시로 붙여 지은 별호라는 의미 아니겠습니까?"

척!

이번에는 왼쪽 다리를 올리더니 역시 먼지 하나 묻지 않은 장화를 소매로 닦았다.

"본래의 이름이 뭐였소? 혈세칠검 말고 일곱 사람을 부르는 진짜 별호 말입니다."

소천득이 여전히 대꾸를 하지 않자 장화를 닦던 금사충의 손길이 멈추었다. 그리고 소천득을 바라보았는데, 금사충의 이맛살이 찌푸려졌다.

문득 금사충이 탁자에 올려진 왼쪽 발을 내리며 관악봉을 불렀다.

"악봉아."

"옛, 대주님!"

한데 금사충이 잽싸게 다가오는 관악봉의 오른 정강이를 그대로 까버렸다.

빠악!

"아우욱!"

불에 데인 듯한 고통에 관악봉이 정강이를 감쌌고, 금사충의 오른발이 그의 나머지 왼쪽 정강이까지 내질렀다.

뻐억!

"흐후훅!"

관악봉은 양쪽 정강이를 감싸며 그 자리에서 나뒹굴었다.

"이, 이번에는 왜……?"

"왜 때리느냐고?"

"이번에는 대답을 가로채지도 않았는데……."

금사충이 웅크린 관악봉의 등짝에 장화 뒤축을 쑤셔 박으며 일갈했다.

"멍청한 놈아, 아혈을 풀어줘야 말을 할 것 아니냐? 저 눈빛 좀 봐. 대답을 하고 싶은데 네놈이 아혈을 묶어놔 애타게 날 쳐다만 보고 있지 않느냐?"

"…속하가 깜박했습니다."

관악봉이 그제야 놀라며 신속히 오른손을 뻗어 제압된 소천득의 아혈을 풀어주고 황급히 굽실거리며 말을 이었다.

"속하가 잘못했사옵니다."

금사충이 양 정강이의 고통으로 제대로 서 있지도 못하는 관악봉을 향해 살벌하게 소리쳤다.

"아혈이 제압되어 있으면 천하없는 장사라고 해도 말을 할 수가 없다! 알겠느냐?"

"예! 예!"

매서운 눈으로 관악봉을 일별한 금사충이 탁자에 엉덩이를 걸치고 앉았다. 지그시 내려다보는 금사충의 눈빛이 봄날의 바람처럼 따뜻했다. 하지만 소천득은 훈훈한 봄기운으로 위장된 눈빛 뒤에는 상상을 불허하는 사악한 광기는 숨어 있다는 것을 알고 있었다.

"아까 물었던 내 질문에 대답을 해주겠소? 북사와는 어떤 관계요?"

소천득이 입을 다물었다. 금사충의 안색이 변했다. 그것은 자신의 입에서 나오는 어떤 질문에도 응하지 않겠다는 의지였다. 노골적인 거부의 몸짓이었고 절대 굴복하지 않겠다는 자신을 향한 도전이었다. 내 입을 열 자신 있으면 능력껏 한 번 열어보라는 선전포고인 것이다.

"한마디로 배 째라는 거군."

금사충이 어린아이 같은 웃음을 지었다.

스윽.

금사충이 옆구리에 차고 있던 방망이를 뽑아 들었다. 이미 노관에서 한 번 보았던 검은 방망이였다.

크기도 한 자 반 남짓 되었고 두께도 두 치가량 되어 손아귀에 딱 잡히는 영락없는 빨랫방망이였다. 하나 노관에서 동료들의 검을 어렵지 않게 부러뜨리는 위력으로 보아 예사 방망이가 아니라는 것을 알고 있었다. 가까이서 본 방망이에는 파리똥처럼 수많은 핏자국이 말라붙어 있었다.

탁탁!

금사충이 방망이를 손바닥에 대고 두어 번 토닥였다. 아직까지 자신의 질문에 입을 끝까지 닫는 자는 없었다. 육 개월 전에 한 사내가 일곱 대까지 맞고 버티다 끝내 똥물까지 토해내며 입을 열었다.

"지금까지 본인의 천마봉을 맞고 가장 오랫동안 버틴 사람이 일곱 대였소."

천마봉이란 말에 소천득의 눈이 커졌다. 천마봉(天魔棒)은 방망이지만 어지간한 쇠는 단번에 산산조각내 버린다. 한때 강호를 피로 지배했던 천마교의 마병이자 일천 명을 때려죽였다 하여 천마봉(千魔棒)으로도 불리는 공포의 방망이다.

빠아아아!

천마봉을 들어 살피고 있던 금사충이 소천득의 허벅지를 있는 힘껏 후려쳤다. 불덩이에 데인 것처럼 허벅지가 뜨거워지더니 열기가 온 전신으로 거미줄처럼 퍼져 나갔다.

뭐랄까, 지금까지 적지 않은 몽둥이와 주먹에 맞아봤지만 천마봉은 이상했다. 그것은 고통이라기보다는 영혼을 절단하는 아픔이었고 눈앞이 캄캄해지는 소름이었다. 온몸의 살갗이 뜯겨 나가는 듯한 진저리에 소천득은 비명을 질렀다.

"크허허—헉!"

죽음 앞에서도 얼마든지 초연해질 수 있다고 자신했다. 생사는 백지 한 장 차이므로 두려워할 것도 겁낼 것도 없다는 생각에 더욱 위험 앞에서도 당당했다. 위기에 빠진 동료가 겁을 집어먹는 것을 볼 때면 너무 안타까운 생각이 들었고 불쌍한 마음에 피식 웃고 말았는데, 지금 자신이야말로 등골에 식은땀이 흥건해졌다. 그것은 자신의 몸과 마음이 조금 전의 아픔에 걷잡을 수 없는 두려움을 느끼고 있다는 전조였다. 그리고 가장 놀라운 사실은 한 대를 맞았을 뿐인데 자신의 입에서 자지러지는 비명이 흘러나왔다는 것이었다. 비명은 아프지 않으면 결코 입 밖으로 나오지 않는다. 한데 불가사의하게도 고작 한 대 맞고 비명이라니, 자신의 신체 변화에 이해가 되지 않는다.

휘이익!

천마봉이 두 번째로 허벅지에 떨어졌다.

쫘아아!

"으아아아아아악!"

바늘로 찌르는 것 같은 기운이 전신 경락을 휘저었다. 의지와 집념으로 똘똘 뭉쳐 있다는 동료들의 평이 무색할 만큼 정신이 가물거리기 시작했다. 두 눈이 파르르 떨리며 진저리를 쳤다. 언젠가 동료로부터 너무 아프면 비명도 마디마디 끊어 토해내진다는 말을 들었다.

"아으— 어윽!"

고통은 한 번에 몰아치지 않고 물결처럼 끊임없이 밀려왔다.

금사충은 완벽한 전문가였다. 지금 자신 앞에서 천마봉을 들고 서 있는 황금빛 머리를 가진 사내는 이런 일에 이골이 난 절대고수인 것이다. 사실 금사충이 소천득을 때리는 방망이질은 결코 평범하지 않았다. 겉으로는 단순히 그냥 때리는 것 같지만 그 안에는 놀라운 무공의 위력이 들어 있었다.

이름하여 천마참혈봉법(天魔斬血棒法).

천마참혈봉법은 무공이면서 고문술인 것이다.

따아아악!

세 번째 허벅지를 때렸다. 비명은 없었고 그 대신 소천득의 눈이 찢어져라 부릅떠졌다. 흰자위뿐인 두 눈은 완벽한 공포에 젖어 미세하게 떨고 있었는데, 그것은 더 이상 견딜 수 없다는 몸부림이었다.

"마… 말."

"입을 열겠다는 것이오?"

"네에……!"

소천득은 복종하고 있었다. 모든 사실을 털어놓겠다는 완벽한 패배의 눈빛을 허겁지겁 내뿜었다. 배신자로 찍혀도 좋았다. 그 무엇도 금사충보다 무섭지는 않았다. 어떤 고문에도 당당하게 맞설 자신이 있다고 큰소리쳤던 소천득은 불과 세 대에 자신의 의지를 산산이 부수고 말았다.

"물어봐 주십시오."

"아니오. 북사에 대한 얘기는 성에 가서 여러 높으신 분들 앞에서 듣기로 합시다. 이봐, 관악봉!"

한쪽에 서 있던 관악봉이 큰 소리로 대답했다.

"예, 대주님!"

"이자를 호송할 준비를 해라. 호위 등급은 갑호다."

관악봉은 물론 사판수까지 깜짝 놀라는 표정을 지었다.

"갑호 호위란 말입니까?"

갑호는 제왕성 최고 등급의 호위 형태다. 백 명 이상의 일급 무사가 호위를 하며 목적지에 도착할 때까지 단 하루도 쉬거나 멈추지 않는다.

갑호는 곧 적으로부터 공격받을 가능성이 큰 거물 급들을 호위할 때 발령되는데 소천득에게 적용되었다는 것은 그만큼 그의 가치가 중대하다는 의미인 것이다.

"이곳에 파견된 혈리대 무사들이 모두 몇 명이지?"

금사충의 질문에 관악봉이 어깨를 펴고 큰 소리로 대답했다.

"저까지 포함하여 쉰일곱 명입니다!"

금사충의 두 눈이 망설이는 표정을 지었다. 그것은 과연 제왕성 분타의 고수들 가지고 안전하게 소천득을 데리고 갈 수 있을지 계산하는 눈치였다.

"그것으로도 부족하면 나머지는 우리 분타 무사들로 채우는 것이 어떻겠습니까?"

사판수가 말하자 금사충이 고개를 내저었다.

"쪽수가 많다고 해결될 일이 아니오."

사판수의 안색이 굳어졌다.

같은 일급 고수라고 해도 혈리대 무사들과는 차이가 있다는 것을 부인하고 싶진 않았다. 하지만 혈리대 쉰일곱을 포함해 일백 명의 호위가 붙는데도 펴지지 않는 금사충의 안색을 보아 그 정도 갖고서도 못 돌아갈 수도 있다는 것 같았다.

소천득 또한 강력한 우군을 갖고 있다고 봐야 했다.

사판수의 안색이 딱딱해졌다.

"도대체 저 소천득이란 자가 누구기에?"

"구화산에서 이곳 목양루 분타까지 소천득을 압송해 오는

데 정확히 두 시진이 걸렸고 모두 일곱 명의 사람이 우리를 지나쳤소. 일곱 명은 구화산을 올라가는 약초꾼을 비롯해 옹기장수와 땅꾼, 그리고 상가(喪家)를 찾아가는 장의사 등 각양각색이었지만 그들에게는 한 가지 공통점이 있었소. 발걸음이 지나치게 경쾌했다는 것이오."

사판수는 소스라쳤다. 소천득을 압송해 오면서 몇 명의 사람이 지나간 것 같긴 했지만 정확히 몇 명이었고 그들의 신분이 무엇이었는지 자신은 전혀 알지 못하고 있었다.

"그들이 누구란 말입니까?"

"나도 모르오. 다만 그들이 소천득을 비롯한 북사의 동생이란 자를 구출해 가기 위해 염탐했다는 거요."

사판수의 눈이 섬광을 발했다.

"북사가 단독 자객이 아니라 그 배후에 뭔가 있다는 겁니까? 천하에 감히 어느 누가 있어 북사 같은 거목을 부릴 수 있단 말입니까?"

"동원할 수 있는 무사는 전부 차출하시오."

이 정도면 백 명으로도 부족할지 모른다. 뭔가 거대한 피바람이 예견되었으므로 사판수는 가슴이 심하게 두근거렸다.

여인의 이마에 땀방울이 맺히기 시작했다. 지그시 물린 입술을 비집고 뜨거운 숨소리가 새어 나왔지만 여인은 절을 멈추지 않았다. 양 무릎을 꿇고 가슴이 바닥에 닿을 만큼 양손을 앞으로 뻗어 엎드려 한참을 그렇게 있었다.

스윽!

그리고 서서히 이마에서부터 시작해 상체를 일으켰다.

절은 어느새 백 배를 넘어서고 있었다. 스물 초반쯤으로 보이는 백의여인은 마치 한 송이 꽃을 보는 듯 빼어난 용모를 지니고 있었다. 젊은 나이지만 여인에게는 아무나 접근할 수 없는 은은한 위엄이 흘러나와 그녀의 신분이 범상치 않음을 짐작할 수 있었다.

대웅전 밖에는 대원사의 주지인 혜공을 비롯해 절에 기거하는 모든 승려들이 늘어서 있었다. 대원사는 동천목산 태화봉 중턱에 자리 잡고 있는 천년 고찰로 제왕성의 문사(門寺)이다.

이윽고 백팔 배가 모두 끝난 듯 백의여인이 몸을 돌렸는데 속살이 훤히 비칠 만큼 온몸이 땀에 젖어 있었다. 문밖에 시립해 있던 시녀가 건네준 손수건으로 백의여인은 얼굴에 흐르는 땀을 닦았다.

천천히 계단을 내려오는 백의여인에게 다가서며 혜공이 합장을 했다.

"오늘도 차 한 잔 마시지 않고 곧바로 돌아가시렵니까?"

백의여인이 환한 미소를 지으며 입을 열었다.

"이해해 주세요, 혜공 선사님."

백의여인은 곧바로 대웅전 앞마당에 대기하고 있던 수레

에 올랐다.

수레는 두 마리의 백마가 끌고 있었는데 주위로 십여 명의 중무장한 여인들이 날카로운 눈빛을 번득이며 서 있었다.

백의여인이 수레에 올라타자 호위대장으로 보이는 날카로운 인상의 중년 여인이 큰 소리로 말했다.

"출발하거라!"

수레는 천천히 대웅전을 벗어나기 시작했다. 혜공 선사를 비롯한 도열해 있던 승려들이 일제히 수레를 향해 허리 굽혀 합장하며 배웅했다.

이윽고 수레가 시야에서 완전히 사라지자 혜공이 나직이 불호를 되뇌었다.

"아미타불!"

한숨에 가까운 혜공의 불호에 곁에 서 있던 제자 요수가 놀란 얼굴로 돌아보았다.

"무슨 근심이 있으시옵니까?"

"근심은 내가 아니라 아가씨가 갖고 있구나."

"네?"

요수뿐만 아니라 다른 승려들까지 일제히 혜공을 돌아보았다. 혜공이 길게 한숨을 쉬며 입을 열었다.

"아가씨의 가슴에 먹구름이 층층이 드리워져 있다."

"사부님께서는 그런 사실을 어떻게 아십니까?"

요수가 눈을 반짝이며 물었다.

옛날부터 백의여인은 자주 웃지 않았다. 한데 요즘 들어서는 더욱 미소를 찾아볼 수가 없었다.

'무엇일까, 아가씨의 가슴속에 담긴 심려는?'

혜공은 백의여인이 사라진 일주문 쪽을 향해 다시 한 번 가벼운 합장을 하고 돌아섰다. 혜공을 따라 줄지어 서 있던 승려들도 백의여인의 수레가 사라진 곳을 향해 일제히 합장을 하고 대웅전을 떠났다.

第五章
피의 연가(戀歌)

시련의 연속 끝에 마침내 웅크렸던 몸을 일으켜 창비한다···

복수를 위해 제왕성에 뛰어든 소년에게 닥친 엄청난 고난과

신비하며 때로는 악마의 모스불을 갖춘 소림삼십칠방의 등장!

험난하고 고독하며 위력적이고 놀라운 곳, 그곳의 문이 열린다!

『소림삼십칠방(少林三十七房)』

대원사를 벗어난 수레는 숲 속으로 난 오솔길을 천천히 굴러가고 있었다. 자욱하던 안개가 빠르게 벗겨지고 있었고 잠에서 깨어난 듯 이름 모를 새들의 노랫소리가 바쁘게 울려 퍼졌다.

찌르르— 찌륵!

나뭇가지를 뚫고 들어오는 아침 햇살에 산은 더욱 싱그러웠고 상쾌한 아침 바람이 수레를 호위하는 여인들의 흑의를 펄럭거렸다. 바로 그 순간 삿갓을 눌러쓴 흑영이 숲길 전면에 나타났다. 삿갓 밑으로 길게 묶은 머리가 내려와 있는 것이 여인임을 말해주고 있었는데 흑의여인을 전혀 경계하지 않는 것으로 보아 호위무사들은 이미 그녀의 정체를 알고 있는 것 같았다.

"시월이 왔느냐?"

수레 안으로부터 백의여인의 조용한 음성이 흘러나왔다. 수레는 굳게 닫혀 있었는데도 흑의여인의 존재를 알아차리는 것을 보면 백의여인의 무공 또한 범상치 않아 보였다.

흑의여인은 왼쪽 무릎을 땅에 꿇고 수레를 향해 절을 올렸다.

"천녀 시월이 아가씨를 뵈옵니다."

"속히 가까이 오너라."

삿갓을 깊숙이 눌러쓴 흑의여인은 백의여인의 몸종인 시월이었다.

시월이 수레로 다가가 부복했다. 순간 두 사람 사이의 긴밀한 대화를 방해하지 않으려는 듯 호위를 책임진 중년 여인이 무사들을 수레에서 멀리 떨어지도록 손짓했다. 무사들이 수레에서 십여 장 멀리 떨어져 커다란 원을 만들었다.

스윽!

백의여인이 수레의 휘장을 걷어 얼굴을 내밀고 물었다.

"그래, 어찌 됐느냐?

백의여인의 낯빛은 무척 굳어 있었다. 시월이 숨을 크게 들이쉬더니 입을 열었다.

"아… 안타깝게도."

"잡히기라도 했단 말이냐?"

"……."

"왜 말이 없느냐? 정말로 잡혔단 말이냐?"

백의여인이 충격을 받은 듯 안색이 창백하게 변했다.

시월이 더듬거리며 말했다.

"제 눈으로 확인한 것은 아니지만 죽었다는 소식을……."

"아!"

백의여인이 상체를 휘청거렸다.

"아가씨!"

시월이 수레 안으로 손을 뻗어 부축하려 들자 백의여인이 괜찮다는 듯 휘장을 걷지 않은 손으로 제지했다.

'천지신명이시여……!'

백의여인은 속으로 외쳤다.

미치도록 빌고 또 빌었다. 지난 보름 동안 단 하루도 빠지지 않고 부처님께 매달렸건만 모든 것이 허사란 말인가. 회한이 온몸을 송두리째 할퀴면서 끝내 백의여인의 눈가에 눈물 한 방울이 똬리를 틀었다.

비월사를 떠난 강호쌍괴는 곧장 산을 내려와 오강으로 향했다. 오강에서 배를 타고 항주로 이동했다. 그리고 다시 육로를 이용해 만 하루를 꼬박 달리자 눈앞으로 거대한 산이 나타났다. 비월사를 떠난 지 정확히 사흘 만이었다.

"바로 천목(天目)이라는 이름으로 불리는 산이다. 산세가 마치 하늘의 눈을 닮았다고 해서 그렇게 부르지."

산세는 무척 험했다.

"산은 동천목과 서천목으로 나눠지는데 우리가 지금 가고 있는 곳은 동천목산이다."

탈혼도백의 얘기가 계속 이어지고 있는 가운데 이혈능의 눈이 이채를 발했다. 깊은 산속인데도 길은 무척 넓었고, 주먹만 한 자갈을 빼곡하게 박아 넣은 포도였다.

'과연 이 길의 끝에는 누가 살기에 험한 산길을 이토록 잘 다듬어놓았을까?'

얼마를 걸었을까. 가파른 고개를 올라선 탈혼도백이 걸음을 멈추었다.

"다 왔다."

고개에 올라선 이혈능은 기겁하며 놀랐다. 저 멀리 동천목산을 병풍처럼 두른 한 채의 장원이 서 있었다. 장원은 무척 웅장하고 화려했는데 마침 서쪽 하늘을 덮고 있는 풍만한 노을을 받아 현란한 선홍빛 광채를 뿜어내고 있었다.

"저곳이 바로 당금 천하의 패자(覇者) 제왕성이다."

"예, 옛!"

이혈능이 소스라쳤다. 설마 자신이 끌려온 곳이 형을 공격한 제왕성일 줄이야…….

"지금 제왕성이라고 했습니까?"

"크지?"

이혈능이 규모에 놀라는 줄 알고 탈혼도백은 어깨를 으쓱해 보였다.

물론 입이 떡 벌어질 만큼 크긴 했다. 험준하고 장엄한 동천목산의 수많은 기암괴봉을 수하들처럼 거느린 모습은 숨이 막힐 듯 위풍당당했다.

"뭐 하느냐? 어서 가자."

앞서 가던 두 사람이 걸음을 멈추고 우두커니 서 있는 이혈능을 돌아보며 재촉했다.

"……."

이혈능은 말뚝이라도 된 것처럼 한동안 움직이지 않았다.

하필 제왕성이란 말인가. 제왕성은 자신에게 호굴이고 형을 죽인 혈한의 대상이다. 아무리 애써 담담한 척하려고 해도 충격의 무게는 좀체 가실 줄 몰랐다. 이혈능의 표정은 짧은 순간 여러 차례 변화를 거듭했다. 그러던 어느 순간 지금까지 얼굴에 나타났던 당혹스러움과 놀라움, 잿빛 절망과 스산한 고통은 감쪽같이 사라지고 어느새 담담한 얼굴로 돌아와 있었다.

'차라리 잘됐다. 등잔 밑이 어두운 것처럼 이들 속에 섞여 들어가 버리면 오히려 안전할지도 모른다.'

누구도 사냥감이 사냥꾼의 둥지에 들어가 있으리라고는 생각하지 못할 것이다.

처억!

이혈능은 어깨를 쫙 펴고 우거진 송림 사이로 뚫린 길을 내려가는 두 사람을 허겁지겁 뒤따랐다. 제왕성에 다가갈수록 이혈능의 심장 박동은 점차 빨라지기 시작했다.

제왕성의 정문을 지키고 있던 갈악종과 팽환의 눈이 가늘어졌다. 두 사람은 제왕성의 정문을 비롯한 외곽 경비를 총괄하고 있는 철금당(鐵禁堂) 소속인데 순환 근무를 하는 동료들과 달리 체격이 크다는 이유로 정문 경비만을 자주 서 왔다.

그래서 이제 방문자의 옷차림만 보아도 그 사람의 강호에서의 위치를 정확히 읽어내는 안목을 갖추게 되었는데, 두 사람은 지금 다가오는 이노일소(二老一少)를 보며 내기를 하고 있었다.

"딱이야."

"뭐가?"

"손주를 제왕성에 맡기기 위해 찾아오는 할아버지들이야. 안 봐도 뻔해."

"하면 어떻게 할아버지가 두 명이란 말인가?"

"외조부와 친조부."

"음! 외조부와 친조부의 공동전선이라… 그것도 말은 되는군."

제왕성은 아무나 찾아와 입성할 수 있는 곳이 아니었다. 하지만 워낙 오랫동안 강호제일세력으로 군림하다 보니 입신양명의 꿈을 안고 많은 사람들이 찾아온다.

　"그래서 자네는 본 성에 무사로 취직을 시키기 위해 손주를 데리고 오는 조손지간이란 말이군?"

　"조손지간이라는 것에 은자 한 냥을 걸지."

　팽환이 고개를 가로저었다.

　"난 그렇게 보지 않네."

　다가오는 세 사람을 살피는 팽환의 눈이 번득거렸다. 지금까지 방문자를 두고 내기를 벌인 두 사람의 승부는 거의 백중세를 유지하고 있었다.

　"내 눈이 틀리지 않다면 평범한 노인들이 아닐세."

　"증거가 뭔가?"

　"증거는 없네. 다만 오랜 내 경험에 비추어볼 때 저 두 노인의 기세가 범상치 않다는 것이 근거일세. 어쨌든 난 손자를 제왕성에 맡기기 위해 찾아오는 늙은이들이 아니라는 것에 은자 한 냥을 걸지."

　이윽고 강호쌍괴와 이혈능이 정지 명령을 내려야 하는 거리까지 다가오자 팽환이 목에 힘을 실어 말했다.

　"잠시 멈추시오."

　갈악종은 근무 위치를 지키고 팽환이 세 사람에게 다가갔다. 팽환은 빠른 시선으로 세 사람을 훑었는데 주로 강호쌍괴에게 집중되었다.

"본 성의 방문 목적을 말씀해 주시겠소?"

날카로운 기세로 자신들을 가로막는 팽환을 보며 마승이 조용히 입을 열었다.

"대장로들이니라. 그러니 어서 문을 열어라."

팽환이 멈칫했다. 마승의 말을 제대로 알아듣지 못한 것이다.

"옛? 지금 뭐라고 하셨습니까?"

"귀가 먹었느냐? 대장로란 말이다."

"대, 대장로?!"

믿을 수 없다는 듯 팽환의 동공이 확대되었다.

제왕성에는 모두 열두 명의 장로가 있다. 그중에서 가장 높은 우두머리를 대장로라고 부르는데 그들의 존재는 철저히 안개에 쌓여 있었다. 지금까지 정문을 지키면서 장로들은 몇 번 봤지만 대장로들의 얼굴은 한 번도 본 적이 없었고 자신이 알고 있는 대장로들에 대한 지식은 두 사람이고 나이가 무척 많다는 것이 전부였다.

그렇게 볼 때 두 사람인 것을 보면 대장로일 가능성에 무게를 둘 수도 있지만 나이가 많다는 것에서는 눈앞의 사람들과 약간 어긋나 보였다. 아무리 봐도 두 사람의 나이는 칠십 전후로밖에 보이지 않았다.

"뭘 그렇게 고민하나? 설마 늙은이들 말을 믿는단 말인가?"

뒤쪽에 서 있던 갈악종이 코웃음을 쳤다.

"육 개월 전에 성주님을 자신의 빙장어른이라고 둘러대며 입성하려는 놈도 있었다는 것을 잊지 말게. 출입 영패가 없으면 무조건 가짜라는 걸 기억하게."

팽환이 더듬거렸다.

"죄, 죄송합니다. 저희가 다른 장로님들은 모두 기억하지만 대장로님들은 한 번도 뵌 적이 없어서……."

"출입 영패를 보여달라는 거구나. 알겠느니라."

마승이 출입 영패를 꺼내기 위해 앞가슴에 손을 집어넣을 때 돌연 뒤쪽으로부터 거친 말발굽 소리가 들려왔다.

두두두두!

이혈능은 뒤를 돌아보았다. 마차 한 대가 이십여 명의 호위를 받으며 질풍처럼 달려오고 있었다. 마차 위에는 긴 흑발을 날리며 한 여인이 앉아 있었다. 흑의여인의 나이는 스물 초반쯤으로 보였고, 다리를 꼬고 앉아 있는 모습이 무척이나 도발적이었다.

팽환의 눈이 확 커졌다.

'저분은 추룡대주!'

팽환이 고개를 돌려 뒤쪽의 갈악종을 향해 소리쳤다.

"추룡대주님의 마차일세! 속히 문을 열게."

"아… 알았네."

갈악종이 잔뜩 긴장하여 정문을 열고 닫는 기관 장치를 작

동시켰다. 순간 청동으로 된 거대한 제왕성의 성문이 육중한
굉음을 흘리며 열렸다.

그그그긍!

두두두두!

마차는 속도를 전혀 줄이지 않고 빠르게 달려왔다. 한데 정
문과 마차가 달려오는 일직선상에 강호쌍괴가 서 있었다. 그
대로 놔두면 마차에 치일 것이 뻔했는데 마부는 더욱 세차게
채찍을 휘둘렀기에 팽환이 영패를 찾느라 주머니를 뒤지고
있는 마승을 보며 다급히 소리쳤다.

"어서 비키시오!"

강호쌍괴는 달려오는 마차를 아는지 모르는지 팽환의 외
침에도 꼼짝하지 않았다.

"이 늙은이들이 깔려 죽고 싶어 환장했나. 빨리 비키지 못
해!"

마차를 호위한 무사들의 수장으로 보이는 선두의 사내가
큰 소리로 외쳤다.

마승이 고개를 돌려 달려오는 수장을 쳐다보았다.

"나더러 한 소리냐?"

"이놈의 영감탱이들이……!"

두 사람이 비켜나지 않으므로 마차는 하는 수 없이 멈춰야
했다. 마차가 급정거하자 주위에 먼지가 자욱하게 일어났고
호위무사들이 일제히 마차 앞을 가로막으며 두 사람을 윽박

질렀다.

"이봐, 정문위사! 이 두 늙은이는 뭐냐?"

수장이 금방이라도 살인을 저지를 듯 칼의 손잡이를 쥐고 팽환을 향해 물었다.

"저희들도 자세히는 잘 모릅니다. 다만 스스로 본 성의 대장로님들이라고 했습니다."

대장로란 말에 수장이 흠칫하더니 눈을 크게 뜨고 살폈다. 하지만 자신도 아직까지 한 번도 대장로들을 본 적이 없었기에 애매모호한 시선을 던질 뿐이었다.

"지금 대장로라고 했느냐?"

그때까지 느긋하게 마차 위에 앉아 있던 흑의여인이 허공으로 부웅 떠오르더니 낙엽처럼 땅으로 내려섰다.

이혈능의 눈이 크게 확대되었다. 신법에서 빠름보다 때로는 느림이 더 어렵다고 했던 형의 말이 떠올랐기 때문이다. 귀불신법도 극성에 이르면 느려진다. 물론 그 안에 상상을 불허하는 쾌와 변이 담겨 있지만 겉으로 보기에는 아주 느려 보인다고 했다.

땅에 내려선 흑의여인의 신법은 아주 느렸는데 얼핏 봐도 실력이 없어서가 아니라 형의 말처럼 빠름이 절정에 이른 사람들만이 보여줄 수 있는 완중속보(緩中速步)라고 나름대로 짐작했다.

"으허헙!"

한껏 여유를 부리며 땅에 내려선 흑의여인이 강호쌍괴를 보더니 벼락을 맞은 듯 자지러졌다.

"추룡대의 대주 도접이 탈혼도백 대장로님과 마숭 대장로님을 뵈옵니다!"

숨넘어가는 듯한 도접의 외침에 호위무사들의 허리 또한 일제히 끊어질 듯 구부러졌다.

척!

처―처어억!

장내는 순식간에 침묵에 빠져들었다. 한참의 시간이 흘렀는데도 자신들의 예를 받아들이는 두 사람의 답언이 없자 아무도 고개를 처들지 못하고 있었는데, 팽환과 갈악종은 유난히 허리를 깊숙이 수그린 채였다. 특히 갈악종의 가슴은 콩닥거리는 심장 박동 소리가 옆사람의 귀에 들릴 만큼 컸다. 노골적으로 비아냥대며 자신의 입으로 욕을 내뱉었기 때문이다.

도접은 고개를 잔뜩 숙인 채 속으로 투덜거렸다.

'재수 옴 붙었군.'

강호쌍괴의 체구가 크지 않기도 했지만 호위무사들에 가려 두 사람을 전혀 볼 수 없어 알아보지 못했다. 성질이 괴팍하기로 소문난 늙은이들인데 수하들이 큰 결례를 했으니 결코 그냥 넘어가지 않을 것이 뻔했다.

"추룡대라고 하면 제법 힘깨나 쓰는 아이들이 모여 있는 곳이 아닌가?"

탈혼도백의 말에 마숭이 코웃음을 쳤다.

"누가 그딴 소리를 하던가? 그런 놈들이 이 년 전에는 그렇게 깨졌단 말인가? 내가 보기에는 잔뜩 허세만 부리고 다니는 쓸모없는 놈들일세."

순간 바짝 숙여져 있던 도접의 고개가 번쩍 들렸다. 마숭을 쳐다보는 눈빛이 부르르 떨리고 있었다.

이 년 전 추룡대는 제왕성의 골칫거리였던 묘강제일세력 반월림 섬멸 작전에 나선 적이 있었다. 그런데 상대를 지나치게 경시한 나머지 출전한 백 명의 추룡대원 중 무려 사십 명을 잃고 말았다. 비록 반월림을 궤멸시키긴 했지만 워낙 피해가 컸고 치욕적인 사건이었기에 지금도 그때를 생각하면 피가 거꾸로 역류하는 것 같았다. 한데 마숭은 두 번 다시 떠올리기 싫은 자신의 치부를 신랄하게 들추고 있었다.

뿌드득.

이를 갈며 고개를 다시 숙이던 도접의 시선이 한쪽에 우두커니 서 있는 이혈능을 발견했다. 그런데 때마침 이혈능의 시선이 자신을 쳐다보는 바람에 두 사람의 눈빛이 부딪쳤다.

'개자식아, 뭘 봐!'

금방이라도 잡아먹을 듯 인상을 썼는데 웬걸, 이혈능이 겁을 먹고 피하기는커녕 더욱 휘둥그레 눈을 뜨고 쳐다볼 뿐이었다. 도접의 눈이 더욱 세로로 찢어졌다.

부하들은 자신과 눈빛만 마주쳐도 진저리를 치며 피하는데 이혈능은 멀뚱거리며 쳐다보고 있었다. 가뜩이나 부하들 보는 앞에서 강호쌍괴에게 밟히고 있는데 이혈능이 계속 쳐다보자 순간적으로 베어버리고 싶다는 충동이 일어났다. 하지만 지엄한 대장로의 동행인이라는 것에 지그시 솟구치는 살심을 짓눌렀다.

'너 두고 보자!'

이혈능을 향해 매서운 눈길을 한 번 쏘아주고 다시 강호쌍괴를 향해 고개를 숙였다.

마승이 탐탁지 않는 듯 혀를 찼다.

"늙은 우리도 걸어다니는데 나이도 어린것이 마차 위에 떡하니 앉아서 다니는 꼴이라니! 똑바로 해."

도접이 더욱 허리를 구부렸다.

"명심하겠습니다. 차후로 절대 마차를 타고 다니지 않고 걸어다니겠습니다. 그러니 그만 고정하십시오."

"벼는 익을수록 고개를 숙인다. 제왕성은 저잣거리 패거리 조직이 아니야. 떼거리로 몰려다니면서 괜히 공포 분위기 조성하지 말고."

"예, 그럼요."

"도접이라고 했느냐?"

"예!"

"두고 볼 거야. 그만 가자!"

마승이 앞장서 걸었고 그 뒤를 탈혼도백과 이혈능이 따랐다.

"계속 근무하겠습니다. 추웅!"

저만치 사라지는 강호쌍괴를 보며 살았다는 안도감에 팽환과 갈악종이 힘차게 창을 받들며 큰 소리로 외쳤다.

도접은 허리를 구부린 채 표독스런 눈빛으로 사라지는 마승의 뒷모습을 노려보았다. 이윽고 강호쌍괴와 이혈능의 모습이 정문 안으로 완전히 사라지고 나서야 허리를 꼿꼿하게 세웠는데 대뜸 욕설을 뱉었다.

"밥맛없는 늙은이들."

도접의 얼굴이 겹겹이 찡그러져 있었다. 아무리 대장로들이라고는 하지만 수하들이 보는 앞에서 인정사정없이 자신을 깔아뭉개 버리다니, 속에서 불덩이가 치밀어 올랐다.

"그런데 저 꼬맹이는 뭐 하는 놈이야? 두 늙은이를 따라가던 놈! 그 개자식이 날보고 비웃었다. 아주 한심하다는 듯 말이야."

호위무사들의 수장인 노옥산이 눈을 빛냈다.

"저도 처음 보는 놈이었습니다. 보나마나 강호 행도 중 하나 데려온 거겠죠?"

"노옥산, 그놈에 대해 알아보거라. 어린 꼬마 자식이 겁대가리 없이 나 도접을 보고 웃었다."

"존명!"

도접이 다시 마차 위로 몸을 날렸다. 마차는 천천히 정문을 향해 나아갔다.

"타고 안 타고는 내 맘이야. 늙은이들이 뭔데 이래라저래라 난리야. 그런데 그 꼬마 놈은 도대체 누구지? 두 늙은이가 제자를 두었다는 말은 들어보지 못했는데."

땟국물이 흐르는 남루한 행색이었지만 자신을 쳐다보는 눈빛만큼은 범상치 않았다.

그때 호위대 부하 중 한 명이 조심스럽게 물었다.

"저어 대주님, 두 분 대장로님의 나이가 일백 살을 넘었다는 게 사실입니까?"

"정확하지 않지만 백열아홉으로 알고 있다."

"배… 백열아홉! 사람이 그 나이까지 살 수 있는 것입니까?"

"그러니까 제정신이 아닌 늙은이들이지."

도접을 태운 마차가 정문 안으로 사라졌다. 모두가 떠난 정문 앞에 팽환과 갈악종만이 남아 크게 안도의 한숨을 내쉬었다.

"그 거렁뱅이 노인들이 성주님 다음으로 가장 높은 제왕성의 대장로들이라니… 하마터면 골로 갈 뻔했군."

갈악종은 연신 자신의 목을 쓰다듬었다. 전성기 땐 용서에 아주 인색한 강호쌍괴였다는 사실을 떠올리자 더욱 살아 있는 것이 기적 같았다.

"스윽!"

갈악종의 눈앞으로 팽환의 왼손이 뻗어왔다.

갈악종이 눈살을 찌푸리며 물었다.

"뭔가?"

"몰라서 묻나? 내기에서 졌으니 약속대로 내놓게."

갈악종의 눈이 커졌다.

"아… 아니, 지금 이 와중에 그런 말이 나온단 말인가?"

"이 와중이 어떤 와중인데?"

"자칫했으면 목숨이 날아갈 뻔한 엄중한 일을 겪었는데 그까짓 은자 한 냥이 중요하냐고!"

팽환이 정색했다.

"골로 갈 뻔한 건 갈 뻔한 것이고 돈은 돈일세. 잔소리 말고 어서 내놔."

한참 동안 팽환을 노려보던 갈악종이 하는 수 없다는 듯 주머니를 뒤지더니 은자 한 냥을 꺼내 던졌다.

석양이 길게 드리워진 종고전 토방에 두 사내가 나란히 엉덩이를 걸치고 앉아 있었다. 종고전(宗高展)은 대장로 강호쌍괴의 거처였다.

좌측의 백의청년은 약간 마른 체격에 눈썹이 숯을 박아놓은 듯 유난히 검었는데 언뜻 서생의 느낌이 강하게 풍겼다.

오른쪽 흑의청년은 뚱뚱한 데다 두 눈이 가늘게 찢어져 약간 음험한 느낌을 주었는데 두 사람 모두 마당을 쓰는 빗자루 한 자루씩을 쥐고 있었다.

곽무와 구운생.

두 사람은 연무당(練武堂)의 무사들이었다. 연무당은 제왕성의 신입 무사들이 무예를 배우는 수련 기관으로 두 사람은 지금 종고전 잡역을 나와 있었다.

"두 늙은이가 모두 성안에 없는 것이 확실해."

두 사람은 마당을 쓸던 도중 잠시 휴식을 취하고 있었는데 구운생이 검지로 콧구멍을 후비며 말했다.

"있다면 지난 사흘 동안 코빼기도 안 보일 이유가 없잖아. 안 그래?"

두 사람은 오늘로써 사흘째 종고전을 청소하고 있었다. 처음 종고전 잡역을 명령받았을 때는 하늘 같은 대장로들을 만날 수도 있다는 일말의 흥분에 발걸음이 가벼웠다. 잘하면 무공 한 수 지도 받을지도 모른다고 잔뜩 기대하고 왔는데 무공 한 수는커녕 어떻게 된 일인지 지난 사흘 동안 대장로들의 옷자락도 보지 못했다.

워낙 무공이 고절하고 행적이 신출귀몰하여 아랫사람들 앞에 모습을 잘 드러내지 않는다고 듣긴 했지만 털끝도 보지 못했으므로 어떤 사람들인지 무척 궁금했다.

"어떻게 생겼을까? 무예가 반선지경에 올랐다고 했으니 보나마나 수염이 아랫배를 덮고 눈썹도 허옇겠지?"

구운생의 말에 곽무는 빙긋 웃기만 했다.

"눈에서는 번갯불이 연신 터져 나오고 두 다리는 땅을 밟지 않고 공중에서 놀겠지?"

구운생은 소문을 토대로 대장로들의 생김새를 만들어내기에 여념이 없었다.

"나이가 백 살이 넘었다고 했으니 주름이 무척 많을 거야. 아니지. 시골에서 농사를 짓는 늙은이들이 백 살을 넘었을 때 주름이 많은 거고, 무공이 무지하게 높은 영감들이니 오히려 젊어 보일지도 몰라. 그런 말도 있잖아. 하… 학… 학!"

구운생은 얼른 떠오르지 않는 듯 곽무를 쳐다보았다. 곽무가 입가에 미소를 머금고 말했다.

"학발동안."

"그래, 학발동안! 아무튼 그렇게 늙어 보이지는 않을 거야."

문득 곽무가 빗자루를 쥐고 일어섰다.

"그만 쉬고 어서 쓸자고."

"그래, 오다가다 간부들 눈에라도 띄면 우리가 놀고 있는 줄 알고 혼을 낼지도 몰라."

두 사람은 다시 마당을 쓸기 시작했다.

싸악! 싹!

아직 가을이 일러 떨어진 낙엽은 몇 개 되지 않았지만 두 사람은 열심히 마당을 쓸었다.

뚝!

곽무가 느닷없이 비질을 멈추며 턱으로 종고전 입구를 가리켰다. 구운생의 고개가 종고전 입구로 돌아갔다. 멀리 종고전 입구에 강호쌍괴와 이혈능이 석양을 등지며 들어서고 있었다.

"뭐 하는 늙은이들이지?"

곽무가 깜짝 놀라며 구운생을 향해 인상을 썼다. 그렇게 큰 소리로 말하다 듣겠다는 힐난이었는데 구운생은 아랑곳하지 않았다.

"처음 보는 늙은이들인데, 저 인간들이 여기가 어딘 줄 알고……."

구운생이 당당하게 마당 가운데에 떡 버티고 서서 다가오는 세 사람을 쏘아보았다.

저벅저벅!

세 사람이 적당한 거리까지 다가들자 구운생이 아랫배에 힘을 주고 목소리를 낮게 깔아 소리쳤다.

"멈추시오. 어디서 오는 분들입니까? 여긴 아주 중요한 기관으로 아무나 들어오는 곳이 아니니 돌아가시오."

가까이 다가온 마승이 묘한 표정으로 웃더니 버럭 소릴 질렀다.

"네 이놈, 조금 전에 뭐 하는 늙은이들이냐고 말했겠다!"

"윽!"

구운생이 소스라치며 뒤로 물러났다. 자신이 서 있는 곳에서 종고전 입구까지는 족히 오십여 장 거리는 되었다. 그 먼 거리에서 자신이 슬그머니 내뱉었던 말을 들었다는 의미였으므로 구운생이 너무 놀라 눈만 휘둥그레 뜨고 물었다.

"노인장께서는 누구시옵니까?"

"이 집 주인이다."

"주… 주인이라면? 설마 대장로님들이란 말씀입니까?"

"건방진 놈들."

두 사람이 기겁하며 힘차게 외쳐 말했다.

"구운생과 곽무가 두 분 대장로님께 인사 올립니다!"

두 사람은 경악의 시선으로 강호쌍괴를 바라보았다. 대장로들의 모습은 자신들이 그려왔던 위엄과는 한참 거리가 멀었다. 두 사람은 거지나 마찬가지였다. 누가 탈혼도백이고 마승인지 구분하기 위해 생김새를 살폈는데 빡빡 머리에 잿빛 누더기를 걸친 오른쪽 인물의 복장은 그가 승려 출신인 마승이라는 것을 금방 알아보게 했다. 그렇다면 팔 소매를 걷어붙인 저잣거리의 약장수 같은 왼쪽 노인이 당연히 탈혼도백일 것이다.

"너, 지금 당장 가서 제법원 원주 좀 불러오너라."

"제법원 원주님을요? 알겠습니다!"

곽무가 긴장하여 바람처럼 종고전 밖을 향해 달려갔다.

마승이 한쪽에 우두커니 서 있는 이혈능을 힐끔 쳐다보고 전각 안으로 들어갔다. 마승이 들어가자 탈혼도백 또한 이혈능을 한 번 노려보고 그 역시 전각 안으로 따라 들어갔다.

풀썩!

탈혼도백까지 사라지자 이혈능은 토방에 주저앉았다. 때마침 석양이 얼굴을 정면으로 비추어 눈이 부셨으므로 눈살을 찌푸렸다.

"후우!"

이혈능은 길게 한숨을 내쉬었다.

의연해지려 해도 자꾸 가슴이 콩닥거렸다. 적의 심장부에 들어왔다는 사실은 결코 쉽게 진정될 수 없는 숨 막히는 일이었기 때문이다. 워낙 큰 집단이고 수천 명의 인원이 뒤엉켜 생활하는 곳이기 때문에 몸가짐을 조심하면 쉽게 정체가 드러나지는 않을 것이다. 자신의 집을 침입해 왔던 혈리대 무사들을 만난다고 해도 당시 상황이 워낙 긴박한 데다 어둠 속이어서 자신을 얼른 알아보지 못할 것이라고 생각했다. 설마 북사의 동생이 같은 무리가 되어 있을 것이라고는 더욱 예상하지 못할 것이라고 낙관하면서도 떨리는 가슴은 어쩔 수 없었다.

"허험, 대장로님들과는 어떤 관계인지 물어도 되겠나?"

슬금슬금 이혈능을 살피던 구운생이 조심스럽게 물어왔다.

"아무 관계도 아니오."

구운생이 멈칫했다. 이혈능의 대답이 무뚝뚝하기도 했지만 귀찮아하는 기색이 역력했기 때문이다. 구운생은 이혈능이 짜증스런 반응을 보이자 인상을 찌푸렸다.

"아무 관계도 아니면서 어떻게 두 분과 동행을 할 수 있단 말이지? 그렇지 않나? 같이 왔다는 것은 뭔가 상관관계를 맺고 있다는 의미 아니겠어? 내 말이 틀렸나?"

"잡혀왔소."

"잡혀왔다는 것은 두 분 대장로님께 큰 잘못을 저질렀다는 뜻 아닌가?"

"난 잘못한 것이 없소."

"그게 무슨 말이지? 그럼 대장로님들같이 무공이 높은 분들께서 아무런 잘못도 없는 그대를 잡아왔다는 얘긴데, 그게 말이 되는 소리인가? 죄를 많이 짓는 사람들은 면역이 되어 자신이 죄를 지어놓고서도 잘 모른다던데?"

이번에는 이혈능이 눈살을 찌푸렸다.

"나 좀 가만 내버려 두면 안 되겠소? 나 지금 별로 말하고 싶은 기분이 아니오."

"그… 그러지. 그럼 우리 그만 말하자고."

구운생의 눈이 가늘어졌다. 약간 긴장해 있는 이혈능에게서 구운생은 그가 이곳 제왕성에 초행이라는 것을 간파했다. 자신이 처음 이곳에 들어왔을 때 모든 것이 낯설었다. 하나같이 무서운 기세를 내뿜는 주위 환경에 위축되어 잔뜩 긴장했던 기억을 떠올리며 이혈능을 좀 더 편안하게 해주기 위해 말을 붙인 것인데 귀찮아하자 비위가 상했다.

선의가 무시당한 것처럼 화나는 일은 없다.

'이 새끼, 두고 보자.'

그때 곽무가 육십가량 되어 보이는 백의노인을 데리고 종고전으로 들어서고 있었다. 백의노인은 제왕성의 제법원 원주 심위평이었다. 제법원은 제왕성의 법을 집행하는 기관으로 그 권위는 엄중하다.

"연무당 소속 구운생이 제법원주님을 뵙습니다."

구운생이 깍듯하게 예의를 갖춰 인사했지만 심위평의 시선은 이혈능에게 고정되어 있었다. 움푹 들어간 심위평의 두 눈에서 짧은 기광이 나타났다가 빠르게 사라졌다. 그는 대장로들이 갑자기 자신을 부른 이유를 이미 읽어낸 것 같았다.

오랜만에 돌아왔다. 만빙설련을 지키느라 탈혼도백과 교대로 종고전을 비웠다. 특히 반년 전부터는 두 사람 모두 아예 만빙설련이 자라고 있는 천대봉 동굴에서 먹고살다시피 했기에 자신의 거처지만 낯선 느낌이 들었다.

처억!

마승은 느릿하게 낡은 방석 위에 결가부좌를 했다. 허리를 곧게 펴고 턱을 당기고 앉아 길게 숨을 들이쉬며 왼쪽 팔뚝

깊숙이 차고 있던 염주를 끌어내어 쥐었다.

툭툭!

가슴이 쿵쾅거린다. 숨이 가빠오고 손바닥에 자꾸 땀이 새어 나온다.

그것은 틀림없는 무정도법이었다. 비록 깊이와 오의를 깨우치지 못한 서툰 칼 짓이었지만 가슴 아픈 한 집단의 오랜 사연이 담긴 것이었다.

인연(因緣)이런가. 그것은 억만 번 세월이 흐르고 세상이 바뀌어도 필연적으로 얽히고 만나는 운명이고 아무리 엇갈리고 뜻을 달리해도 언젠가는 다시 마주 보며 서는 것이 불가의 진리 아니던가.

'나무아미타불 관세음보살.'

마승은 빠르게 염주를 굴리며 독경을 시작했다.

"이무소득고 보리살타 의반야바라밀다고 심무가애 무가애고 무유공포 원리 전도몽상 구경열반."

아무리 진정을 하려고 해도 목소리가 떨려 나왔다. 가슴이 찌르르 하고 온몸이 뜨겁게 달아오르며 입 안에서 후끈한 김이 뿜어 나왔다. 마승은 손가락이 뜨거워질 만큼 염주를 굴렸다. 염주를 굴리다 손가락이 부러져도 좋을 것 같았다.

덜컹!

그때 거칠게 방문이 열리며 탈혼도백이 들어섰다. 결가부좌하고 염주를 굴리고 있는 마승의 맞은편에 주저앉았다.

"일단 홧김에 끌고 오긴 했지만 그래도 나름대로 생각해 놓은 것은 있겠지? 뭔가 묘안이 있어서 데려온 것 아니냐는 얘기다."

마승의 손이 멈췄다.

뚝!

그리고 감았던 두 눈을 뜨고 탈혼도백을 쳐다보았다.

"영혈(靈血)이라고 들어봤느냐? 화타 이후 최고의 신의(神醫)로 평가받는 무의상객이 쓴 무의환서란 책에 보면 기화영초를 복용한 사람의 피 속에는 복용한 약초의 효능이 일정량 들어 있다고 했다."

화악!

탈혼도백의 눈이 화등잔만 하게 커졌다.

"그, 그게 정말이렷다? 놈의 피 속에 만빙설련이 아직도 들어 있단 말이냐?"

"탈태환골은 만빙설련이 갖고 있는 효능의 극히 일부분일 뿐이다. 즉, 그 아이의 몸에는 아직 무궁무진한 만빙설련의 효능이 남아 있다는 것이다. 만빙설련의 기운은 쉽게 녹아들지 않는다. 상당한 시간을 두고 조금씩 몸속으로 흡수되어 사라진다."

"만빙설련이 완전하게 녹아든 피를 마셔야 효과가 있다는 얘기인데… 완전히 녹아드는 데 어느 정도 시간이 걸리느냐? 하루라도 빨리 몸속으로 흡수되게 하는 방법은 없느냐?"

바로 그때 문밖에서 심위평의 음성이 들렸다.

"제법원의 원주 심위평이 대장로님의 부름을 받고 왔습니다."

"어서 드시게."

미닫이문이 열리고 심위평이 들어섰다. 마승이 심위평을 보며 부드러운 표정을 지었다.

"공사가 바쁠 텐데 오라고 해서 미안하네."

"아닙니다. 감히 대장로님께서 불러주시는 것만 해도 속하는 그저 영광이며 기쁠 뿐입니다."

나이 육십이 넘은 심위평이지만 백 살이 넘은 두 장로인지라 반말을 해도 전혀 불쾌해하지 않았다.

"자네가 말이라도 그렇게 해주니 일방적인 부름이 조금은 덜 미안해지는군. 아무리 대장로라고 해도 제법원주를 호출하는 것은 예의가 아닌 것으로 알고 있네만, 알다시피 우리가 너무 늙어 어디 돌아다니는 일이 힘들어서 말일세."

심위평의 입가에 가느다란 미소가 들어찼다.

"잘 부르셨습니다. 앞으로도 자주 불러주십시오. 만사를 제쳐 놓고 달려오겠습니다."

마승이 고개를 끄덕였다.

"자네가 우리 같은 늙은이를 위해 그만큼 배려하고 이해해주니 너무 고맙네. 그럼 자넬 부른 용건을 말하지. 이미 들어오면서 봤겠지만 마당에 한 아이가 있을 걸세."

"봤습니다. 아주 총명하게 생겼더군요. 어디서 데려온 아이입니까?"

"총명하긴 개코가!"

탈혼도백이 인상을 쓰며 소리치자 마승이 손을 들어 제지했다. 그리고 담담한 얼굴로 계속 말을 이었다.

"이 친구와 강호를 돌아다니다 만난 아일세. 그 아이를 본 성의 무사로 써야겠는데, 어떻게 괜찮겠는가?"

심위평의 눈이 밝게 빛났다.

"어린아이 한 명 받아들이는 게 뭐가 어려운 일이겠습니까? 더구나 다른 분도 아닌 대장로님들께서 데려온 아이라면 더욱 받아야지요."

"역시 자네는 말이 통하는군. 정말 고맙네."

심위평의 허리가 더욱 숙여졌다.

"별말씀을. 그럼 속하는 이만 물러가겠습니다."

"그래, 바쁠 테니 그만 가보게."

심위평이 조심스럽게 뒷걸음으로 물러 나갔다. 심위평이 사라지자 탈혼도백이 눈을 가늘게 좁혀 뜨고 물었다.

"네 이놈, 조금 전까지는 놈의 피를 마시자더니 느닷없이 본 성의 무사로 받아들이자는 건 또 뭔 소리냐?"

마승이 혀를 찼다.

"쯧쯧! 저렇게 머리가 안 돌아가서야 원!"

머리가 안 돌아간다는 핀잔에 탈혼도백의 눈이 곧바로 찢어졌다.

"머, 머리가 안 돌아가? 네놈이 또 날 열받게 하는 것이냐? 이늙은이가 진짜!"

마승이 조용한 목소리로 입을 열어 말했다

"조금 전 만빙설련을 빨리 녹이는 방법이 없느냐고 물었더냐? 내가 알기에 만빙설련을 빨리 녹일 수 있는 방법은 무공을 익히도록 하는 것밖에 없다. 무공을 수련하게 되면 저하된 체력을 회복하기 위해 운기조식을 자주 할 수밖에 없고, 그렇게 몸의 기가 자꾸 순환되면 만빙설련의 기운이 빠르게 녹아들지."

"틀림없느냐?"

"그렇다."

탈혼도백이 그제야 흡족한 표정으로 고개를 끄덕였다.

"결국 무공을 배우려면 정식 무사가 되어야 하고, 그러자면 제법원 놈들의 도움이 절대적으로 필요한 것 아니냐? 제법원의 심가 놈을 불러 그렇게 미친 듯이 칭찬을 깐 것이 다 이유가 있었구나. 언제 봐도 네놈 머리는 기가 막히게 돌아간다. 확실히 나보다 한 수 위라는 것을 비로소 오늘 인정하마. 흐흐흐! 어떻게 네놈 머리는 죽을 때가 가까워질수록 더 똑똑해지느냐?"

마승은 조용히 눈을 감고 다시 염주를 굴리기 시작했다. 탈혼도백의 입가에 만족스런 표정을 지으며 염불을 외우고 있는 마숭을 따뜻한 시선으로 쳐다보았다.

　넓은 제법청(帝法廳)으로 열 명의 심사관이 몰려들었다. 각자 자신의 거처에서 무공 수련과 독서를 즐기고 있던 도중 느닷없이 원주의 호출을 받았기 때문에 그들의 얼굴에는 의혹이 뭉그적거리고 있었다.

　보통 신입 무사의 심사가 있으면 적어도 하루 전엔 통보가 왔었는데 오늘 심사 회의가 열린다는 말은 듣지 못했던 것이다.

　"어인 일로 저희를 부르신 것인지요?"

　이미 원주석에 앉아 있는 심위평을 향해 심사관 중 한 명인 방령이 얼떨떨한 얼굴로 물었다. 제법원의 심사관은 모두 열 명으로 이루어져 있었고, 피심사자의 인성과 가문을 꼼꼼히 따져 결정하는데 찬반이 다섯 명씩 팽팽할 때는 최후의 결정은 원주가 내렸다.

　원주석을 중심으로 반월 모양으로 앉아 있는 심사관의 시선이 일제히 파상적으로 몰려들었다.

　"조금 전 종고전에 다녀왔네. 두 분 대장로께서 날 보자는 전갈을 보내와서 말이야."

　심사관 중 한 명인 방령이 눈을 크게 뜨고 물었다.

　"두 분 대장로께서 지금 성안에 계신단 말씀입니까?"

　"나도 외출 중이신 줄 알았는데 계시더군. 그런데 놀라운 말씀을 해오셨네. 아이 한 명을 데려왔는데 제법원에서 본 성의 신입 무사로 받아들일 수 없겠느냐고 부탁을 해오셨네."

열 명의 심사관 모두가 놀란 표정을 지었다.

"누굽니까?"

"어떤 아이기에 두 대장로께서 친히 부탁을 한신단 말입니까?"

심위평이 묘한 표정을 지었다.

"글쎄, 있는지 없는지 알 수 없을 만큼 일체 성내 일에는 관여하지 않는 분들이 느닷없이 어린아이 한 명을 불쑥 데려오시다니, 그저 놀라울 뿐일세."

방령이 정색하며 말했다.

"어쨌든 아무리 대장로들께서 부탁한 아이라고는 해도 절차는 밟아야지요. 설혹 성주님의 신표를 갖고 찾아온 사람일지라도 입성 자격은 밟아야 하는 것이 제왕성의 법 아닙니까?"

"어떤 아인지 구경이나 합시다. 어디 있습니까?"

심위평이 전면 좌측 문을 향해 고개를 돌렸다. 순간 심사관들의 고개가 일제히 문을 주시했다.

"들어오너라."

삐이꺽!

육중한 문이 열리고 이혈능이 들어섰다. 원주까지 포함한 열한 쌍의 눈이 일제히 자신을 쳐다보자 약간 멈칫했지만 이

내 태연한 얼굴로 제법청 한가운데 덩그러니 놓인 의자로 다가가 앉았다.

열 명의 심사관이 이혈능의 온몸을 수색하듯 살피며 물었다.

"이름이 뭐냐?"

방령이 물었다.

이혈능은 짧게 대꾸했다.

"이혈능입니다."

"나이는?"

"열다섯 살입니다."

"부모님은?"

이혈능은 얼른 대답하지 않았다. 방령이 눈살을 찌푸리며 독촉했다.

"왜 말이 없느냐?"

"일찍 돌아가셨습니다."

사실 부모님에 대해서는 자세히 모른다. 형이 자기 나이 두 살 때 죽었다고 했으므로 그렇게만 알고 있을 뿐이었다.

"집은 어디냐?"

또다시 이혈능의 눈이 멈칫거렸다. 안휘성 노관이라고 하면 북사와 자신이 연결될 수도 있다는 생각이 들었다. 하지만 강호쌍괴를 통해 노관의 폐찰 비월사에서 만났다는 사실이 퍼질 수도 있었기 때문에 대답하기로 했다. 또한 숨겼다가는 자칫 강호쌍괴가 의심을 할 수도 있었다.

"노관입니다, 안휘성의."

예상대로 안휘성 노관이라는 말에 열한 명 모두가 반응을 보였다.

"노관?"

"노관이면 얼마 전에 북사가 돼진 곳 아닌가?"

이혈능의 시선이 돼졌다고 소리친 방령을 날카롭게 쏘아보았다. 하나 아주 잠깐 사이의 일이었기에 아무도 이혈능의 눈빛이 순간적으로 타오른 사실을 발견하지 못했다. 열 명의 심사관 중 아무도 이혈능을 북사와 연결시키지는 않는 듯 어느 누구도 의심의 표정은 짓지 않았다.

"대장로님과는 어떤 사이냐?"

이혈능이 막 대답을 하려는데 귓속으로 한줄기 전음이 파고들었다.

"만빙설련 얘기는 입도 벙긋하지 마라. 만약 그 얘기를 꺼냈다가는 죽을 줄 알거라. 그냥 노관의 한 주루에서 만났고 너의 자질이 탐나서 우리가 납치하듯 끌고 왔다고 말해라."

탈혼도백이 차갑게 엄포를 놨다. 어딘가에 숨어 이곳에서 주고받는 대화를 엿듣고 있는 것이 분명했다.

탈혼도백이 위협하지 않아도 말할 마음은 없었다. 보물을 먹었다고 떠들어 좋을 것 없다는 것쯤의 세상 이치는 이미 꿰뚫고 있었다.

"왜 말을 않느냐? 두 분과 어떤 사이냐고 물었다."

"노관의 한 주루에서 만났습니다. 첫눈에 절 보더니 자질이 뛰어나다고 말하면서 제왕성으로 가자고 하시더군요."

이혈능은 표정 하나 변하지 않고 말했다.

심위평을 비롯한 열 명의 심사관 얼굴에 실망의 기색이 떠올랐다. 뭔가 극적이고 흥미로운 사건이 튀어나올 것으로 기대했다가 너무나 평범한 사연에 한풀 꺾인 표정들이었다.

"더 알고 싶은 것이 있는가? 개인적으로 궁금한 것이 있으면 물어들 보시게나."

아무도 질문하지 않았다. 알고 싶은 것이 없지 않았지만 대장로가 데려왔다는 사실은 아무리 제법원이라고 해도 은근한 압력이 아닐 수 없었다.

"더 이상 물을 것이 없다면 가(可), 부(否)를 결정하겠네."

심위평의 말이 끝나기도 전에 여기저기서 대답을 했다.

"찬성합니다."

"찬성!"

"나도 찬성이오!"

심사관 열 명 모두의 찬성으로 이혈능은 공식적으로 제왕성의 무사가 되었다.

열 명의 심사관이 자리에서 일어나 제법청을 빠져나갔다. 모두가 떠나고 제법청에는 이혈능과 심위평 두 사람만이 남았다.

"넌 이제 완전한 제왕성의 무사가 되었다. 제법원의 공식적인 인정을 받았으니 앞으로 연무당에서 무예를 배우게 될 것이다."

심위평이 실내를 거닐며 말했다.

"제왕성에 대해서 아는 것이 있느냐?"

"잘 모릅니다."

"제왕성은 무림제일문이다. 홀로 푸르지. 제왕성에 들어왔으니 너의 인생은 분명히 바뀔 것이다. 너의 노력 여하에 따라 향후 천하를 울리는 절정고수도 될 수 있다. 그런 면에서 넌 행운아다."

심위평의 말속에는 상당한 자부심이 담겨 있었다.

하나 이혈능의 마음은 전혀 기쁘거나 흥분되지 않았다. 오히려 착잡하기까지 했다. 형을 죽인 집단의 인물이 되었다는 현실이 묘한 감흥을 불러일으켰다.

그때 문이 열리고 경장 차림의 무사가 들어섰다.

"원주님, 연무당의 부당주가 왔습니다."

이윽고 실내에 또 한 명의 사내가 들어섰다. 덥수룩한 수염을 기른 삼십가량의 흑의사내는 심위평을 향해 포권했다.

"연무당 부당주 마을태이옵니다."

"이 아이다. 데려가거라."

마을태의 시선이 이혈능을 향하더니 따라오라는 듯 곧장 몸을 돌려 나갔다.

"물러가겠습니다."

이혈능은 심위평을 향해 가볍게 허리를 구부리곤 문을 나섰다. 마을태는 이미 복도 저만치를 걸어가고 있었다.

"지켜보겠다, 이혈능!"

문을 나서는 이혈능의 귓가에 심위평의 목소리가 들려왔다. 이혈능은 멈칫했다. 자신을 지켜보겠다는 심위평의 말뜻은 무엇일까? 뭔가 정체가 의심스러우므로 감시하겠다는 것인가. 나름대로 의미가 담긴 말 같기는 했는데 도저히 속뜻을 짐작하기 어려웠다.

第六章

오십 년을 산 개의 이빨

시련의 연속 끝에 마침내 웅크렸던 몸을 일으켜 찬미한다!

복수를 위해 제왕성에 뛰어든 소년에게 닥친 엄청난 고난과

신비하며 때로는 악마의 모습을 갖춘 소림사칠십방의 등장!

험난하고 고독하며 위력적이고 놀라운 곳, 그곳의 문이 열린다!

『소림사칠십방(少林七十房)』

　이혈능은 마을태와 거리가 떨어졌으므로 서둘러 걸음을
재촉해 다가섰다.

　이혈능은 힐끔거리며 마을태를 살폈다. 가까이서 보니 얼
굴에 자잘한 흉터들이 많았다. 흉터의 폭이 가늘고 짧은 것이
칼에 다친 상처로 보였다. 마을태는 연무당이 있는 곳까지 가
는 동안 한마디 말도 꺼내지 않았다.

　멀리 한 채의 전각이 눈을 채우며 들어왔다. 처마 밑에 연
무당(練武堂)이라는 현판이 거미줄에 칭칭 감겨 있었는데 마
을태는 이혈능을 데리고 곧장 전각 안으로 들어갔다.

　드르륵!

실내는 촛불이 켜져 있었지만 약간 어두침침했다.

한 사내가 앉아 있었다. 어찌나 살이 쪘는지 어깨와 목이 달라붙어 있는 것 같았는데, 목에 짐승의 이빨로 된 목걸이를 하고 자신의 모습을 동경에 이리저리 비춰보고 있었다.

"인사 올리거라. 연무당의 능개 당주님이시다."

"이혈능이라고 합니다."

능개가 목걸이를 한 채 정면으로 돌아섰다.

"마 부당주, 이 목걸이 어떤가? 구치환(狗齒環)일세."

마을태가 눈을 빛내며 물었다.

"구치환이라고 하면 개 이빨로 된 목걸이란 얘기 아닙니까?"

능개가 목에 힘을 주듯 좌우로 돌리며 말했다.

"그렇다고 길거리에서 쉽게 볼 수 있는 그런 개 이빨이 아닐세. 무려 오십 년을 산 개 이빨이라네. 예로부터 오십 년을 산 개 이빨은 귀신을 물리치고 재앙을 막는 데는 어떤 부적보다 뛰어난 효험이 있다는 걸 자네도 알겠지?"

마을태가 놀란 표정으로 물었다.

"개가 오십 년을 산단 말입니까?"

"원래 개의 수명은 길어야 이십 년 전후인데 왕왕 오십 년을 살아버리는 개가 있네. 그런 개 이빨은 어떤 액운도 모조리 막아버린다네. 요즘 들어 이상하게 기분이 좋지 않고 누군가가 날 죽일 것 같은 생각이 자꾸 들어서 어젯밤 황금 쉰 냥을 주고 구입했네."

마을태가 입을 떡 벌렸다.

"화, 황금 쉰 냥이나 줬단 말입니까?"

"목숨을 지키는데 황금 쉰 냥이 뭐가 비싸다고 그러나. 이것만 하고 있으면 절대 죽지 않는다네. 자네도 한번 구입해보게. 돈이 없으면 내가 빌려주겠네."

능개는 다시 의자에 앉아 목걸이를 한 자신의 모습을 동경 속에 비추며 목을 좌우로 돌렸다.

"이제 구치환을 했으니 어떤 위험도 날 침략하지 못하겠지."

무인이, 그것도 절정의 고수가 외부로부터의 위험을 칼이 아닌 개 이빨로 막아보겠다는 발상에 마을태는 할 말을 잃었다. 무인이라고 해서 주술적인 관념을 갖지 말라는 법은 없지만 실소를 금치 못할 일이었다.

"당주님."

능개가 이혈능에 대해 전혀 관심을 보이지 않고 계속 구치환에 매달리자 마을태가 보다 못해 나직이 불렀다.

능개가 고개를 돌려 물었다.

"무슨 일 있나?"

"제법원에서 신입 무사 한 명을 데려왔습니다."

능개가 인상을 찌푸렸다.

"신입 무사 처음 받아보는가? 자네가 알아서 하면 될 것 아닌가?"

"알겠습니다. 따라오너라."

마을태는 이혈능을 데리고 나갔다. 능개는 목에 걸린 구치
환에 정신을 빼앗기고 있었다.

당주의 처소를 나온 마을태는 이혈능을 데리고 전각 뒤쪽
으로 돌아갔다. 전각 뒤에는 키가 작은 해송 밭이 있었고 가
운데로 조그만 오솔길이 나 있었다.

"연무당에는 적지 않은 무사들이 수련 중이다. 그들 대부
분이 강호에서 활동하는 성의 고위 인물들의 눈에 띄거나 소
개로 들어온 아이들이지."

마을태의 얘기인즉, 대부분이 높은 사람들을 배경 삼아 들
어왔으므로 대장로에게 이끌려 왔다고 으스댈 건 하나도 없
다는 얘기였다.

"도법을 배웠느냐?"

마을태가 옆구리에 걸려 있는 녹슨 형의 칼집을 보고 물었
다. 이혈능은 별것 아니라는 듯 시큰둥하게 말했다.

"배우긴 했지만 내놓을 정도는 못 됩니다."

"연무당에는 무공을 모르는 상태에서 들어온 아이들도 있
지만 어느 정도 배운 상태에서 입성한 아이들이 더 많다. 그
런데 무공을 어느 정도 배우고 들어온 자들의 가장 큰 단점이
뭔 줄 아느냐? 기존에 갖고 있는 자신들의 무공으로 인해 제

왕성의 절기를 배우는 데 장애물이 되고 있다는 것이다."

제왕성의 무공은 강하므로 미련 두지 말고 과감히 버리라는 의미로 들렸다.

이혈능은 고개를 끄덕였다.

"명심하겠습니다."

조그만 규모의 전각들이 숲 속 곳곳에 세워져 있었다. 그리고 그 전각 마당에서는 사내들이 삼삼오오 병기를 휘두르며 무예를 수련하고 있었다.

"연무당의 신입 무사들이다."

이혈능의 두 눈이 빛났다. 사내들은 모두다 열심이었는데, 어떤 무공인지는 몰라도 무척 날카로운 파공음이 삼십여 장 정도 떨어져 있는데도 귀를 먹먹하게 했다.

"이얍!"

쐐애액!

수련하는 무공도 위력적이었지만 사내들의 기세 또한 범상치가 않았다. 당대제일의 패문(覇門)에 걸맞게 신입 무사들의 면면 또한 강호에서도 내로라하는 집안의 후예들답게 하나같이 위풍당당했다.

마을태의 걸음은 해송 숲이 끝나는 곳에 이르러 멈췄다.

그곳에는 한 채의 낡은 목조 가옥이 서 있었는데 아주 오래된 듯 지붕은 무성한 잡초에 덮여 있었다.

"앞으로 네가 묵게 될 십방(十房)이다."

사람의 흔적이 보였으므로 이혈능이 물었다.

"누가 묵고 있는 것 같군요?"

"너보다 먼저 들어온 신입 무사 두 사람이 있다. 너보다 먼저 들어왔으므로 그들에게 많은 도움을 받도록 해라."

마을태가 품에 손을 넣더니 한 개의 둥근 옥패를 꺼냈다.

"받아라."

마을태로부터 건네받은 옥패엔 거칠게 포효하는 흑호 한 마리가 새겨져 있었다.

"호패(虎牌)는 연무당 무사임을 알리는 신분 패이기도 하지만 천경전(天經殿)을 출입할 수 있는 물건이기도 하다."

이혈능의 눈이 빛났다.

"천경전?"

"천경전은 지하 무고(武庫)다. 그곳에는 천하에 없는 무공이 없다고 해도 과언이 아닐 만큼 여러 가지의 비급이 들어 있지. 그곳에 있는 무공을 익히기 위해서는 출입패인 호패가 반드시 있어야 하니 각별히 보관에 주의하거라."

그때 발자국 소리가 들려왔으므로 이혈능은 고개를 돌렸다. 마당 입구에 곽무와 구운생이 들어서고 있었는데 이혈능을 발견하고 깜짝 놀랐다.

"어, 넌 종고전에서 봤던?"

두 사람은 뒤이어 마을태를 향해 꾸벅 인사를 했다.

"부당주님을 뵙습니다."

"서로 인사들 해라. 앞으로 너희들과 함께 지낼 이혈능이다. 너희 두 사람이 먼저 들어왔으니 선배가 되는구나. 이곳 생활에 잘 적응할 수 있도록 많이 도와주거라."

문득 구운생의 입가에 야릇한 미소가 떠올랐다.

"당연한 말씀입니다. 염려 마십시오. 열심히 가르치고 돕겠습니다. 흐흐흐!"

마을태가 이혈능을 보며 정색했다.

"무인에게 제왕성은 꿈의 대지이다. 노력 여하에 따라 너의 인생이 달라질 것이다. 행운을 빈다, 이혈능."

마을태가 등을 돌려 왔던 길을 되돌아갔다. 구운생이 걸어가는 마을태를 향해 넙죽 절하며 큰 소리로 말했다.

"안녕히 가십시오, 부당주님!"

마을태가 시야에서 사라지자 구운생이 이혈능을 향해 돌아섰는데 두 눈이 대번에 쫙 찢어졌다.

"이봐, 지금도 나와 말하기 싫나?"

구운생은 종고전에서 벌어졌던 일을 들추고 있었다. 가뜩이나 마음 심란한데 하도 구운생이 이것저것 귀찮게 캐묻기에 말하기 싫다고 쏘아붙였는데 많이 섭섭했던 모양이었다.

구운생은 이를 갈았다.

"계속 말대꾸를 않는 걸 보니 지금도 말하기 싫다 이건데, 네가 감히 선배를 우습게보는 것이냐?"

구운생은 선배란 말에 힘을 주었다. 그것은 먼저 들어온 사람이 필연적으로 갖는 수직적인 권한을 냉혹하게 휘두르겠다는 의미이기도 했다.

"그렇지는 않습."

말이 채 끝나기도 전에 구운생의 주먹이 날아왔다.

빠악!

꽈당!

엉덩방아를 찧으며 주저앉은 이혈능은 벌떡 일어났다.

휘익!

하나 몸의 중심을 잡기도 전에 또다시 구운생의 주먹이 날아왔다.

퍼―퍼퍽!

이혈능은 날아오는 구운생의 주먹을 똑바로 쳐다보았다.

기억을 할 수 있는 나이 때부터 형은 칼 쓰는 기초 공부를 시켰는데 가장 먼저 눈을 감지 않는 법부터 가르쳤다. 사람은 무서운 일이 다가오거나 위험한 상황이 발생하면 본능적으로 눈을 깜박거린다. 그러나 눈을 깜박거리는 그 짧은 순간 눈을 감아버림으로써 아무것도 보지 못하는 맹점의 순간이 되어버린다. 두 눈을 똑바로 뜨고 쳐다보아야지만 적의 공격을 피할 수가 있다고 했다. 그래서 형은 칼을 얼굴을 향해 찔렀고, 이혈능은 눈을 깜박이지 않고 쳐다보는 연습을 수도 없이 했다.

슈욱!

구운생의 주먹은 느렸다. 사실 그렇게 느린 편은 아니었지만 어려서부터 훈련이 된 이혈능의 시선에는 느리게만 보였다. 마음만 먹으면 충분히 피할 수 있었지만 이혈능은 그대로 몸을 맡겼다. 피할수록 구운생은 더욱 흥분할 것이 뻔했기 때문이다.

빠아악!

구운생의 주먹은 강했다. 한 대 맞을 때마다 쇠망치로 얻어맞은 듯 온몸이 짜릿했는데, 권법이 상당한 경지에 올라 있다는 뜻이었다.

사실 구운생이 휘두르는 주먹은 십자철독권이라는 권법이었다. 소림의 백보신권과 쌍벽을 이룰 정도인 제왕성이 자랑하는 절기 중 하나인데 일권파하(一拳破河) 이권태붕(二拳太崩), 즉 일권에 황하가 갈라지고 이권이면 태산이 무너진다는 권법으로 제왕성의 후기지수들이 가장 많이 수련하는 무공 중 하나였다.

빠―빠바박!

구운생의 주먹은 일방적이었기에 금세 이혈능의 코에선 피가 터졌다.

"네놈이 날 무시해."

고양이가 쥐를 갖고 놀듯 구운생은 잔인한 미소를 띠며 이혈능의 온몸에 무차별하게 주먹질을 가했다.

곽무가 보다 못해 소리쳤다.

"그만 해라."

"넌 내가 이 자식에게 얼마만큼 수모를 당한지 모를 것이
다. 혼나려면 아직 멀었다."

"그만 하라니까!"

곽무가 버럭 화를 냈다.

구운생이 멈칫거리며 주먹을 멈췄다.

"넌 끼어들지 마."

"그쯤 했으면 됐다. 충분해."

그리고 피투성이가 되어 땅바닥을 기는 이혈능에게 다가
갔다.

이혈능의 얼굴은 엉망으로 변해 있었다. 쌍코피가 흘러내
렸고 오른쪽 눈은 부어올라 눈동자는 보이지도 않았다.

"쯧쯧! 일어날 수 있겠느냐?"

"예……."

이혈능은 가까스로 몸을 일으켜 세웠다.

"우웨에엑!"

강한 주먹에 내상까지 입었다. 토해낸 붉은 피가 지면을 적
셨고 이혈능은 똑바로 서지 못하고 흔들거렸다.

구운생이 이혈능을 노려보며 사납게 소리쳤다.

"아직도 말하기 싫으냐?"

"아닙니다."

"너 하나쯤 패죽인다고 해서 누구 한 사람 관심 두지 않는
다. 하루에도 수 명씩 떼거리로 죽어나가는 곳이 제왕성이란

얘기다. 편히 살고 싶으면 똑바로 해라!"

"예."

"건방진 놈. 카악!"

구운생이 가래침을 뱉으며 마당가에 있는 샘물을 바가지로 퍼 들이켰다.

벌컥벌컥!

이혈능은 입술을 지그시 깨물었다. 갑자기 웃음이 터져 나오려고 했기 때문이다. 코피가 터졌고 오른쪽 눈을 뜰 수가 없을 만큼 실컷 두들겨 맞았는데도 이상하게 고통스럽다거나 아프지는 않았다. 그 대신 목에 걸린 가시가 넘어간 듯 온몸이 상쾌했다. 실컷 울고 나면 송두리째 씻겨 나가는 슬픔처럼 형의 죽음으로 자신을 짓누르고 있던 혈한의 덩어리가 구운생의 주먹에 산산이 부수어지고 소멸된 것 같았다.

"약 바르지 않아도 되겠느냐?"

곽무가 걱정스런 표정을 하였다. 이혈능은 아무렇지 않다는 듯 혀로 입술을 축였다.

"견딜 만합니다."

"저놈이 잘했다는 건 아니지만 집단에서 윗사람은 철저히 지엄한 존재다."

"유념하겠습니다."

이혈능이 곽무를 쳐다보았다. 구운생과는 달리 어디에도 사나운 기세는 살펴지지 않는 사람 좋아 보이는 인상이었다.

앞니가 두 개 부러졌고 오른쪽 눈은 부어올라 감았는지 떴는지 감각이 없었다. 숨을 들이쉴 때마다 왼쪽 옆구리가 칼로 쑤신 듯 아픈 것이 아무래도 갈비뼈에 적지 않은 문제가 생긴 것 같았다. 제왕성에 입성하기 위한 신고식이라면 상당히 호됐다.

이혈능은 자꾸 몸을 뒤척였다. 온몸이 욱신거리기도 했지만 낯선 곳에서의 첫날 밤인 탓에 잠이 오지 않았다.

아랫목의 구운생과 곽무는 코를 골며 깊은 잠에 빠져 있었다.

이혈능은 쉽게 잠이 올 것 같지 않았으므로 슬며시 이부자리에서 몸을 빼 밖으로 나왔다. 팽팽히 부풀어 오른 둥근 달이 중천에 떠올랐고 십방 마당을 훤히 비추고 있었다.

이혈능은 고개를 쳐들어 달빛 아래 희뿌옇게 빛나는 잡초 무성한 십방의 지붕을 쳐다보았다. 그 뒤로 검은 숲이 우거져 있고 멀리 한 마리 흑룡이 배를 깔고 누워 있는 듯 종고전의 용마루가 동서로 뻗어 있는 모습이 희미하게 보인다. 그리고 그 뒤로 수많은 전각들이 겹겹이 처마를 맞대고 있었다.

'제왕성은 어떤 곳일까?'

문득 머릿속을 채우는 의문이었다. 당대제일세력이라고 강호쌍괴로부터 들었지만 아직은 어떤 무게감이나 서슬 퍼런 위력은 느껴지지 않고 있었다.

다만 백열아홉 살 먹은 노인들을 대장로라는 직위에 두고 있는 것을 보면 심상치 않은 곳임은 틀림없었다. 백열아홉이란 많은 나이가 강함의 잣대는 될 수 없겠지만 가능성은 된다고 봐야 했다.

'어쨌든 운명은 바뀌었다.'

제왕성에 의해 죽임을 당한 중원제일자객 북사가 형이라는 것이 자신의 바뀐 운명이다. 바뀐 운명은 바뀐 대로 살아야 한다. 환한 달빛만큼이나 어둠을 꿰뚫는 이혈능의 눈빛도 강렬했다.

천경전은 동천목산 오봉(五峰) 중 한 곳인 용화봉 아래에 있었다. 제왕성에서 보면 서쪽 가장 끝에 있는 셈인데 진귀한 무공기서가 보관된 곳답게 경비가 삼엄했다.

"서랏!"

다가서는 이혈능을 향해 천경전 입구를 지키던 경비무사가 큰 소리로 말했다.

멈칫.

그런데 이혈능을 바라보던 두 무사가 깜짝 놀라는 표정을 지었다. 구운생에게 두들겨 맞아 괴물처럼 부어오른 얼굴 때문이었는데 이혈능은 피식 웃고 말았다. 그리고 품에 손을 넣어 마을태로부터 건네받은 호패를 건네주었다.

호패를 살피던 오른쪽 무사가 불쑥 물었다.

"연무당에서 온 신입 무사 아닌가?"

"네!"

천경전은 기존의 무사들도 찾아오지만 대부분 연무당 소속의 신입 무사들이 방문의 주류를 이루었다.

타악!

왼쪽 무사가 벽에 불쑥 튀어나온 주먹 크기만 한 돌출 바위를 누르자 육중한 절벽이 좌우로 갈라졌다.

그그그긍!

석문이 열리며 지하로 내려가는 계단이 나타났는데, 차가운 바람이 불어왔다.

"들어가라."

이혈능은 조심스럽게 계단을 따라 내려갔다. 천장에 야명주를 박아놨는데도 계단은 무척 어두웠다. 얼마쯤 내려가자 마침내 평평한 복도가 나왔다. 복도 입구에 팔뚝만 한 쇠창살로 된 문이 닫혀 있었고 또다시 두 명의 무사가 험상궂은 표정으로 지키고 있었다.

이혈능은 앞에서와 마찬가지로 또다시 호패를 지키는 무사들에게 꺼내 보여주었다.

철거덩!

이번에는 직접 고리를 풀고 철문을 열어주었다.

복도는 일직선으로 뻗어 있었다. 무사들이 지키는 세 개의 철문을 더 통과하고 나서야 천경전이란 무고 앞에 도착할 수가 있었다. 거대한 석문이 앞을 가로막고 있었으며 이번에는 안으로부터 문이 열렸다. 밖에서는 몰라도 안에서는 자신의 존재를 알 수 있는 듯했다.

그르르릉!

지축을 울리는 굉음과 더불어 석문이 열리자 이혈능은 자신도 모르게 크게 놀라며 속으로 탄성을 질렀다.

'아아!'

눈앞으로 엄청난 서고가 펼쳐져 있었다. 족히 백 평은 넘을 것 같은 지하 서고에는 수많은 책들이 빼곡하게 꽂혀 있었는데, 코끝으로 퀴퀴한 책 냄새가 훅 끼쳐 왔다.

"어서 오시오."

입구 좌측으로 주름살 가득한 노인이 석탁을 놓고 앉아 들어서는 이혈능을 맞이했다. 이혈능은 눈앞의 노인이 바로 안에서 문을 열어준 천경전의 사서 담사동이라는 것을 알아보았다. 그는 천경전을 찾아오는 제왕성 무사들을 안내하는 임무를 갖고 있었다.

"어떤 무공을 배우기를 원하시오? 천경전에는 모두 팔천오백여 권의 무공기서가 보관되어 있으며 정, 사, 마로 분류되어 있소이다. 정파의 무공은 동쪽 서가에 있고."

그러면서 담사동이 동쪽 서가를 가리켰다.

"사파의 무공은 북쪽, 마도의 신공은 서쪽에 있소이다."

"남쪽 서가의 무공은 무엇이오?"

"본 성 백대고수들의 절기가 보관되어 있지요."

이혈능은 고개를 끄덕이고 정파 무공들이 소장되어 있는 동쪽으로 다가갔다.

천장에 '정무(正武)'라는 석판이 매달린 서가 앞에서 걸음을 세웠다. 서가의 기서들은 많은 사람들의 손길이 스친 듯 많은 손때가 묻어 있었다.

이혈능은 가장 앞에 꽂힌 한 권의 비급을 뽑아 들었다.

겉 표지에 용화대공(龍華大功)이라는 글씨가 쓰여 있었다. 용화대공이 어떤 무공인지 알지 못해 눈살을 찌푸리자 기다렸다는 듯 등 뒤에 서 있던 담사동이 설명을 해주었다.

"사백 년 전 장강수로채를 최초로 일통한 용화자의 무공이라오."

파라락!

이혈능은 대충 비급을 살펴보았다. 용화대공은 모두 스물일곱 초식으로 이뤄진 장법이었다. 극성에 이르면 손에서 화기가 뿜어 나온다는 것으로 보아 극양의 무예 같았다.

이혈능은 천천히 서가의 무공을 살피기 시작했다. 하나 강호 지식에 대해 별로 해박하지를 못한 이혈능으로서는 거의가 생소한 무공 비급들이었다.

뚝!

열심히 정파 서가를 뒤지던 이혈능이 놀란 표정을 지었다. 보통의 비급보다 두 배는 될 것 같은 두툼한 기서를 뽑았는데

'보리불엽기' 라는 글씨가 쓰여 있었다. 무공을 알아서 놀란 것이 아니라 제목에 불(佛) 자가 있었기 때문에 본능적으로 소림사를 떠올린 것이다.

"이것은 혹시?"

"맞네. 소림사 무공이라네."

"어떻게 소림사 무공이 이곳에 들어와 있습니까?"

"소림의 무공은 광대하지. 우리가 알고 있는 칠십이종절기 말고도 수를 헤아릴 수가 없이 많다네. 소림이 강한 이유가 바로 거기에 있지."

이혈능은 고개를 끄덕였다. 비록 그 문파의 핵심 절기는 아닐지라도 타 문의 무공을 갖고 있다는 것은 어쨌든 상대에 대해 적지 않게 알고 있다고 봐야 하는데 제왕성이 오늘날 강호 제일세력으로 군림한 이유가 충분히 설명되는 대목이었다.

천경전에 소장된 무공기서만 팔천오백여 권이라고 했다. 부지런히 살펴도 족히 두세 달은 걸린다. 하지만 몇 개월에 걸쳐 꼼꼼하게 살핀다고 해서 강호 경험이 전무한 이혈능의 안목으로 강하고 약함을 분간해 내기란 불가능하다. 무공에는 분명히 일류와 삼류가 있다고 형은 말했다. 많은 무공을 두루 살피는 것도 중요하지만 일류를 찾아내는 것이야말로 최고의 관건이었다.

이혈능은 다음날부터 본격적으로 천경전의 무공을 살피기

시작했다.

아침 일찍 천경전에 들어가 하루 종일 소장된 무공들을 읽기 시작했다. 대충 살피는 것이 아니라 처음부터 순서대로 책을 뽑아 끝까지 펼쳐 읽었다.

사흘째 되던 날 담사동이 고개를 갸웃거렸다. 이혈능의 행동은 대충대충 살펴 자신의 체질과 취향에 맞는 무공을 얻으려는 집요함이라기보다는 내용에 푹 빠진 독서광의 모습이었기 때문이다. 분명히 여느 신입 무사들과는 전혀 다른 모습이었다.

어느덧 열흘이 지났다. 이혈능은 천경전이 개문하는 진시에 들어와 폐문하는 술시까지 하루 종일 지하 서고의 기서를 읽는 것이 일과가 되었다.

열하루째 천경전을 찾아 나서는 이혈능을 향해 구운생이 입을 열어 말했다.

"미친놈아, 오늘도 가느냐?"

구운생은 첫마디부터 비틀어 말했다.

구운생의 주먹에 맞아 부어오른 얼굴의 부기는 대부분 가라앉았지만 찢어진 왼쪽 입술의 상처는 아직 아물지 않고 있었다. 그래서 말을 할 때면 통증 때문에 입술을 비틀어야 했는데 그것이 문제가 되었다.

"아직 배우고 싶은 무공을 찾지 못했습니다."

구운생의 인상이 험악해졌다.

"너, 지금 날 비웃었느냐?"

"아닙니다. 제가 왜 선배님을 비웃겠습니까?"

"이런 개자식이 사람을 뭘로 보는 거야? 분명히 비웃고 있으면서도 아니라니, 네놈이 날 아예 갖고 노는구나!"

말이 끝나자마자 구운생이 주먹이 날아왔다.

구운생의 솥뚜껑만 한 주먹이 면상을 향해 날아왔지만 이혈능은 이를 꽉 깨물고 피하지 않았다.

빠아악!

아직 아물지 않은 입술이 또다시 찢어지며 피를 흘렸다. 그리고 첫날과 같이 구운생의 주먹은 소나기처럼 쏟아졌다.

"또 왜 그러는 거냐?"

연무당 무사들이 식사를 하는 반미각(飯味閣)에서 늦은 아침을 먹고 오던 곽무가 그 광경을 목격하고 뜯어 말렸다.

"비켜, 이 나쁜 놈이 날 비웃었어!"

"말로 해라."

이혈능은 얼굴은 또다시 피투성이가 되었다.

"비웃는 것처럼 사람 감정 긁는 건 없다."

코피를 흘리는 이혈능을 보며 곽무가 근엄하게 나무랐다. 이혈능이 억울하다는 표정으로 고개를 내저었다.

"나는 비웃지 않았습니다."

"이 개자식이 그래도!"

또다시 주먹을 쥐고 달려드는 구운생을 곽무가 가로막았

다. 이혈능의 얼굴을 보며 곽무가 혀를 찼다.

"이런, 상처가 겨우 아무나 했는데 또다시 홰를 쳐놨구나."

"너 임마."

"말씀하십시오, 선배님."

"조심해. 죽는 수가 있느니라."

"알겠습니다."

이혈능이 소매 춤의 옷자락을 거칠게 찢어 콧구멍을 틀어막았다. 걸어가는 이혈능을 보며 곽무가 뒤에서 물었다.

"또 천경전을 가느냐? 마땅한 무공이 없으면 내가 몇 가지 추천해 줄 수도 있다."

곽무는 이혈능이 아직까지 마음에 드는 무공을 찾지 못한 것으로 알고 있었다.

"아닙니다. 너무 염려 마십시오."

곽무의 두 눈이 십방 밖으로 사라지는 이혈능을 가만히 쳐다보았다.

"경천동지할 개세신공이라도 찾나 본데 그런 무공이 있으면 여태 아무도 배우지 않았을까. 멍청한 새끼."

구운생이 이죽거렸다.

"너 왜 그렇게 혈능이를 못살게 구는 것이냐?"

곽무가 정색하여 묻자 구운생이 입술을 비틀며 말했다.

"사람에게는 느낌이라는 것이 있다. 첫날 만날 때부터 저 놈과 난 안 맞았어. 그런 것 있잖아. 그냥 보고 있기만 해도 짜증이 나는 놈들 말이야. 저놈이 그래."

"그런 억지가 어디 있느냐?"

"아냐, 정말이야. 이상하게 저놈을 보고 있으면 열불이 터져. 첫날 종고전에서 눈을 내리깔고 날 내려다보던 그 경멸의 눈빛을 잊을 수가 없어."

곽무는 구운생의 말이 단순히 첫날의 고까운 감정 때문에 생긴 현상만은 아니라고 생각했다. 인간관계에서도 감정의 앙숙이란 존재했다. 묘하게 상대와 자신의 기가 마주치는 순간 서로 부드럽게 엉키지 못하고 충돌하는 것을 말하는데 곽무는 두 사람이 그렇다고 생각했다.

그것을 증명이라도 하듯 이혈능이 사라진 쪽을 쳐다보는 구운생의 두 눈은 새파랗게 타오르고 있었다.

담사동은 입이 찢어져라 하품을 했다. 올해로 삼십 년째 천경전 사서 노릇을 하고 있었지만 이혈능과 같은 인물은 또 처음이었다. 사실 제왕성을 대표하는 신기(神技)는 십여 가지로 압축된다. 또한 그 사실을 모르고 있는 사람은 거의 없고, 그래서 나름대로 배울 무공을 결정해서 들어온다. 그런데도 천경전을 자꾸 출입하는 것은 혹시라도 숨어 있는 공전절후의 기예가 있을지 모른다는 기대감 때문이겠지만 자신이 천경전을 지키고 있는 한 그런 기연을 얻는 사람은 없었다.

오랜 세월이 흐르면서 천경전 안에 있는 책은 이미 한두 번의 손길이 다 스친 것이다.

한데 이혈능은 달랐다. 강하고 약한 무공을 찾는 것이 아니라 천경전에 있는 무공을 모조리 읽고 있었다.

'설마 천경전 안에 있는 무공들을 모두 외우기라도 할 생각이란 말인가.'

스윽.

담사동이 자리에서 일어났다. 더 이상 궁금해서 참을 수가 없었다.

그래서 직접 물어볼 참이었다.

이혈능은 이미 정사마의 무공을 섭렵하고 제왕성의 서가를 훑고 있었다.

"한 가지 물어도 되겠는가?"

이혈능은 책에서 시선을 떼지 않고 대답했다.

"그러십시오."

담사동은 마른침을 삼키고 입을 열어 물었다.

"도대체 어떤 무공을 찾기에 한 달이 넘도록 헤매는 것인가?"

이혈능이 책에서 시선을 떼고 돌아보았는데 입가에 환한 미소를 담고 있었다. 거의 흉터가 되어가고 있는 왼쪽 입술 끝의 상처가 웃음을 짓자 꼬아지듯 뒤틀리며 섬뜩한 느낌으로 전해져 왔다.

"궁금하십니까?"

"솔직히 그러하네. 특별히 찾는 무공이 있는가?"

"배울 무공을 아직 결정하지 못했느냐고 묻는 것 같은데 그렇지는 않습니다. 이미 마음에 둔 무공이 있습니다."

배울 무공을 정해놨다는 말에 담사동은 깜짝 놀랐다.

"하면 배울 무공을 찾았으면 됐지 뭣 때문에 나머지 다른 무공을 훑어보는 것인가?"

"나는 여기 있는 무공이 강호상에서 펼쳐지고 있는 무공의 상당한 부분을 차지하고 있다고 보고 있습니다."

"그렇네."

"싸움에서의 승리란 힘으로 누르는 것이기도 하겠지만 적을 아는 것 또한 승리를 할 수 있는 중요한 요건 아니겠습니까?"

"허헉!"

담사동이 경악의 신음을 터뜨렸다. 벌린 입은 금방이라도 찢어질 것 같았고 두 눈은 튀어나올 듯 불거졌는데 안색이 창백하게 변해 버렸다.

"하면 한 달이 넘도록 이곳에 있는 무공기서를 독파했던 것은 각각의 무공이 갖고 있는 장단점을 파악하기 위해서란 말인가?"

"강호에서 활동하다 보면 어떤 사람을 만날지는 아무도 모르는 것 아니겠습니까? 또한 아무리 강한 무공이라도 기를 펴지 못하는 상극이 있다고 들었습니다. 만약 내가 배운 무공과 상극의 무공을 사용하는 인물을 만났을 때 패하지 않기 위해서는 미리 여기에 있는 많은 기서의 내용을 대충이나마 파악해 두어야 하지 않겠는지요."

담사동은 한동안 말을 잇지 못했다. 강하다는 것은 최고의 승리 요건이지만 적을 아는 것이야말로 진정으로 불패하는 완벽한 능력이었다.

'다르다.'

지금까지 삼십 년 동안 천경전을 들락거렸던 어떤 인물과도 이혈능은 차이가 있었다. 아직까지 이곳에 있는 단 일 초의 무공도 배우지 않았으면서도 어떤 고수보다 더 많은 적을 알고 있는 것이다. 그는 이미 지난 한 달 동안 엄청난 고수가 되어가고 있었다.

"하면 이미 배울 무공을 정해놨다고 했는데, 어떤 것인지 물어봐도 되겠는가?"

"나에 대해 알고 싶은 것이 많은가 보군요. 좋습니다. 보여줄 테니 따라오십시오."

그리고 이혈능은 제왕성의 무공들이 꽂혀 있는 서가로 걸어갔다. 이어 중간쯤에서 멈추더니 한 권의 기서를 쏙 뽑아 들었다.

"이것입니다."

손때가 적당하게 묻은 기서에는 '등천쇄심도법' 이라는 글씨가 쓰여 있었다. 담사동의 안색이 가볍게 변했는데, 그 또한 등천쇄심도법에 대해서는 어느 정도 알고 있는 탓이다.

"이곳에는 많은 무공들이 있네. 그래서 이곳을 찾은 사람들의 최대 관심사는 이중 어느 것이 가장 강한 무공이냐는 것이지."

"당연히 그럴 것이오."

"결국 이 도법을 선택했다면 최소한 이 공자 눈에는 이 안에 있는 무공 중 가장 강한 것으로 판단되었다고 봐야 할 터인데 그 근거를 여쭤도 괜찮겠는가? 뿐만 아니라 정사마 무공을 놔두고 제왕성을 무공을 선택한 이유는 무엇인가?"

이혈능이 웃음을 짓자 또다시 왼쪽 입술의 상처 자국이 요동을 치며 뒤틀렸다.

"먼저 제왕성의 무공을 선택한 이유부터 말씀드리겠습니다. 그 이유는 간단합니다. 제왕성이 당금 천하에서 가장 강하기 때문입니다."

"……."

"무공이 강하기 때문에 천하에 이름을 떨치고 있는 것 아니겠습니까?"

"만약 제왕성이 아닌 다른 문파가 천하를 활보한다면 당연히 그곳의 무공을 선택했을 것이라는 말이구먼?"

이혈능이 침을 삼키고 정색하여 말했다.

"그리고 내가 두 번째로 도법을 선택한 이유는 어려서부터 내가 형에게서 도법에 관한 공부를 배웠기 때문입니다. 그건 곧 내 몸은 지금 도법을 펼치기에 가장 적합하게 발달해 있다는 얘기지요."

"같은 수위라면 도법에 비해 양날을 갖고 있는 검법이 조금 더 유리하다는 게 일반적인 평가이네."

"나도 알고 있습니다. 하나 내가 지금까지 투자한 시간과 몸의 발달 상태라면 그 정도는 충분히 감당할 것입니다."

담사동의 안색은 딱딱해져 있었다. 자신의 신체적 발달 상태와 처한 여건을 최대한 이용하고 계산해서 선택한 이혈능의 안목은 결코 연무당의 신입 무사로서 보일 수 있는 것이 아니었다.

불현듯 한 인물이 떠올랐다. 자신의 생애 중 가장 뛰어난 인물이라고 확신했던 단우황이란 청년과 이혈능을 비교해 보았다. 하나 오래지 않아 담사동의 고개는 세차게 가로저어지고 말았다. 눈앞의 이혈능이 한 수 위였다.

단우황도 뛰어났지만 이혈능은 더 앞서 있었다. 흔히 이런 사람을 백 년에 한 번 있을까 말까 하는 천재라고 강호에서는 부르는데 일명 천고지재(千古之才)라 했다.

'이 공자야말로 천고지재.'

담사동이 힐끔 이혈능의 왼손에 들린 책을 보았다. 책은 걸레조각처럼 너덜거렸는데 한눈에 수많은 사람들이 배우고 익혔다는 것을 알 수가 있었다.

"지금 읽고 있는 것은 십자철독권 아닌가?"

"지저분할 만한 이유가 있군요. 무척 무서운 주먹이라는 느낌입니다."

그것은 익히지는 않았지만 이미 십자철독권의 내용을 어느 정도 간파하고 있다는 뜻이었다. 사실 이혈능이 십자철독권을 관심있게 살펴본 것은 유난히 손때가 많이 묻어 있기 때문이기도 했지만 구운생이 펼친 권법이기 때문이었다.

느렸지만 구운생의 주먹은 놀라웠다. 제대로 얻기만 한다면 가히 적수가 없을 만큼 위력적인 주먹이었다.

칠십이종절예가 있지만 그중에서도 소림을 대표하는 몇 가지의 무공이 있듯 제왕성에도 자랑할 만한 무공이 있는데 이름하여 제왕십기(帝王十技)로, 십자철독권은 그중 하나였다.

이혈능은 십자철독권뿐만 아니라 제왕십기도 모조리 읽어보았다. 물론 등천쇄심도법 또한 제왕십기에 들어 있었다.

문득 이혈능이 눈을 빛내며 담사동을 향해 물었다.

"그런데 성주님의 절기는 보이지 않더군요? 어디에 보관되어 있습니까?"

담사동이 야릇한 표정을 지었다.

"이 안의 무공이 모두 성주님의 절기라네."

이혈능이 멈칫했다. 생각하기에 따라 여러 의미로 해석될 수 있는 애매한 대답이었다.

"그 말씀은 성주님께서는 이곳에 있는 모든 무공을 알고

계시다는 뜻입니까?'

"학문이란 많이 알아야 깊어지는 것 아니던가?"

제왕성주의 무공이라고 해서 특정한 것이 있는 게 아니라 다방면으로 많이 알고 있기 때문에 고강하다는 뜻이다. 무공은 높지만 어떤 특정한 무공을 갖고 있지 않다는 아주 무서운 대답이었다.

"기서는 초식을 외우고 반드시 반납해야 하네."

등천쇄심도법을 들고 나가는 이혈능의 등에 대고 담사동이 힘주어 말했다. 담사동은 이혈능의 모습이 사라졌는데도 한참 동안 우두커니 서 있었다.

'거물이 들어왔구나.'

담사동은 진심으로 감탄하고 있었다. 아직까지 천경전을 찾아온 누구도 이혈능처럼 미래를 대비한 철저하고 생각 깊은 행동을 보여주지 못했다.

십방으로 돌아오던 이혈능의 걸음이 멈춰 섰다. 십방의 마당에서 구운생과 곽무가 비무를 하고 있었다. 수련 차원에서 겨루는 비무 같았는데 둘 모두 적수공권으로 맞서고 있었다.

퍽!

퍼—퍼퍽!

두 사람의 주먹이 부딪치며 강한 탄기가 주위에 자욱한 흙먼지를 만들었다.

'십자철독권.'

구운생에게 얻어맞은 데다 천경전에서 내용을 대충 훑어보았기 때문에 이혈능은 금방 알아보았다. 구운생의 주먹은 이미 경험했지만 곽무의 솜씨는 오늘 처음 보았다. 한데 곽무의 주먹이 구운생에게 한 치도 밀리지 않았을 뿐 아니라 변화에서는 오히려 앞서고 있었다. 구운생의 십자철독권은 무겁고 투박한 데 반해 곽무의 주먹은 가벼우면서 신비막측한 변화를 일으켰다. 그러다 보니 구운생이 순간순간 당황하며 위기에 빠지곤 했다.

원래 십자철독권은 소림의 백보신권과 비교될 만한 힘의 주먹이었다. 백보신권과 어깨를 나란히 하는 무지막지한 주먹이 어떻게 저렇게 경쾌하면서 예측 불가능한 변화를 보일 수 있는지 놀라웠다.

팟!

돌연 이혈능의 눈이 커졌다. 곽무는 체격이 작다. 힘도 약하고 거친 성격의 구운생과 달리 품성까지 유약하다. 한마디로 패도적인 십자철독권을 연성하기에는 여러 가지에서 열악한 신체 조건을 갖고 있다는 말이다.

'틀림없다!'

십자철독권은 누가 보아도 탐이 나는 파괴적인 권(拳)이다. 그런데 곽무는 자신의 신체 조건으로는 십자철독권 고유의 위력을 살릴 수가 없다는 것을 깨닫고 나름대로 약간 가볍게 변형한 것이 분명해 보였다. 그래서 파괴력은 떨어졌지만 대신 빨라졌고, 그렇게 남들이 얻지 못한 변화를 담아낸 것 같았다.

콰― 콰쾅!

이혈능은 두 사람의 비무를 숨죽이고 지켜보았다. 시간이 흐르자 초반에 약간 밀리던 구운생이 주도를 하기 시작했다. 윽박지르듯 퍼붓는 구운생의 힘에 곽무의 변식이 기를 펴지 못했다. 힘은 만변에 우선한다는 강호의 통념이 증명되는 순간이었는데, 오십 초가 넘어가면서부터 구운생이 일방적으로 밀어붙이고 있었다.

콰악!

마침내 구운생의 주먹에 옆구리를 한 대 얻어맞은 곽무가 엉덩방아를 찧고 무너졌다.

"학― 학학!"

거친 숨을 몰아쉬는 곽무를 바라보는 구운생의 입가에 승자의 미소가 맺혔다.

"졌다. 역시 난 너를 당할 수가 없구나."

곽무가 엉덩이를 털고 일어나며 패배를 인정했다. 구운생이 이마의 땀을 소매로 닦으며 목에 힘을 주었다.

"네 실력도 많이 늘었는데?"

그런데 이혈능의 시선은 승자인 구운생보다는 패자인 곽무에게 고정되어 있었다. 비록 큰 변화는 아니었지만 어쨌든 자신의 신체 조건에 맞게 무공을 조금이나마 변형시킨다는 것은 아무나 시도할 수 있는 것이 아니었기 때문이다.

"그건 뭐냐? 마침내 배울 무공을 선택했다는 것이냐?"

구운생이 등천쇄심도법의 비급을 들고 들어서는 이혈능을 보며 냉랭하게 물었다.

탁!

그러면서 이혈능의 손에 들린 비급을 낚아채듯 가져갔다.

"등천쇄심도법? 뭐야, 도법을 배우겠단 말이냐?"

구운생이 이마를 찡그렸다.

순간 곽무가 또다시 시비가 붙을까 봐 잽싸게 끼어들었다.

"무엇을 배우든 그것은 혈능이 알아서 할 일이야. 네가 관여할 것 없잖아."

"이제 보니 무공에 기본도 모르는 놈 아냐. 너 임마. 검, 창, 도, 권, 장, 지라는 말을 알기나 하느냐?"

검창도(劍槍刀) 권장지(拳掌指).

병기의 무공을 배우려거든 제일 먼저 검을 선택하고 그다음이 창법과 도법이라는 얘기다. 적수공권 또한 권법이 가장 낮고 장법, 지법이 뒤를 잇는다는 오래된 강호의 속설이었다. 물론 요즘에 와서는 어느 것을 배우든 크게 개의치 않은 형국이지만 지금도 무공을 처음 배우는 사람들에게는 상당한 영향을 주는 말이었다.

"쯧쯧! 무공에 무 자도 모르는 한심한 놈."

구운생이 혀를 차며 사라졌다. 하나 이혈능의 표정은 전혀 개의치 않는 듯 덤덤했다.

검은 병기 무공의 총아이다. 물론 그 사실을 이혈능이 모르지 않았다.

하지만 이혈능이 칼을 선택한 것은 앞서 말했듯 자신의 몸은 이미 칼에 적응되어 있기 때문이기도 했지만 두 가지의 무공보다는 한 가지에 매진하는 것이 효과적이라는 형의 말 때문이었다.

여러 가지의 무공을 배우면 상식과 경험은 풍부해질지 모르겠지만 강력한 상대와 맞닥뜨릴 때는 전문적인 한 가지 무공이 이득이 높으며 상승의 무공을 배우는 것보다 하찮은 무공일지라도 얼마나 깊이 이해하느냐가 중요하기 때문이다.

'천초불포(千招不怖), 천 초를 아는 이를 두려워하지 않고, 일초전포(一招全怖), 일 초를 숙련한 것을 두려워한다.'

형으로부터 무정도법에 대한 기초 지식을 완벽히 배웠다.

무정도법으로 인해 자신의 몸은 이미 칼에 깊이 젖어 있다.

천경전의 지하 서고에는 수많은 도법이 있었다. 천하에 도법이 그렇게 많다는 것도 천경전에서 처음 알게 되었다. 실로 헤아릴 수 없을 만큼 도법은 많았고 칼의 종류도 다양했다. 또한 제왕십기 중 도법은 등천쇄심도법을 비롯해 세 개나 들어가 있었다.

그런데 등천쇄심도법을 제외한 다른 두 개는 환도법(環刀

法)이거나 묘도법(妙刀法)들이었다. 한마디로 변칙의 도법들인 것이다. 변칙과 기교는 성장 속도가 빠르고 살상력도 높다. 하나 끝이 유한하며 특히 적수공권으로 변식할 수가 없었다. 그에 반해 정통의 도법은 증진 속도가 더디지만 어느 경지에 이르기만 하면 그 끝은 무한하다고 형은 말했다. 그리고 정통 도법은 변무(變武)가 가능하다. 즉, 도법이지만 필요에 따라 장(掌)과 권(拳)으로 얼마든지 바꿔 펼칠 수가 있다는 것이다. 그래서 정통 도법의 고수가 되면 군이 칼 없이도 맨주먹이나 장으로도 상대를 충분히 거꾸러뜨릴 수 있는 이유가 바로 거기에 있었다.

등천쇄심도법이 제왕십기 중 하나이면서도 손때가 다른 도법에 비해 적게 묻은 이유가 바로 정통이라는 것 때문이었다. 정통은 성취도가 지독하게도 느렸다. 속성의 시대에 더디다는 것은 외면당할 수밖에 없는 요건이었다.

"너무 떨떠름하게 생각하지 마라. 놈의 말이 전혀 근거없는 얘기는 아니지 않느냐? 나 또한 이왕지사 배울 거면 칼보다는 검을 비롯한 다른 절기가 낫지 않을까 싶구나. 물론 너 나름대로 생각이 있어서 결정했겠지만 말이다."

곽무가 다가와 부드러운 목소리로 말했다. 아마도 구운생의 핀잔에 이혈능의 기분이 상했다고 생각하는 것 같았다.

"염려해 주셔서 고맙습니다."

"그 말은 바꿀 의향이 전혀 없다는 말이냐?"

이혈능이 씨익 웃었다.

순간 곽무가 흠칫했다. 미소를 짓자 이혈능의 왼쪽 입술에
난 상처가 뒤틀렸는데 자신을 비웃는 것처럼 느껴졌기 때문
이다.

'거참.'

곽무가 씁쓸히 웃었다.

第七章

칼과 칼

시련의 연속 끝에 마침내 웅크렸던 몸을 일으켜 창비한다!

복수를 위해 제왕성에 뛰어든 소년에게 닥친 엄청난 고난과

신비하며 때로는 악마의 모습을 갖춘 소림사시청방의 등장!

험난하고 고독하며 위력적이고 놀라운 곳, 그곳의 문이 열린다!

『소림사시청방(少林三十七房)』

저녁을 먹고 난 이혈능은 등천쇄심도법을 펼쳐 들었다.

등천쇄심도법은 제왕성의 초대 대장로였던 등천도성이 남긴 도법이다. 등천도성은 도가 일맥인 전진파 출신으로 당시 팽문의 전설적인 고수 도신(刀神) 팽악성과 천하제일도의 자리를 다퉜던 거물이었다.

등천쇄심도법은 전 십팔식(十八式) 후 육식(六式)으로 되어 있는 도합 이십사식(二十四式)으로, 각 식마다 삼초(三招)에서 오초(五招)로 구성되어 있었다. 일식씩 끊어 펼칠 수도 있고 이십사식을 연환식으로도 펼칠 수도 있었는데 무정도법과는 여러 가지에서 차이가 있었다.

무정도법은 차갑다. 매몰차고 온기가 없으며 너무 냉정했다. 심지어 어떤 때는 가슴이 덜컥 내려앉을 만큼 처연하기까지 하여 시전자로 하여금 묘한 감상에 젖게 하는 이상야릇한 도법이었다. 한데 등천쇄심도법은 다르다. 투박하지만 복잡하지 않았고 힘이 있으면서 직선의 도법이었다.

이혈능은 곧바로 등천쇄심도법의 암기에 들어갔다. 전후 이십사식이므로 적지 않은 분량이었다. 이혈능은 마음을 차분하게 가라앉히고 내용을 읽기 시작했다.

다행히 무정도법을 어느 정도 배웠기 때문에 무엇을 설명하고자 하는지 금방 알아차렸다. 같은 종류의 무공은 비록 운기의 방법에서만 약간씩의 차이가 있을 뿐 뼈대가 비슷한 흐름을 갖고 있기 때문에 이해가 빠를 수밖에 없었다.

등천쇄심도법의 전 이십사식은 모두 서른일곱 장이었고 내용을 완벽하게 외우는 데 사흘이 걸렸다.

나흘째부터 본격적인 수련에 돌입했다.

제왕성에 들어온 지 삼십삼 일 만의 일이었다. 제왕성 무사들은 모든 무예를 철저히 혼자 터득한다. 남에게 배우는 것보다는 스스로 깨우쳐서 얻을 때만이 제대로 된 위력을 드러내며 자기 실력이 된다는 성주의 단호한 명령 때문이다. 물론 수련 도중 막히거나 어려움이 발생할 때는 윗사람에게 자문을 구하긴 하지만 가급적 혼자서 모든 것을 수습하고 깨우쳐야 했다. 그날도 아침 일찍 일어난 이혈능은 오랜만에 육합범천혈심결을 운용하여 몸속 기의 흐름을 점검했다.

"우웁!"

운기를 하던 이혈능은 가벼운 놀람성을 터뜨렸다. 탈태환골이 되면서 몸에 적지 않은 변화가 있다는 것을 알고 있었지만 몸속의 내기가 생각 밖으로 활기찼다. 가볍게 흥분이 되었다. 내공은 무공의 파괴력을 극대화시킨다.

탈태환골이 되는 순간 만빙설련이 효능이 빼어나다는 것을 깨달았다. 그래서 자신에게 빼앗기고 분함에 씩씩거리던 강호쌍괴의 행동을 충분히 이해했는데, 어쨌든 형으로부터 물려받은 내공과 만빙설련은 향후 그 누구보다도 강한 고수가 될 수 있는 확실한 기반으로 작용할 것이다.

슥!

허리에 차고 있던 형의 칼을 뽑았다. 시뻘겋게 녹이 슬어 볼품없었지만 형이 남긴 유일한 유물이라고 생각하자 더욱 애착이 간다.

"후흡!"

길게 숨을 들이마신 후 자세를 잡았다. 양쪽 다리를 적당히 벌리고 무릎을 슬쩍 굽혀 자세를 낮췄다. 왼쪽 발을 오른쪽 발뒤꿈치와 나란히 맞췄는데 금방이라도 튀어나갈 것 같은 웅크린 자세다.

스윽!

그 상태에서 오른손에 쥔 칼끝을 자신의 시선과 맞춰 들었다.

칼을 비스듬히 겨누고 서 있는 이혈능의 모습은 언뜻 허공으로 날아오르려는 독수리의 자세 같기도 했고 다른 한편으로는 배를 바닥에 닿을 만큼 바짝 깔고 사냥감의 길목을 노리는 표범을 닮기도 했다. 한 가지 동작에서 전혀 다른 동물의 행동이 나타난다는 것은 원하는 자세를 정확히 표현하지 못하고 있다는 반증이다. 그것을 아는 듯 이혈능은 자꾸 양발의 위치를 바꿔보고 좌우로 이동시키며 교정을 했다.

슛— 스슥!

이혈능이 지금 갖추고자 하는 자세는 등천쇄심도법의 기수식 등천룡(登天龍)이었다. 말 그대로 용이 하늘로 올라가는 자세인데 도저히 어떤 모습인지 상상이 되지 않는다.

기수식이란 그 무공의 처음과 마지막이다. 기수식이 완벽해야 정확한 위력의 칼이 나온다.

"후우!"

끝내 뜻대로 자세가 잘 나오지 않는 듯 이혈능이 발의 위치를 흐트러뜨렸다.

"지금 등천쇄심도법의 기수식을 만들고 있는 것이냐?"

곽무가 언제 일어났는지 마루 끝에 걸터앉아서 물었다. 이혈능은 가볍게 목례를 하고 대답했다.

"예."

곽무가 지켜보는 가운데 이혈능은 다시 등천룡의 설명을

떠올리며 자세를 잡아갔다.

슥!

스스슥!

열심히 이곳저곳으로 발을 움직여 보던 이혈능이 다시 멈췄다. 설명대로 아무리 발을 움직여 봤지만 도저히 등천룡다운 마땅한 자세가 만들어지지가 않았다.

'알 것도 같은데!'

등천룡은 폭포를 타고 오르는 수룡이나 날개가 있어 바람을 타고 하늘을 나는 익룡이 아니다. 등천쇄심도법에서 말하는 등천룡은 날개도 없고 폭포도 없는, 그러나 반드시 하늘로 올라가야 하는 그냥 용의 모습일 뿐이다. 날개도 없고 폭포도 없는 용이 하늘로 올라가려면 어떻게 해야 할까.

풀리지 않는 해답에 이혈능의 눈살이 찌푸려졌다. 어려서부터 그림책에서 보았고 어른들로부터 들었던 수많은 용에 관한 얘기를 떠올렸다. 그들이 말하는 용은 제왕을 가리키며 신성한 동물이고 경외의 상징이었다. 그런 위풍당당한 용이 하늘로 올라가려 할 때 갖추는 자세란 어떠할까.

폭포를 이용할 수 없고 날개도 없이 일거에 하늘을 오르려면 무엇보다 완벽한 자세가 필요할 것이다. 과연 하늘을 오르기 위한 최적의 자세는 무엇일까?

'등천룡(登天龍).'

등천룡의 자세는 쉽게 떠오르지 않았다. 비급에 적힌 내용대로 완벽하게 재현을 해보았지만 무척 우스꽝스러운 자세가 나올 뿐이었다. 엉거주춤하고 마치 똥마려운 강아지 같은 기상천외한 자세에 실망하기를 닷새째.

급기야 입 밖으로 욕이 튀어나왔다.

"우라질!"

사람이 취할 수 있는 수십, 수백 가지의 자세를 갖추어봤지만 헛수고였다. 닷새 동안 등천룡의 자세를 찾아내기 위해 고생하는 이혈능을 보며 구운생이 비아냥댔다.

"자식, 이제 보니 더럽게 돌대가리구만."

하나 이혈능을 일체 대꾸를 하지 않고 등천룡의 자세를 찾아 계속 발을 움직일 뿐이었다.

사―사사삭!

온 마당이 이혈능의 발자국으로 가득했다.

팟!

열심히 자세를 더듬어가던 이혈능의 눈에서 갑자기 강렬한 이채가 발해졌다.

'그것이다!'

이혈능의 얼굴이 흥분으로 달아올랐다. 하늘을 오르려는 용의 모습이란 일단 대범해야 할 것이다. 또한 위풍당당하고, 때로는 하늘을 높다고 보지 않는 적당한 오만이 잘 버무려진 자세.

'십전지세(十全之勢)다!'

우뚝하되 거칠지 않고 도도하지만 적당하게 절제된 자세야말로 하늘을 오르려는 용의 모습으로 빈틈이라고는 전혀 없는 완벽한 폼이다.

기수식은 공격을 효과적으로 펼칠 수 있는 자세이기도 하지만 적의 사기를 꺾는 위엄에도 가치가 있다. 무공이 높은 고수일수록 단순히 서 있는데도 숨이 막히고 오금이 저리는 이유가 바로 거기에 있는데, 기수식이 숙달되면 자연스럽게 몸에 배어 일상생활 속에서도 나타난다. 이따금 암습자들이 눈앞에 표적을 놔두고서도 기습을 하지 못하고 쩔쩔매는 것은 완벽한 기수식이 몸에 배어 허점이 없기 때문이다.

처억!

이혈능은 편안한 자세를 갖추기 위해 노력했다. 좋은 자세는 몸과 마음이 편안할 때 만들어진다. 그러기 위해서는 우선 몸에서 힘을 빼야 하고 어떤 동작으로 옮겨도 무리없이 자연스러울 수 있어야 한다. 양다리를 적당히 벌리고 오른손의 칼도 아래로 내렸다. 앞가슴도 지나치게 펴지 않으며 두 눈을 정면에서 약간 위쪽으로 높여 떴다.

'엇!'

마당 한쪽에서 십자철독권을 연마하던 곽무가 깜짝 놀랐다.

'다르다!'

이혈능이 서 있었는데, 언뜻 어벙하긴 했지만 전체적으로 억지스러움이란 찾아볼 수가 없었다. 나름대로 상당히 자연스러울 뿐 아니라 적당히 가슴을 뜨끔하게 만드는 위세도 풍긴다. 곽무는 이혈능이 어떤 깨우침을 얻었다고 생각했다.

"후유!"

이혈능이 참았던 숨을 토해내며 자세를 풀었는데 입가에 만족스런 미소가 감돌았다.

사실 등천룡의 깨우침은 무정도법에서 영감을 얻었다. 하도 자세가 갖추어지지 않아 불쑥 무정도법의 기수식 무정애사(無情愛死)를 떠올렸는데 바로 그 순간 얻어진 것이다.

무정애사.

무정도법의 기수식으로 한 여인과의 이루어지지 않은 사랑에 목매다 끝내 불가에 귀의한 한 사내의 심흔(心痕)을 적당히 드러낸 초식이다. 인간이 입을 수 있는 상처 중에서 가장 크다는 사랑을 훌훌 털고 떠나는 무정의 마음은 어떤 것일까를 생각하라는 형의 말을 떠올리자 불현듯 마음에 와 닿는 것이 있었던 것이다.

결국 등천쇄심도법과 무정도법은 여러 가지에서 통하는 부분이 많다는 것이 증명되었다.

"얻은 것이냐?"

곽무가 이마에 땀을 닦는 이혈능을 향해 눈을 빛내며 물었다. 이혈능이 가벼운 미소를 지었다.

"겨우 실마리를 찾았을 뿐입니다."

목이 마른 이혈능은 마당에 있는 샘으로 다가가 바가지로 물을 떠 마셨다.

이혈능의 무예 수련은 아침 묘시에 일어나 운기조식으로부터 시작되었다. 이어 아침을 먹고 본격적인 기수식 연습에 매달려 정확히 축시에 끝을 맺었다. 하루 세 끼 짧은 식사 시간을 제외하고는 잠시도 쉬지 않는 무지막지한 강행군이었다.

구운생과 곽무 두 사람은 놀라는 표정을 감추지 못했다. 무예 수련에서는 자신들도 지독하다는 평판을 들을 만큼 열심인데 하루에 두 시진밖에 자지 않는 이혈능의 초인적인 강행군 앞에서는 질리고 만 것이다.

하루 두 시진의 잠은 턱없는 휴식이다. 하루 이틀이라면 모를까 장기간 지속되면 큰 병을 초래할 수 있는 짧은 수면인 것이다. 입에서 단내가 날 만큼 하루 종일 혹독한 무예 수련에 매달리고 두 시진밖에 자지 않는다는 것은 어쩌면 자살행위와 다를 바 없었다. 하나 이혈능의 몸속에는 형으로부터 전이받은 내공과 만빙설련의 효능이 들어 있었다. 보통 사람으로서는 상상할 수 없는 체력을 갖고 있었기 때문에 그런 강행군이 가능했다.

멀리 대원사로부터 아침 예불을 알리는 북소리가 들려왔

다. 대원사의 북소리는 정확히 묘시에 울린다. 곽무와 구운생은 깊은 잠에 빠져 있었다. 이혈능은 잠에 떨어진 두 사람을 보며 구석에 세워둔 철도를 들고 밖으로 나왔다.

하늘에 구름이 짙게 끼어 있었다. 한바탕 비라도 내릴 것 같은 날씨였는데 이혈능은 한차례 심호흡을 하고 곧바로 등천룡의 자세를 만들기 시작했다.

스ㅡ스윽!

이제는 어렵지 않게 등천룡이 만들어졌다. 육 개월이라는 강행군은 한결 더 여유로운 자세를 만들어주었다.

처음 통나무처럼 뻣뻣했던 자세는 흔적도 없고 이제는 물 흐르듯 부드럽기까지 했다. 스스로 판단하기에도 이제 등천룡의 형세는 거의 잡혀졌고 남은 것은 미세한 부분을 다듬는 것뿐이었다.

하지만 미세하다고 가볍게 생각할 수는 없었다. 적의 무공이 높을수록 미세한 틈은 죽음을 부르는 허점으로 작용한다. 하수는 그 틈을 찾아내지 못하지만 고수에게는 어림없었다. 어쩌면 진짜 기수식 수련은 지금부터가 시작이었다.

"엇!"

늘어지게 하품을 하며 나오던 곽무가 마당 가운데 우뚝 서 있는 이혈능을 보곤 화들짝 놀랐다. 때맞춰 맞은편 산봉우리를 뚫고 솟아오르는 일출을 받아 등천룡의 자세를 취하고 있는 이혈능의 모습은 한 마리의 붉은 용을 보는 것 같았다.

곽무의 안색이 딱딱해졌다. 기척을 듣고 이혈능이 돌아섰다.

"일어나셨습니까?"

곽무가 정색하여 말했다.

"뭔지 모르지만 보기 좋았다. 어떤 무공이든지 폼이 좋으면 원래 자세에 가까워졌다고 보는 것 아니더냐?"

"대강의 윤곽만 잡힌 것이고 세밀하게 다듬자면 아직 멀었습니다."

이혈능은 다시 둥천룡을 가다듬기 시작했다.

슥!

스슷!

정지된 상태의 펼치는 기수식은 가장 기초 단계일 뿐이다. 제대로 갖춰진 기수식은 이동 중에나 잠잘 때 어디서든지 자연스럽게 배어 있어야 한다. 그래서 어떤 상황에서라도 적의 기습에 방어하고 역습할 수 있는 최적의 몸 상태가 가장 완벽한 기수식인 것이다.

넓은 대청에 백여 명의 사람들이 모여 있는데도 숨소리 하나 들려오지 않았다. 백여 명의 사람들은 하나같이 당세 무림을 좌지우지하는 제왕성의 고수들이었고, 그들의 시선은 지금 막 대청을 들어선 다섯 명의 사람에게 고정되어 있었다. 대청을 들어서는 다섯 사람은 치열한 싸움을 벌이고 온 듯 옷

차림이 남루했고 일부는 피를 흘리고 있었다.

오십가량의 흑의중년인을 선두로 들어서는 다섯 사람의 안색은 돌덩이처럼 굳어 있었다.

저벅! 저벅!

발목까지 푹 빠지는 붉은 양탄자를 걸어 다섯 사람은 연단 앞에 걸음을 멈추었다. 선두의 흑의중년인이 고개를 들어 연단을 올려다보았다.

호피를 휘두른 거대한 태사의에 한 인물이 앉아 자신들을 내려다보고 있었다. 내려다보는 백의문사의 두 눈이 수정처럼 맑아 전혀 적의를 느낄 수가 없었지만 그와 눈길이 마주친 흑의중년인은 자신도 모르게 움찔했다. 진짜 무서운 적은 겉모습이 유순하다는 강호의 오랜 격언을 떠올리며 흑의중년인은 비통한 목소리로 입을 열었다.

"화산파의 장문인 운룡신검과 네 장로가 제왕성의 성주를 알현하오이다."

피를 토해내는 듯한 흑의중년인의 인사에도 태사의에 앉아 있는 백의문사는 아무런 표정 변화가 없었다.

제왕성주(帝王城主) 무영(無影) 단우천(段宇天).

이 시대 최강의 무인이자 천하제일세력 제왕성의 수장이다. 그의 신상에 관한 모든 것이 안개에 싸여 있었는데, 사람들은 그를 중원의 하늘이라고 불렀다.

바로 그때 연단 아래 오른쪽에 서 있던 스물 중반가량의 흑의청년이 대뜸 소리쳤다.

"지금 뭐 하는 것이오! 전쟁에서의 투항의 예는 당연히 부복(俯伏)이라는 것을 몰라서 그렇게 꼿꼿하게 서 있는 게요?"

"대공자의 말씀이 맞소이다. 당장 부복하시오!"

"아직도 정신을 못 차렸구만. 화산이 흘린 피가 여전히 부족하다고 생각하는 모양이지? 당장 성주님께 엎드려 간청하지 못하겠소!"

대청을 메운 백 명의 사람들이 흑의중년인을 향해 거침없는 일갈을 내뱉었다.

주르륵!

운룡신검의 악문 입술 사이로 핏방울이 흘러내렸다. 뿐만 아니라 뒤로 도열한 네 명의 화산파 장로의 얼굴이 붉으락푸르락했다.

퍼―어억!

끝내 운룡신검이 바닥에 무릎을 꿇었다.

"장문인!"

"아, 안 됩니다!"

등 뒤에 서 있던 네 명의 장로가 소리쳐 말렸지만 운룡신검은 엎드려 머리를 조아렸다.

"우, 우리 화산은 향후 제왕성… 과 형제의 관계를 맺을 것이며 피로써."

잠시 말이 끊어졌다. 감정이 복받치는 듯 거칠게 호흡을 들썩이더니 다시 말을 이었다.

"추, 충성을 맹세하오."

순간 뒤에 서 있던 화산의 네 장로가 절규하듯 외쳤다.

"아아!"

"하늘이시여!"

네 명의 장로가 발악하듯 신음을 흘렸고 일부의 눈에서는 혈루가 흘러내리고 있었다. 하나 운룡신검은 꼼짝도 하지 않고 엎드린 채 말했다.

"뭐 하시오, 대장로. 어서 칠매신검을 바치시오."

부르르!

네 장로 중 가장 앞에 선 칠성자가 비쩍 마른 몸을 세차게 떨었다. 금방이라도 튀어나올 듯 두 눈이 시뻘겋게 충혈되어 있었는데 이를 소리나게 한 번 갈더니 한 자루 검을 받쳐 들고 연단 앞으로 걸어갔다.

일곱 개의 매화 문양이 선명하게 새겨진 고색창연한 검은 바로 화산파의 장문영부이자 신물인 칠매신검이었다.

탁!

연단 오른쪽 아래 서 있던 흑의청년이 칠성자의 손에 들린 칠매신검을 낚아챘다.

대공자 단우황. 단우천의 아들이며 올해 스물다섯인 그는 이미 부친의 능력에 버금가는 자로 제왕성의 차기 주인이다.

단우황이 태사의에 앉아 있는 단우천에게 칠매신검을 내

밀었다. 단우천이 칠매신검을 받아 힘차게 뽑았다.

스르릉!

용틀임 같은 소리가 울리며 칠매신검이 뽑혀 나왔다. 순간 넓은 대청에 백광이 줄기줄기 폭사됐는데, 투명한 검신에 일곱 개의 매화가 새겨져 있었다. 찬바람과 잔설에도 굴하지 않고 피어나 장부의 기개에 비유되기도 하는 일곱 송이의 매화에서 진한 향기가 흘러나오는 듯했다.

진산지보이자 장문영부를 바쳤다는 건 완전한 복속을 뜻한다.

"오늘부터 화산은 본 성과 형제지간이오. 앞으로 화산은 더욱 발전하고 빛날 것이며 우리 제왕성은 화산의 미래를 위해 온갖 도움을 아끼지 않겠소."

단우천이 칠매신검을 들고 힘있는 목소리로 말했다.

퍼억!

그런데 머리를 조아리고 엎드려 있던 운룡신검이 그대로 나동그라졌다.

"뭐야?"

"엇!"

칠매신검을 바친 칠성자가 쓰러진 운룡신검을 재빨리 안아 일으켰다. 그런데 운룡신검의 정수리가 부서져 있었다. 스스로 더 이상의 치욕을 견디지 못하고 천령개를 내려쳐 자결을 시도한 것이다.

칠성자가 놀라며 소리쳐 물었다.

"장문인, 왜 이런 어리석은 짓을?!"

죽어가는 운룡신검이 입을 열었다.

"대장로, 이 늙은이는 위대한 화산의 선조와 제자들에게 너무 큰 죄를 지었소……."

"……."

"대장로… 잘 봐두시오. 제왕성의 건물 기둥에서부터 기왓장 하나까지 가슴에 담고 눈에 깊이 새겨 넣으시오……."

흘러내린 피로 운룡신검의 얼굴은 피범벅이 되었다.

"그래… 서 언젠가는 이 치욕을 꼭 갚아야 하오. 꼭 화산은 오늘을… 잊지 마시오……."

운룡신검의 고개가 꺾였다. 대청안은 운룡신검이 흘러내린 피로 피비린내가 진동했다.

"지독한 놈!"

단우황이 죽은 운룡신검을 노려보았다.

"칠매신검을 바쳤으니 이로써 화산은 제왕의 형제가 되었소. 그만 물러가도록 하시오."

운룡신검의 시신을 안은 칠성자가 나머지 세 장로를 데리고 대청을 걸어나왔다.

멀리 동천목산의 웅장한 산세가 끝없이 이어지고 그 아래로 제왕성의 크고 작은 전각들이 바다를 이루며 펼쳐져 있다. 운룡신검의 시신을 안고 걸어가는 네 사람의 눈에 굵은 눈물이 하염없이 흘러내리고 있었다.

'장문인, 이 칠성자 얼마 남지 않은 생애지만 반드시 화산을 다시 일으키는 데 목숨을 바칠 것이오!'

네 사람이 걸어가는 길바닥 위로 운룡신검의 몸에서 흘러내린 피가 점점이 떨어졌다.

화산파 사람들이 물러난 대청은 다시 쥐 죽은 듯 고요했다. 단우천은 여전히 태사의에 앉아 화산의 신물 칠매신검을 들고 흡족한 표정을 짓고 있었다.

"구파일방 중 서열 삼위인 화산이 무릎을 꿇었으니 이제 남은 검은 소림과 무당뿐입니다."

단우황이 부친을 향해 입을 열어 말했다.

"머지않아 반드시 그 두 곳도 아버님 앞에 무릎을 꿇도록 만들겠습니다."

철컥!

한참 칠매신검을 살피던 단우천이 검집에 검을 꽂아 넣었다. 그리고 단우황을 보며 말했다.

"무당은 화산과 큰 힘의 차이가 없으니 언제든지 무너뜨릴 수 있다. 관건은 소림이다."

태사의에서 일어난 단우천이 연단을 내려왔다. 도열한 일백의 고수들이 일제히 긴장했다.

"소림은 강호 그 자체다. 이따금 큰바람에 시달리긴 했지만 지금까지 어떤 집단도 소림을 굴복시키지는 못했다. 진정한 천하제패는 소림을 물리쳤을 때 이뤄진다."

"소자는 소림을 대단하다고 생각하지 않습니다. 큰 나무일수록 바람에 쉽게 흔들리는 법이죠."

단우천이 눈을 빛내며 물었다.

"좋은 방법이라도 있다는 것이냐?"

"오늘 금사충이 돌아옵니다."

"금사충이?"

"얼마 전에 일어났던 북사의 아버님 암살 기도 사건을 기억하십니까? 북사를 추적했던 혈리대의 대주입니다."

북사란 말에 단우천의 눈이 발광했다. 그것은 소름 끼치는 냉기였는데 단순히 자신을 죽이려고 했던 자객에 대한 미움이나 증오와는 별개의 반응이었다. 단우황은 어쩌면 아버지와 북사 사이에는 단순한 자객과 표적이 아닌 또 다른 무엇인가 깊게 얽혀 있을지 모른다는 생각을 떠올렸다.

"놈을 죽였다고 했지 않느냐?"

"북사는 죽였지만 의외의 소득이 있었습니다. 금사충이 돌아오면 자세하게 밝혀지겠지만 누군가 북사를 지원하고 있는 흔적이 발견되었다고 합니다."

단우천의 의혹의 표정을 떠올렸다.

"북사는 단독 자객이다. 한데 누가 그를 돕고 있단 말이냐?"

단우황의 고개가 좌측으로 돌아가며 말했다.

"독두염라(禿頭閻羅), 당신이 말해보시오."

그곳에는 머리가 벗겨진 마흔 중반가량의 흑의중년인이 서 있었다. 그는 바로 제왕성의 눈과 귀이며, 염라대왕이라고 불리는 귀목당의 당주였다. 독두염라가 한 걸음 앞으로 나서며 말하기 시작했다.

"북사는 얼마 전에 죽었습니다. 그런데 북사를 추적했던 본 당의 정예 혈리대가 내일 아침에 귀환합니다. 사흘이면 돌아올 수 있는 거리를 무려 석 달이라는 시간을 소비하며 늦게 돌아오는 이유가 무엇인지 아십니까, 주군?"

"북사의 죽음에 또 다른 뭔가가 얽혀 있다는 얘긴가?"

"갑호 호위령을 내려 한 인물을 호송 중에 있는데, 놀랍게도 정체를 알 수 없는 자들로부터 일곱 번에 걸친 기습을 받았습니다."

그제야 사건의 심각성을 인지한 듯 단우천의 얼굴이 굳어졌다.

"일곱 번에 걸친 기습으로 혈리대와 그에 버금가는 백 명의 호송무사가 거의 전멸지경에 이르렀습니다. 다행히 탈취는 당하지 않았습니다만 강호에서 우리를 이렇게 힘들게 할 만큼 기세를 갖고 있는 집단은 극히 제한적입니다."

단우천이 심각한 눈빛으로 독두염라를 보며 물었다.

"그래서 이번 사건에 소림이 관계하고 있다는 말이냐?"

"가능성을 배제하지 않고 있습니다."

순간 실내의 인물들이 웅성거렸다. 누가 뭐라고 해도 소림이라는 존재는 아직까지 범상치 않은 상대임을 누구도 부인할 수 없었기 때문이다.

이제 이혈능의 등천룡은 거의 완벽한 자세에 이르러 있었다. 물론 정지된 상태에서 하는 말이다. 이동 중이거나 일상생활에서까지 몸에 배이도록 하기 위해서는 오랜 시간이 필요하고 숱한 실전을 거쳐야 할 것이다. 어쨌든 정지된 상태에서의 등천룡만큼은 상당한 위엄이 풍겨 나와 무공이 높지 않은 사람으로선 선뜻 괄시할 수 없을 지경이었다.

쏴아아!

차가운 가을비가 내리고 있었다.

이혈능은 아침을 먹고 나서 곧바로 칼을 들고 마당으로 나섰다. 금방 그칠 것 같지 않았기 때문에 그냥 비를 맞고 무예수련을 하기로 마음먹은 것이다.

'오늘부터 초식 연마에 들어가야겠다.'

등천쇄심도법 제일식 등천도승(蹬天刀昇), 직해하면 칼이 하늘을 오른다는 뜻이다.

본격적인 초식 수련에 들어간다는 것에 가벼운 흥분과 전율을 느끼며 막 칼을 수평으로 뻗으려는 이혈능의 귀로 부당주 마을태의 목소리가 들려왔다.

"이혈능."

이혈능은 칼을 거두고 몸을 돌렸다. 마을태가 십방 마당으로 들어서고 있었다. 그동안 마을태는 이따금 나타나 자신을 비롯한 세 사람의 무예 수련 모습을 지켜보고 돌아가곤 했다.

"마사채 잡역 좀 나가야겠다."

"마사채라면?"

마사채는 수련용 말을 가둬놓은 마구간이었다.

"각 방마다 두 명씩 보내라는데 구운생은 몸이 불편하여 제약원에 갔으니 할 수 없이 너와 곽무가 가야겠구나."

"그러죠."

마당 끝에서 몸을 풀고 있던 곽무가 흔쾌히 대답했다.

"가자!"

"예, 선배님."

두 사람은 등을 돌려 걸어갔다.

십방 마당을 나가자마자 이혈능이 곽무 곁으로 다가들며 물었다.

"조금 전까지 멀쩡하던 구 선배님이 어디가 아프다는 것입니까?"

곽무가 피식 웃었다.

"뻔한 걸 그렇게 물으면 날더러 어떡하라는 얘기냐?"

"뻔하다뇨?"

"그러고 보니 구운생의 사가(私家)에 대해 말해주지 않았구나. 놈의 사가는 절강성에 있는 은대보(銀大堡)이다."

이혈능이 걸음을 세우며 놀라는 표정을 지었다.

"은대보라면?"

대월루의 점원으로 있으면서 많이 들었던 이름 중 하나가 은대보다. 돈이 너무 많아 주체를 못할 정도라는 중원의 거부이며 절강성의 상권을 쥐락펴락한다고 했다.

"이제 왜 그가 아픈지 알겠느냐?"

그렇잖아도 구운생의 기세가 지나칠 만큼 당당하여 이상하게 생각하던 중이었다. 심지어 어떤 때는 간부들까지 그에게 지나칠 만큼 아는 척을 했다.

이혈능의 입가에 미소가 맺혔다.

"훗훗!"

"천하제패가 어디 무공으로만 가능하더냐? 내가 알기로 은대보에서 제왕성으로 쑤셔 넣은 돈이 상상을 초월한다고 들었다. 상부상조라고 서로에게 좋은 거지. 제왕성은 막강한 후원자를 얻었고 은대보는 튼튼한 보호자를 얻었으니까."

오솔길을 벗어나자 마차 한 대쯤 지나갈 수 있는 포도가 나타났다. 포도는 오른쪽 아래로부터 이어져 올라왔는데, 마사채로 가는 지름길인 것 같았다.

그때 부산한 발자국 소리에 이혈능이 전면을 쳐다보았다.

이십여 명의 흑의인이 오와 열을 맞추어 내려오고 있었다. 한데 흑의인들을 발견한 곽무가 흠칫하더니 재빨리 길가로 비켜섰다. 곽무가 길가로 몸을 비켜 세웠으므로 이혈능도 엉거주춤 따라 섰다.

흑의사내들은 여러 가지 병기를 휴대했는데 어깨가 떠억 벌어졌고 걸음걸이가 무척 안정되어 있었다. 그들은 두 사람에게 눈길도 주지 않은 채 지나갔는데 옷깃을 여미게 할 만큼 차가운 냉기가 훅 끼쳐 왔다. 흑의사내들이 저만치 내려가자 그때까지 긴장한 표정을 감추지 않고 있던 곽무가 길게 한숨을 쉬며 말했다.

"또 어느 문파 한 곳을 잡으러 가는 모양이구나."

이혈능이 흑의사내들이 사라진 길 아래쪽을 보며 물었다.

"지금 지나간 무사들은 누굽니까? 기세부터가 범상치 않군요."

곽무가 무거운 얼굴로 대답했다.

"소매 끝에 흰색으로 용이 문양 되어 있는 것 못 봤느냐? 추룡대 무사들이다."

이혈능의 눈이 커졌다.

'추룡대라면……!'

강호쌍괴와 제왕성을 들어오면서 정문에서 만났던 추룡대 대주라는 여인이 떠올랐다. 마차 위에 앉아 도도하게 세상을 내려다보던 도접의 모습은 무척 오연했다. 비록 강호쌍괴에게 호되게 꾸중을 당했지만 겉으로만 죽는시늉을 했지 자신이 보기에 도접은 전혀 겁먹은 얼굴이 아니었다. 아름답기도 하고 너무나 멋있어 쳐다보았는데 자신을 조롱하는 줄 알고 잡아먹을 듯 노려보던 그녀의 시선이 눈앞에 생생했다.

추룡대는 강호에서 죽음의 청소부들이란 무시무시한 이름을 얻고 있는 제왕성의 정예 부대였다.

"추룡대의 대주에 대해서 잘 아십니까?"

"갑자기 그건 왜 묻느냐?"

이혈능은 강호쌍괴와 들어올 때 정문에서 만났다고 말해주었다.

곽무가 얘기를 듣고 나서 말을 했다.

"도접으로 불리는 대단한 여인이다. 그녀에 관한 전설과 신화는 한두 가지가 아니다. 제왕성 사상 가장 어린 나이에 추룡대 대주가 된 입지전적의 여인이며, 특히 여자의 몸으로 추룡대의 거친 부하들에게 절대충성을 받아낼 만큼 살벌한 인물이지."

긴 흑발에 다리를 꼬고 앉아 세상을 굽어보듯 내려다보던 도접의 모습이 또다시 눈앞에 떠올랐다. 다른 사람들의 눈에는 살벌해 보일지 모르지만 그날 자신의 눈에 비쳤던 도접은 눈부시게 아름다웠다.

문득 이혈능이 코를 벌름거렸다. 코끝에 가축의 분뇨 냄새가 말아졌다.

저만치 장방형의 단층 목조 건물이 있었는데 냄새는 그곳에서 날아왔다.

입구 쇠기둥에 마사채라고 쓰인 간판이 보였고 이미 다른 방에서 온 사내들이 청소를 하고 있었다.

"오랜만일세, 곽무."

마사채 안으로 들어선 두 사람 앞으로 한 사내가 다가오며 아는 체를 했다. 흑의사내는 성성이를 방불케 할 만큼 온 얼굴에 수염이 덥수룩했는데 눈빛이 아주 서글서글했다.

"양양철 아닌가? 자네도 마구간 사역 나왔나?"

두 사람은 손을 잡고 반가워했다. 양양철이 이혈능을 쳐다보자 곽무가 소개시켰다.

"이 사제, 나와 같이 연무당에 들어왔던 양양철이라네. 자네도 알 거야. 언가와 더불어 그 유명한 창의 명가로 꼽히는 양가 출신일세."

창문(槍門) 양씨세가 출신이라는 말에 이혈능은 깜짝 놀랐다. 지금은 비록 가세가 많이 쇠락했지만 한때는 한 자루 창으로 천하를 종횡하던 대명문이었다고 언젠가 형에게 들었다.

"양가 후손이시군요. 이혈능이라 합니다."

"오호, 무척 잘생겼구만. 아무튼 반갑네. 핫핫!"

양양철이 유쾌한 웃음을 지었다.

세 사람은 곧바로 청소 장비를 들고 마구간 청소를 시작했다.

마사채의 말은 각 방마다 한 마리의 말이 수용되어 있었으므로 모두 백 마리였다.

청소하는 요령은 간단했다. 일단 마구간의 말을 밖으로 끌어낸 다음 쇠스랑과 갈퀴를 이용해 바닥의 오물을 손수레에 퍼 담아 멀리 두엄간에 내다 버린다. 그리고 빗자루로 바닥을 깨끗하게 쓸어내고 건초를 적당히 깔아주는 것으로 청소는 끝난다.

각 방에서 차출된 이십여 명이 청소를 하느라 마사채가 시끌벅적했다.

"냄새 한번 지독하구만. 카아악!"

양양철이 인상을 쓰며 가래침을 뱉었다.

픽― 퍼억!

좌악!

"그런데 구운생이 안 보이는군?"

양양철이 이마에 땀을 닦으며 물었다. 곽무가 잔잔한 미소를 머금으며 말했다.

"몰라서 묻나?"

"역시 돈의 힘인가? 하긴, 어떤 면에서는 돈이 칼보다 더 무서운 힘을 발휘하긴 하지. 그런데 그 얘기 들었나? 사흘 전 구가 놈이 술 한 병을 품에 안고 밤에 날 찾아왔는데, 곧 폭우대에 도전할 모양이더군."

곽무가 놀란 표정으로 쳐다보았다.

"구운생이 폭우대에 도전한단 말인가?"

양양철이 눈을 치켜뜨고 물었다.

"같은 방을 쓰면서도 몰랐나?"

폭우대는 추룡대보다 한 단계 낮은 전투 부대다. 추룡대가 구파일방을 비롯한 전통의 명문들을 상대하는 데 반해 폭우대는 군소 집단이나 개인을 상대했다. 관문 통과가 무척 까다롭기는 하지만 제왕성의 정예로 성장하기 위해서는 반드시 거쳐야 할 기관이기 때문에 연무당 무사들에게는 꿈의 기관이었다.

곽무가 물었다.

"우리가 연무당에 입당한 지 몇 년 됐지?"

양양철이 두 눈을 크게 떴다.

"자넨 우리가 연무당에 들어온 지 얼마나 됐는지도 모른단 말인가? 일 년 삼 개월 되지 않았는가?"

"벌써 그렇게 됐군."

대체적으로 연무당에 입당하여 일 년 반에서 이 년이 지나야 본격적으로 폭우대 도전 준비를 하는 것에 비춰 일 년 삼 개월 만에 도전이면 무척 빠른 편이다.

"흐흠!"

곽무가 나직이 한숨을 쉬었다. 화려한 가문으로 인해 모든 면에서 자신보다 우대를 받고 있는 구운생이고, 그래서 자신보다 앞서 나가는 것을 당연한 것으로 여기지만 일 년 삼 개월 만에 폭우대 도전은 적잖은 충격이었다.

"합격할 것 같습니까?"

이혈능이 슬쩍 양양철에게 물었다.

양양철의 정색하고 말했다.

"가문의 후광으로 분명히 우대를 받는 건 사실이지만 무공에 대한 놈의 자질까지 얕볼 수는 없네."

"가능성이 크다는 것입니까?"

"보름 전 우리 삼방 소속의 동방삭과 가벼운 말싸움 끝에 두 사람이 한판 붙었다. 동방삭은 우리보다 일 년이나 빨리 들어온 선배인데 놀랍게도 삼십이 초 만에 깨졌다. 구가 놈 무공만큼은 장난이 아니었다."

곽무가 동의하듯 길게 숨을 쉬었다.

"양철이 말이 맞다. 무공 실력만큼은 나도 인정한다. 어쩌면 합격할지도 몰라. 그놈은 무공 수련에서만큼은 게으름을 피우지 않았거든."

"널 무척 찾았는데 여기 있었구나."

그때 한 명의 백의사내가 미소를 지으며 들어섰다. 백의사내는 아담한 체격에 여인처럼 피부가 무척 흰 귀공자였다. 양양철이 백의사내를 향해 환히 웃으며 말했다.

"어서 오너라, 조보양."

"이게 누구야, 십방의 곽무 아닌가?"

조보양이 곽무를 보며 크게 반가워했다. 곽무가 간략히 소개를 했는데 구운생, 곽무, 양양철, 조보양 이렇게 네 사람은 공교롭게도 같은 날 연무당에 입당했다고 한다. 조보양과 양양철은 삼방으로 배속되었고 곽무와 구운생은 십방으로 온 것이다.

조보양이 주위를 두리번거리며 경계하더니 품에서 죽엽청한 병을 꺼냈다.

양양철이 놀라며 물었다.

"무슨 술이냐?"

"흐흐, 도저히 냄새를 참을 수가 있어야지. 그래서 조금 전 반미각에 아는 사람에게 부탁해 한 병 얻어왔다."

연무당 무사들은 공식적으로 술을 마실 수 없는데도 얻어 온 것을 보면 조보양의 사교성이 뛰어나다는 것을 알 수 있었다.

"들키면 뇌옥행인데."

양양철이 제일 먼저 한 모금 입에 털어 넣으며 말했다.

조보양이 병을 넘겨받으며 씨익 웃었다.

"뇌옥에 갈 때 가더라도."

조보양이 벌컥 한 모금을 삼키더니 목에 힘을 주었다.

"이 술 때문에 얼마나 많은 영웅호걸들이 패가망신했던가. 자, 너도 한 모금 마셔."

곽무도 한 모금을 마셨고 덩달아 이혈능까지 목을 축였다. 술이 들어가자 기분이 좋아졌고 지독하던 말 똥 냄새도 그런 대로 맡을 만했다.

"그런데 말이야. 커억!"

이혈능이 자신에게 두 번째 차례가 왔으므로 술병을 받아 들었다. 그때 앞서 마셨던 조보양이 혀로 입술을 축이며 말했다.

"조금 전 반미각 각주에게 들었는데 북사를 쫓았던 혈리대주 금사충 일행이 거의 전멸하여 돌아왔다더군."

막 술병을 입에 대려던 이혈능의 동작이 멈췄다. 혈리대면 자신의 집을 찾아왔던 제왕성 무사들이다.

곽무가 놀란 표정으로 물었다.

"북사는 이미 석 달 전에 죽었다고 했잖아?"

"북사는 죽었지. 문제는 북사를 죽일 당시 그를 돕던 혈세칠검이라는 자 중 한 명을 생포해 압송해 오는데 정체 모를 인물들에게 수차례 기습을 받았다는 거야. 거의가 전멸하고 생존자가 십여 명도 채 안 된다더군."

"그건 북사의 배후에 또 누군가 있단 말이잖아."

"자세히는 나도 몰라. 다만 그자의 입이 열리면 뭔가 거대한 음모가 밝혀지겠지. 그래서 지금 온 성이 폭풍 전야의 고요와 같다네."

이혈능은 조용히 술병을 내렸다. 금사충이 압송해 왔다는 사람이 어쩌면 소천득일 가능성이 높았다. 소천득은 혈세칠검의 우두머리였고 형은 그들보다 우월적인 지위에 있는 듯 명령을 내렸었다. 결국 혈세칠검과 형이 모종의 상관관계를 갖고 있다는 것인데, 그건 곧 세상에 알려진 것처럼 형은 결코 단독 자객이 아니라는 의미이기도 했다.

중요한 것은 소천득의 입이었다. 형은 자신에 대해 알고 싶은 것을 소천득이 말해줄 것이라고 말했고, 그래서 더욱 비월사에서 목이 빠져라 그를 기다렸었다.

이혈능은 잠을 이루지 못하고 계속 뒤척였다. 머릿속에는 온통 소천득이라는 이름만 떠오를 뿐이었다. 형에 대해 알고 싶은 것이 너무 많았다. 제왕성에 들어와 얻은 확실한 정보는 형이 당대제일의 자객이었다는 것뿐이다. 자객은 청부에 의해 움직인다. 과연 형은 누구의 청부를 받아 제왕성주를 노렸을까. 그리고 또 단독 자객으로 알려진 형과 혈세칠검은 어떤 관계일까.

벌떡!

가슴이 답답해 더 이상 누워 있을 수가 없었다. 곽무와 구운생이 깨지 않도록 슬며시 문을 열고 나온 이혈능은 우물가에서 찬물을 한 바가지 떠 마셨다.

형에 대한 모든 궁금증을 해결하려면 소천득을 만나야 했다. 하지만 그는 귀목당의 지하 깊숙이 갇혀 있을 것이고 자신의 능력으로는 도저히 그에게 접근할 수가 없었다. 마음 같아서는 당장 소천득을 찾아가 형에 대해 모든 것을 소상히 묻고 싶었다.

"잠 안 자고 뭐 하느냐?"

늙수그레한 음성에 이혈능은 깜짝 놀라며 돌아섰다. 반달의 희미한 월광 아래 한 노인이 우뚝 서 있었다. 이혈능은 안색이 굳히며 입을 열었다.

"오랜만에 뵙습니다."

찾아온 사람은 마승이었다. 어둠 탓일까. 자신을 쳐다보는 마승의 두 눈이 유난히 형형했다.

"아픈 곳은 없느냐?"

당신이 내가 아픈 곳이 있든 말든 무슨 상관이냐는 말이 목구멍까지 치밀어 올랐지만 꾹 눌러 참았다. 밉보였다가는 결코 득될 것 없는 인물이다.

"네, 염려 덕분에."

하지만 말속에는 마승에 대한 감정을 숨기지 못했다.

"아무 걱정 할 것 없다. 넌 오로지 무예만 열심히 배우면 된다."

마승은 마치 자신의 고민거리를 알고 있는 듯 말했다. 이혈능은 속으로 경멸했다. 괜히 신비롭게 보이려는 상투적인 수법이다. 걱정거리도 없는데 밤늦게 잠 안 자고 마당에 나와 있겠는가.

"지금은 오로지 강해지는 데 전력을 쏟아라. 넌 누구보다 강할 수 있는 왕성한 조건을 갖고 있지 않느냐?"

강해질 수 있는 왕성한 조건이란 만빙설련을 두고 하는 얘기일 것이다.

이혈능이 입술을 비틀었다.

"강해져서 충성스런 제왕성 무사가 되라는 얘기군요."

이혈능은 강호쌍괴가 자신을 제왕성 무사로 써먹기 위해 데려온 것이라고 결론을 내렸다. 하나 형이 제왕성에게 해를 당해 자신은 결코 그들의 앞잡이가 될 수 없다는 것을 마승은 모르고 있다.

어쨌든 당분간은 모든 감정을 잠시 묻어둔 채 무공 연마에만 전념하기로 했다.

마승의 말처럼 강해지면 모든 것이 해결될지 모른다. 강해져야 한다는 마승과 자신의 목적 의식은 서로 다르겠지만.

멈칫!

마승은 자신을 계속 쳐다보고 있었는데 문득 이혈능은 그가 달라졌다는 것을 깨달았다. 자신을 쳐다보는 마승의 눈빛이 바뀌어 있었다. 만빙설련을 먹은 자신을 패 죽일 듯 노려보며 으르렁대던 눈빛은 눈을 씻고 찾아도 보이지 않았다. 최소한 지금 쳐다보고 있는 마승의 눈에서만큼은 자신에 대한 적의는 완전히 사라져 있었다.

"한 가지만 묻겠다. 그날 대웅전에서 내게 펼쳤던 그 도법은 누구에게 배웠느냐?"

이혈능의 안색이 딱딱해졌다. 제왕성과 대립 각이 맺어진 이상 이제야말로 더더욱 말해줄 수 없었다.

"말해주기 싫다면 하지 마라. 다만 그 도법을 어느 정도 성취했는지 말해줄 수는 있겠지?"

"그날 대웅전에서 봤잖습니까?"

마승의 얼굴에 실망의 기색이 나타났다. 대웅전에서 봤던 이혈능의 도법은 너무 초라했기 때문이다. 물론 나이에 비해서는 낮은 수준이 아니었지만 결코 뛰어난 수준은 아니었다.

하나 금세 표정을 고치고 말을 이었다.

"완전히 숙달하기 전까지는 그 도법을 함부로 드러내지 마라. 그 도법을 잘못 드러냈다가는 너는 물론이고 수많은 사람들이 죽게 될 것이다."

이혈능의 눈이 커졌다. 형의 도법이기 때문에 누가 알아볼지 모르므로 함부로 펼치고 다녀서는 안 된다는 것쯤은 자신도 잘 알고 있다. 문제는 왜 형의 도법이 드러나면 많은 사람이 죽게 되는지였다.

"명심해라. 절대 함부로 펼쳐서는 안 된다. 혹여 모르고 펼쳤거든 주위의 구경꾼 하나도 남기지 말고 모조리 죽여 없애라."

마승은 갈수록 모를 얘기를 내뱉었다.

"시간이 없다. 잠을 줄여서라도 무공 연마에 박차를 가해라. 너의 어깨에 강호의 평화가 달렸음을 기억해라."

이혈능은 눈이 화등잔만 해졌다. 자신의 어깨에 강호의 평화가 달렸다니, 이 무슨 맑은 하늘에 날벼락 치는 소린가. 자신이 뭔데 강호의 평화가 자신에게 달려 있단 말인가. 그 무슨 뚱딴지같은 소리냐고 물으려는데 마승의 모습이 어느 순간 사라져 버렸다. 가히 눈 뜨고 코 베갔다는 말은 들었지만 뻔히 보고 있었는데도 어떻게 사라졌는지 알 수가 없는 감쪽같은 신법이었다.

'내 어깨에 강호의 평화가 달려 있다고?'

너무 어처구니가 없어 쓴웃음이 지어졌다. 아무리 살펴봐도 그저 초라하고 보잘것없는 자신의 어깨에 무림의 안위가 달렸다니… 이혈능은 마승이 노망이 났다고 단정했다. 최소한 강호 평화를 논의하고 염려할 정도의 사람이라면 아주 높은 지위에 있는 사람들이어야 했다.

한편 잠을 이루지 못하는 사람은 또 있었다.

소천득은 자리에서 일어나 침상에 걸터앉았다. 천장에서 비치는 조그만 야명주뿐 사면 벽에 창문이라고는 하나도 없었기 때문에 지금이 몇 시인지 밤인지 낮인지조차 알 수가 없었다. 단지 몸의 생체 감각이 느슨해져 있는 것으로 보아 어렴풋이 밤이 아닐까 추측해 볼 뿐이었다.

"으음!"

이곳까지 이송되어 오는 데 석 달이란 시간이 걸렸다. 금사충은 하루에도 수십 번씩 자신을 변장시켰다. 아침에는 노파였다가 오시쯤 지나 젊은 계집으로 둔갑시켰고, 저녁에는 촌로의 행색으로 바꾸더니 한밤중에는 느닷없는 거지로 바꿈을 시도하길 수차례, 아마 지난 석 달 동안 소천득이 변장한 인물만도 대략 오십 명이 넘을 것이다.

그런데도 동료들은 귀신같이 알아차리고 자신을 공격해 왔다. 물론 그것은 자신을 구출하기 위해서가 아니라 입을 막아 조직의 안전을 지키기 위함의 공격이었다.

살인멸구(殺人滅口).

죽은 자는 말이 없다. 하나 소천득은 동료들이 자신을 죽여 입을 막으려는데도 전혀 슬프거나 억울하지 않았다. 그렇게 했기에 조직은 아무 탈 없이 천 년을 유지해 왔고 강호의 평화를 지켜왔다. 사사로운 인정과 윤리는 항상 대의에 밀려났다. 인간적인 감정에 휘말렸다면 조직의 와해는 물론 강호는 이미 피의 계절로 접어들었을 것이다.

'강호를 위해서라면 이 한 목숨쯤은 얼마든지 희생할 수 있다.'

그것이 소천득이 속한 집단의 대의였다.

한데 조직은 끝내 자신을 죽이지 못했다. 차라리 동료들 손에 죽었다면 행복했을 것이지만 이제 자신의 입으로 조직에 대한 모든 것을 털어놓아야 한다고 생각하자 눈가에 설핏 이슬이 고인다. 금사충의 천마봉 아래서 도저히 버틸 재간이 없었다. 고문당할 것에 대비해 여러 가지 수련을 해왔지만 금사충의 천마참혈봉법 앞에서만큼은 속수무책이었다. 천마참혈봉법은 고금제일의 고문술이었다. 곧 자신의 입을 열릴 것이며 조직은 절대의 위험에 빠지게 될 것이 분명했고 나아가 무림 또한 피로 물들 것이다.

"쯧쯧! 못난 놈."

느닷없이 귓속을 파고드는 목소리에 소천득은 소스라치게 놀랐다. 그것은 틀림없이 자신을 향해 내뱉은 전음이었고, 주위를 휘둘러보았지만 자기 말고 실내에는 아무도 없다.

"비록 천마봉이 마병이자 강호제일 고문 병기이긴 하지만 그토록 쉽게 무너져서야 되겠느냐?"

"누구십니까?"

혀는 움직일 수 있었다. 그 대신 금사충은 그가 혀를 깨물지 못하도록 이빨과 턱을 움직이는 대근혈을 폐해 버렸다. 혀만 움직여 말을 하다 보니 발음이 정확하지 않았다. 또한 천령개를 부수지 못하도록 양팔의 곡지혈을 폐했다. 그래서 외부의 도움 없이는 밥을 떠먹지도 못했다.

"지금부터 내가 불러준 구결을 잘 외우도록 해라."

"도대체 누구신지……?"

호랑이 굴 속에서 자신을 돕는 사람이 있다는 것이 너무 충격적이고 놀라웠다. 더구나 암중 인물의 말투를 들어보아 자신을 속이려는 적의 이중 위장계가 아니다. 적은 좀 더 속 깊은 곳에 담긴 말을 꺼내놓도록 유도하기 위해 도움을 주는 아군의 모습으로 왕왕 접근하기도 한다. 한데 전음을 보내는 인물은 적이 아니었다. 이것은 오랫동안 위험을 넘나든 사람만이 느낄 수 있는 육감이었다.

"널 구해줄 수는 없지만 천마봉에 견딜 수 있도록 도와는 주겠다. 지금부터 내가 불러주는 말을 외웠다가 그대로 시행해라."

"난 지금 무공이 폐지된 상태입니다."

"걱정할 것 없다. 내가 불러주는 내용은 심법이 아니고 심인술(心因術)이니라. 지금부터 천천히 불러줄 테니 정신 똑바로 차리고 듣도록 해라."

"심인술?"

소천득의 눈이 커졌다.

심인술이란 오래전부터 불가의 선승들에게 내려오는 득도를 위한 수양법의 하나이다. 특정한 주문을 외워 외부로부터 다가오는 유혹이나 물리적 고문을 이겨내는 방법인데 달마의 제자 혜가가 미녀로 분장한 악귀에게 사흘 밤낮 동안 유혹에 시달렸지만 심인술로 이겨냈다고 전해진다.

"준비됐느냐?"

심인술은 절망의 나락으로 떨어진 소천득에게는 한줄기

구원의 밧줄이었다.

소천득의 흥분을 삼키며 대답했다.

"예! 준비됐습니다. 말씀하십시오."

곧바로 귓가에 시냇물이 흐르듯 부드럽고 조용한 목소리가 파고들기 시작했다.

"시고중무색 무수상행식 무안이비설신의, 색무성향촉법미계안무 의지내무계식사."

소천득은 두 눈을 지그시 감고 귓가를 파고드는 전음을 머릿속에 저장하기 시작했다. 빠르지도 않고 기억하기 적당한 간격을 두며 전음이 들려왔다.

"법제상공 멸생불, 감증정구 이비안무 무명무역지멸집고무."

암중으로부터 들려오던 전음이 끊겼다. 심인술의 구결은 생각보다 길지 않았다.

"이게 전부입니까?"

"기억했느냐?"

"제가 한번 말해보겠습니다."

소천득은 전음 내용을 한 자도 빠뜨리지 않고 외웠다. 단번에 막힘없이 전해들은 내용을 말하자 암중으로부터 됐다는 듯 칭찬의 목소리가 전해져 왔다.

"제법이구나. 놈이 천마봉을 칠 때마다 암송해라. 그러면 쉽지는 않겠지만 충분히 천마봉의 마법에 저항할 수 있을 것이다."

'천마봉의 마법.'

그것은 확실한 마법이었다. 그렇지 않다면 자신처럼 의지와 강한 집념의 소유자가 단순히 두들겨 패는 고문 따위에 흔들릴 이유가 없었다. 천마봉은 말 그대로 교묘한 술법을 부리는 저주의 마병이 틀림없었다.

"누구십니까? 이름을 말씀해 주십시오."

"서둘러 알려 할 것 없다. 아직은 때가 아니다. 네가 고생하는 것도 때가 아직 이르지 못했기 때문이다. 머잖아 이 모든 악연과 운명을 일거에 해소시킬 인물이 네 앞에 등장할 것이다. 그가 오면 치열한 이 전쟁도 막을 내리게 될 것이고."

소천득의 두 눈이 매섭게 타올랐다.

'치열한 전쟁이라는 뜻은……!'

그것은 언뜻 어둠 속에서 악의 세력들과 싸우고 있는 자신들의 정체를 알고 있다는 뜻으로도 해석되었다.

"힘을 내거라. 평화는 피가 없이는 얻어지지 않는 법이다. 그럼 나중에 또 보자꾸나."

"잠깐만!"

자신도 모르게 침대에서 일어나 천장을 향해 소리쳤다.

"최소한 이름만이라도 말씀해 주십시오!"

바로 그때 벽이 흔들렸다.

끼기긱!

기관이 작동하고 있었다. 소천득은 신속히 침대로 다가가 걸터앉았다. 이윽고 한쪽 벽이 좌측으로 밀려나더니 금사충이 대머리 중년인을 앞세우고 들어섰다.

'독두염라!'

삼 년 전 비록 먼발치였지만 한 번 본 적이 있었다. 자신들이 제거해야 할 살인 명단 앞부분을 차지하고 있는 인물이었다. 금사충은 독두염라의 오른팔이고, 그는 제왕성주 단우천의 측근이다.

독두염라가 자신을 쏘아보더니 불쑥 뱉었다.

"생각보다 얼굴이 좋아 보이는군."

소천득은 움찔했다. 암중 인물과 대화를 주고받고 살 수 있다는 희망에 소천득의 안색은 약간 달아올라 있었는데 독두염라는 그 부분을 날카롭게 읽어낸 것이다. 실로 정보 기관의 수장다운 예리한 안목이었다.

"무슨 기분 좋은 일이라도 있는가?"

소천득은 길게 심호흡을 하며 마음을 가다듬었다.

"포로 된 몸이 무슨 기분 좋을 일이 있겠소. 굳이 말한다면 모든 걸 포기해서인지 속은 편하군요."

"큭큭큭! 맞아. 모든 것을 포기하면 마음은 편하지. 그 기분 이해할 것 같아."

독두염라가 까마귀 울음 같은 웃음을 흘리며 소천득의 어깨를 토닥였다.

"우리 잘해보자고."

그리고 돌아서서 금사충을 향해 말했다.

"내일 아침 대공자님이 보는 데서 취조를 해야 하니 만반의 준비를 갖춰놓도록 하게. 대공자님이 보는 데서 기억에 없다, 잘 모르겠다는 따위의 대답을 하지 못하도록 말이야. 알겠는가?"

"염려 마십시오, 당주님."

"그럼 난 가보겠네. 준비에 한 치의 소홀함이 있어서는 안될 걸세."

독두염라가 나가고 금사충이 소천득 곁에 나란히 앉았다. 잠시 실내에는 무거운 정적이 감돌았다. 금사충이 무슨 말을 하려고 이렇게 뜸을 들일까 생각하면서 소천득은 긴장했다.

탁!

그때 왼쪽에 앉아 있던 금사충이 왼손을 뻗어 소천득의 어깨 위에 가볍게 올렸다.

"노관에서의 좋았던 관계가 계속 유지되길 바라겠소."

노관에서 천마봉에 항복하며 모든 것을 털어놓겠다고 했는데 그 마음 변치 말라는 얘기였다.

"좋은 게 좋은 것 아니오."

타탁!

어깨를 토닥이며 자신을 돌아보고 웃는데, 소천득은 움찔했다. 이토록 웃음이 섬뜩한 남자가 세상에 또 있을까. 소천득은 금사충이야말로 어쩌면 누구보다도 무서운 인물일지 모른다고 생각했다.

第八章 너와 나

시련의 연속 끝에 마침내 웅크렸던 몸을 일으켜 참비한다!

복수를 위해 제왕성에 뛰어드는 소년에게 닥친 엄청난 고난과

신비하며 때로는 악마의 모습을 갖춘 소림십삼칠방의 등장!

험난하고 고독하며 유력적이고 놀라운곳, 그곳의 문이 열린다!

『소림삼십칠방(少林三十七房)』

뺨에 닿는 차가운 냉기에 소천득은 본능적으로 눈을 떴다가 자리에서 벌떡 일어났다. 언제 들어왔는지 금사충이 천마봉을 매만지며 서 있었다. 과연 암중의 인물로부터 전해들은 심인술이 천마봉의 고문 앞에 저항할 수 있을지 밤새 고민하다 묘시가 다 되어서 잠이 들었는데 금사충이 깨운 것을 보면 어느새 아침이 된 것 같았다.

"좋은 꿈이라도 꾸었나?"

소천득은 자신이 꿈을 꾸었는가 생각해 보았다. 꿈을 믿지는 않지만 자신의 동료들 중에는 미래를 암시하는 징조라고 철저히 믿는 이도 있었다. 뚜렷하게 떠오르는 것이 없는 것을 보아 꿈은 꾸지 않은 것 같았다.

금사충이 가까이 다가앉더니 다시 손을 어깨에 올렸다, 마치 다정한 친구끼리 어깨동무를 하며 깊은 얘기를 나누는 것처럼.

"난 묻고 당신은 열심히 대답만 하면 되는 아주 간단한 일이오. 진심으로 당신을 믿소이다."

금사충이 어깨를 토닥이고 일어났다.

그그긍!

그때 기관이 작동하는 소리가 들리더니 문이 열렸고, 두 사람이 들어섰다. 앞선 사람은 독두염라였는데 소천득의 시선은 뒤에 들어서는 스물 중반가량의 흑의청년에게 멎었다.

소천득은 한눈에 단우황을 알아보았다. 자신들의 제거 대상 서열 이위에 올라 있는 인물이며 손속의 잔혹함이 소름 끼친다는 야심의 사내였다.

"뭐 하느냐, 대공자님께 예를 취하거라."

금사충이 물끄러미 쳐다보는 소천득을 호통치자 단우황이 손을 쳐들어 제지했다.

"괜찮아. 나에 대한 진정한 예의는 당신이 우리가 알고 싶은 질문에 열심히 대답해 주는 것이오. 그럼 지금부터 시작하지."

"예, 대공자님!"

미리 준비된 두 개의 의자에 독두염라와 단우황이 나란히 앉았다.

스윽.

손에 들고 있던 천마봉을 왼손으로 한 번 쓰다듬은 금사충이 소천득에게 다가서며 물었다.

"혈세칠검의 실질적인 정체는 무엇이오?"

소천득은 아무 말도 하지 않은 채 자신을 쳐다보는 금사충을 주시했다. 암중 인물은 취조를 하는 사람의 시선을 피하지 말고 심인술의 구결을 운용하라고 말했었다. 얼굴을 마주 쳐다봐야 더욱 투쟁심이 생기면서 심인술의 효능이 활발하게 작용한다면서.

"못 들었소? 혈세칠검이 어떤 사람들인지 물었소이다."

여전히 소천득이 대답하지 않고 물끄러미 쳐다보자 금사충의 눈썹이 오므라졌다.

"누구지? 당신을 비롯해 죽은 여섯 사람은 북사와 어떤 관계요?"

금사충은 당황했다. 자신이 묻자마자 줄줄 대답할 줄 알았는데 소천득이 침묵했기 때문이다.

단우황의 눈살이 찌푸려지는 것을 놓치지 않은 금사충이 버럭 욕을 내뱉었다.

"이 새끼가 보자 보자 하니까!"

그대로 천마봉이 떨어졌다. 소천득은 더욱 맹렬한 기세로 심인술의 구결의 속으로 외웠다.

빠―아악!

천마봉이 허벅지를 후려쳤고 소천득의 몸이 벼락을 맞은 듯 자지러졌다. 하나 소천득은 결코 입을 열지 않았다. 단우황이 안색이 더욱 찌푸려졌다.

금사충은 다급했다. 이번 일로 단우황에게 확실한 눈도장을 받으려는 계획이 풍비박산 날 위기에 처한 것이다. 금사충의 천마봉이 더욱 무자비하게 떨어졌다.

빠악!

하지만 소천득은 고통에 인상을 찌푸렸지만 노관에서처럼 살려달라고 애원하지 않았고 입을 굳게 다물고 있었다.

"뭐 이런 새끼가 있어!"

지금까지 일곱 대가 천마봉 최고 기록이었다. 단순한 매질처럼 보이지만 그 안에는 사람으로 하여금 견딜 수 없는 고통을 느끼게 하는 마공이 숨겨져 있어 더욱 공포스러운 천마봉.

하지만 소천득의 입은 사상 최초로 천마봉이 여덟 번째 작렬케 했지만 꾹 닫혀 있었다.

등천쇄심도법 제일식 등천도승은 세 가지의 초(招)로 이루어져 있었다. 즉, 세 개의 초가 뭉쳐 등천도승이라는 한 개의 식을 만들고 있는 것이다. 초는 식의 좀 더 세분화된 동작이다.

팟!

기수식 상태에서 이혈능의 칼이 곧장 수직으로 솟구쳤다. 등천도승은 밑에서 위로 찌르는 단초인데 속도가 생명이었다. 순간적으로 손목을 비틀며 짧게 꺾어 올리며 칼을 올려 찌르는데 호흡이 중간에 끊어졌다. 호흡은 칼과 일치를 이루어야 한다. 즉, 칼이 멈추기 전까지 호흡에 절대 변화가 생겨서는 안 되는데 너무 급격한 동작으로 인해 자신도 모르게 숨이 막힌 것이다.

스윽.

이혈능은 처음의 기수식으로 다시 돌아왔다.

촤악!

잠시 후 밑을 향하고 있던 칼끝이 빠르게 허공으로 치솟았다. 마치 물고기를 잡아 하늘로 올리는 물수리를 닮은 급격한 칼의 비상(飛上)이었다.

'됐다!'

일식은 오랫동안 연습해 온 탓인지 큰 어려움 없이 대강의 도세가 만들어졌다. 이혈능은 길게 숨을 몰아쉬고 곧바로 이식을 떠올렸다.

등천쇄심도법 제이식 등천도사(登天刀詐), 칼은 죽음을 속인다.

취리릭!

칼끝이 중단을 겨누는 중도지세에서 급격히 밑으로 떨어졌다. 그와 함께 두 발이 빠르게 뒤로 후퇴하며 지면에 예리

한 칼바람이 박혔다.

파파팟!

거미줄 같은 도흔이 생겨나며 자욱한 먼지가 피어올랐다. 하지만 칼은 지면을 벤 듯했지만 어느새 허공을 빠르게 격해 가고 있었다.

푸푸푹!

금방 숨이 턱까지 차 올랐다. 체력 소모가 크다는 것은 도식 자체에 위력이 있기 때문이기도 했지만 어딘가 자세에 문제가 있기 때문에 발생하는 현상이다. 이혈능은 허릴 펴고 호흡을 고른 다음 이번에는 천천히 칼을 휘둘렀다.

스윽.

허릴 구부리고 좌공(左空)을 베었는데 칼은 어느새 우공(右空)을 점령해 가고 있었다. 기세는 좌측에 두고 실제 칼은 그 반대쪽을 공격하는 것이 등천도사였다. 극성에 이르면서 보이는 것은 모두 비어 있는 놀라운 허(虛)의 도식이었다.

하지만 칼은 의도대로 휘둘러지지 않았다.

슥— 스슥!

문제점을 찾기 위해 무척 느리게 칼을 휘둘렀다. 하지만 선뜻 어느 부분에서 착오가 있다는 것을 발견하기는 쉽지 않았다. 그러나 이혈능은 같은 동작을 계속 반복하며 오류를 찾아내기 위해 애썼다.

'찾았다!'

이번에도 실마리는 무정도법이었다.

무정도법 제이초 무정절. 삶의 모든 것을 끊는다는 가혹한 도법인데, 형은 한 번에 자름보다는 여러 번에 걸쳐 나누어 베는 분도(分刀)야말로 제대로 된 무정절 초식이라고 했다.

분도라고 해서 칼을 여러 번 휘두르는 것은 아니다. 진기를 일거에 도신에 집어넣으면 칼은 심하게 떨리게 되고 상대의 시선에는 칼이 나뉘지는 것으로 보인다. 등천도사 또한 무정절처럼 한순간에 도신에 진기를 주입하여 만드는 분 도식이었다. 칼이 나뉘져 이쪽저쪽을 동시에 공격하는 것이 제대로 된 등천도사였다.

쿠르르!

극한으로 끌어올린 진기를 일제히 도신에 집어넣자 칼이 쪼개질듯 자지러지며 허공에 여러 개의 도영을 만들었다.

파파파팟!

아직 내력이 왕성하지 않아 고작 네 개의 도영밖에 만들어 내지 못했지만 확실히 현란했다.

'이것이었군.'

이혈능이 만족스런 표정으로 칼을 거두려 들 때 한 가닥 놀람의 목소리가 들려왔다.

"등천도사는 몹시 이해가 어려운 초식인데 상당하구나!"

이혈능이 소리가 들려온 곳을 향해 고개를 돌렸는데 깜짝 놀랐다. 마당가 노송 아래 한 명의 흑의여인이 긴 머리카락을 바람에 흩날리며 서 있었다.

이혈능은 자신도 모르게 헛바람을 삼켰다.

'도접!'

그녀는 앞가슴에 아기를 안 듯 칼 한 자루를 꼬옥 품고 있었다. 이혈능은 길게 심호흡을 하며 허릴 숙였다.

"연무당 십방 소속 이혈능이 추룡대주님을 뵙."

이혈능의 말이 도중에 끊어졌다. 도접의 가슴에 안겨 있던 칼이 어느새 뻗어 나와 자신의 목젖에 바짝 들이대져 있었다. 투명한 얼음 같은 도신이 물결처럼 뻗어나간 저 끝에 도신보다 더 흰 도접의 오른손이 있었다.

"왜 쳐다봤어, 그날?"

도접의 얼굴에 서리가 내려앉았다.

"네까짓 놈이 뭔데 감히 날 쳐다보느냐구! 모가지가 몇 개라도 되느냐?"

도접의 매서운 시선이 송곳처럼 얼굴에 박혀지자 놀랍게도 이혈능은 피식 웃음을 터뜨렸다. 이혈능의 웃음을 전혀 예상 못한 듯 오히려 칼을 들이대고 있는 도접이 움찔했다.

"이 새끼가!"

"왜 쳐다봤냐고 물으셨습니까?"

"오냐. 똑바로 말해. 그렇지 않으면 죽어!"

"사실대로 말해도 됩니까?"

"빨리 말해!"

이혈능이 정색하며 말했다.

"예뻐서 봤습니다. 너무 아름다워서 넋을 놓고 좀 쳐다본 것이 죽을죄입니까?"

도접이 멈칫했다.

"태어나 그렇게 아름다운 여인의 모습을 본 적이 없어서 너무 놀랐습니다. 마침 떨어지는 석양을 받으며 마차 위에 앉아 계신 대주님의 모습이 너무 환상적이더군요. 그래서 시선을 뗄 수가 없었습니다."

"너 이 새끼가… 지금 누굴 희롱하는 거냐?"

"제가 쳐다본 것을 희롱으로 보셨다면 하는 수 없지요. 하지만 전 분명히 말씀드립니다. 너무 황홀해서 쳐다보았습니다. 물론 지금도 여전히 예쁘시지만요."

이혈능을 쳐다보는 도접의 눈은 매서웠다. 상대의 눈을 멀게 할 만큼 차가웠지만 이혈능은 결코 시선을 피하지 않았다. 그것은 지나칠 만큼 당당함이었다.

스윽.

도접이 칼을 거두어들였다. 그러더니 풀썩 웃으며 말했다.

"내가 예뻐서 봤다고? 건방진."

그러나 도접의 입꼬리가 살짝 말려 올라가는 것을 이혈능은 놓치지 않았다. 그것은 은근히 기분이 좋을 때 여자들이 짓는 표정이었다. 대월루에서의 시절 아름다운 여자 손님에게 예쁘다고 하면 도접처럼 입꼬리가 살짝 말려 올라가곤 했었다.

도접은 천천히 마당가로 걸어나갔다. 십방의 마당에는 꾸불꾸불한 키 작은 노송 몇 그루가 서 있었는데 가녀린 가지에 솔방울이 파리 떼처럼 새까맣게 달라 붙어 있었다.

"아까 보니 등천쇄심도법을 배우는 중인 것 같더구나?"

도접의 목소리는 바뀌어 있었다. 처음엔 얼음덩이 같았는데 지금은 아주 유순해져 있었다.

"이제 막 걸음을 떼기 시작했습니다."

도접이 고개를 들어 가지에 붙은 솔방울을 올려다보았다.

"등천도사는 짧은 순간 가장 많은 칼질을 해야 하는 초식이다. 문틈을 비집고 들어오려는 매서운 바람에 떨리는 문풍지처럼 한순간에 많이 움직여야 상대가 현혹되지. 등천도사가 극성에 이르면 겉으로는 한 번의 칼질로 보이지만 그 안에는 백여덟 번의 칼자국이 남게 된다. 한 호흡에 극성으로 진기를 끌어올려 한순간에 쏟아 넣어라. 그럼 된다."

이혈능의 눈이 커졌다. 무정절에서 실마리를 얻었다면 도접의 설명은 완벽히 핵심을 깨우쳐 준 것이다. 이혈능은 도접 또한 등천쇄심도법을 배웠다는 것을 알아차렸다.

슈아악!

돌연 도접의 칼이 소나무 가지에 붙은 유난히 큰 솔방울을 향해 뻗어갔다. 칼끝에서 수많은 도기가 솔방울을 향해 폭사되었는데 눈이 너무 부셔 뜰 수가 없었다.

"아아!"

이혈능은 자신도 모르게 탄성을 질렀다. 그것은 숨이 막힐 것 같은 짜릿한 신위였고, 말 그대로 전광석화와 같았다. 이혈능은 벌린 입을 다물지 못하고 늙은 소나무로 다가갔다.

'엇!'

가운데 소나무 가지에 매달린 유난히 어른 주먹 크기만 한 솔방울.

거기에 칼자국이 남아 있었는데 모두 열여덟 개였다. 도혼은 단 한 개도 똑같지 않고 크기와 깊이, 모양이 달랐다. 열여덟 개 중 가장 왼쪽에 있는 도혼을 쳐다보던 이혈능의 눈이 커졌다. 그것은 자신이 유일하게 알고 있는 등천도승의 식이었다.

'설마 이 솔방울에 등천쇄심도법 열여덟 가지의 형(形)을 모두 새겼단 말인가!'

이혈능은 마른침을 삼켰다. 아무리 보고 또 봐도 그것은 틀림없는 등천쇄심도법 전 십팔식을 응축해 놓은 것이었다. 열여덟 가지의 초식을 일도에 담아 도장처럼 찍어놓은 도접의 기예에 이혈능이 입을 다물지 못하고 있을 때 귓가로 도접의 차가운 목소리가 들렸다.

"부족한 부분이 많다. 대강 만들어본 것이지만 도움이 됐으면 좋겠구나."

이혈능의 고개가 돌아갔다.

도접이 조용히 말했다.

"그나저나 쉬운 칼 다 놔두고 하필 이 어려운 칼을 배우려느냐?"

"……."

"하긴, 시작은 고생스러워도 나중은 죽이는 도법이긴 하지만."

도접은 어느새 처음과 같이 앞가슴에 칼을 끌어안고 마당을 벗어나고 있었다.

이혈능은 우두커니 서서 떠나가는 도접을 쳐다보았다. 잠시 후 이혈능은 다시 솔방울로 시선을 옮겼다.

십팔도형, 그건 곧 전 십팔식의 뼈대였다.

느닷없는 도접의 방문에 생각지 못한 도움을 받은 이혈능은 가슴이 뜨거워졌다. 시간이 걸리기는 하겠지만 혼자 힘으로도 얼마든지 터득할 자신이 있었다. 하지만 이렇게 수위가 높은 고수가 남기고 간 도형은 자신의 깨우침에 막대한 영향을 끼칠 것은 불문가지였으므로 가슴이 뛰었다.

그러고 보니 고맙다는 인사말도 못했다.

"소식 들었느냐, 혈능?"

도접이 사라지고 반 각도 지나지 않아 곽무가 허겁지겁 달려왔다. 곽무는 십자철독권 말고도 화술(花術)이라는 암기술 한 가지를 배웠는데 마땅한 암기를 만들기 위해 아침 일찍 제왕성 무사들의 병기를 만드는 단철장을 찾아갔다가 지금 돌아오는 길이었다.

"무슨 일입니까? 암기는 어떻게 구했습니까?"

곽무는 무슨 급한 일이 있는 듯 이혈능의 질문은 묵살하고 급히 입을 열었다.

"구운생이 폭우대에 도전하여 합격했다는 소식이다."

이혈능은 깜짝 놀랐다. 양양철로부터 머잖아 구운생이 폭우대에 도전할 것 같다는 귀띔은 들었지만 언제 도전할지는 모르고 있었다. 그런데 이미 도전하여 성공했다니 금시초문이었다.

"오늘 도전했는데 성공했다는구나."

"오늘?"

"지금 당주님을 비롯한 연무당 간부들과 함께 반미각에서 간단한 축하연을 갖고 있다는구나."

구운생과는 좋은 기억이라고는 아무리 더듬어봐도 별로 없었다. 폭우대에 합격했으니 곧 십방을 떠날 것이고 이혈능에게는 희소식이나 마찬가지였다. 하나 곽무의 표정은 어두워져 있었다. 말은 하지 않았지만 그는 구운생을 경쟁자로 여겼고 그를 이기려고 암암리에 무던히도 노력했다는 것을 이혈능은 알고 있었다.

"선배님!"

힘을 내십시오. 아직 승부가 끝난 것은 아니지 않습니까, 하고 말하려다 입을 다물어 버렸다. 지금으로서는 어떤 말도 곽무의 기분을 위로하지 못할 것 같았기 때문이다.

"핫핫핫!"

"허허허!"

돌연 호탕한 웃음소리가 울리더니 능개와 마을태, 그리고 구운생이 걸어오고 있었다. 세 사람 모두 얼굴이 불그레한 것이 적당히 술이 들어간 듯했다.

"당주님께 인사 올립니다."

두 사람은 능개를 향해 고개를 숙였다. 능개의 목에는 섬뜩한 개 이빨로 된 구치환이 걸려 있었다.

픽— 퍼억!

능개가 느닷없이 두 사람의 머리를 주먹으로 후려쳤다. 알았다고 해도 워낙 무공의 수준 차가 커서 피할 수 없었겠지만 아무튼 전혀 예상 못한 주먹질에 두 사람은 나가떨어졌다. 하나 곧바로 몸을 일으켜 부동자세로 섰다.

"쯧쯧! 밥충들."

부동자세로 선 두 사람을 보며 한심하다는 듯 혀를 차더니 말했다.

"운생이를 좀 보고 배워라, 이 대책없는 놈들아. 운생이가 오늘 마침내 폭우대에 합격했느니라."

이혈능이 구운생을 향해 말했다.

"축하합니다, 구 선배님."

구운생이 인상을 쓰며 말했다.

"진심이냐?"

"무슨 말씀입니까? 제가 마음에 없는 말이라도 한다는 것입니까?"

"흐흐! 나에 대한 감정이 좋을 리가 없는 네놈 아니냐? 아무튼 고맙게 받겠다."

곽무가 말했다.

"미리 귀띔이라도 해주셨으면 더 좋았을 텐데."

"떨어지면 무슨 창피냐? 그래서 말하지 않았던 것이다. 섭섭했다면 이해하거라."

"대단하다. 넌 해낼 줄 알았다."

능개가 이번에는 발길질로 두 사람의 정강이를 걸어찼다.

퍽퍽!

"아이고!"

"으큭!"

두 사람이 정강이를 부여잡고 고통스런 표정을 짓자 능개가 매섭게 소리쳤다.

"병신들아, 똑바로들 해!"

그리고 능개가 돌아서 떠나갔다. 마을태가 인상을 쓰고 있는 두 사람을 향해 웃으며 말했다.

"맞았다고 고깝게 생각하지 마라. 열심히 수련하라는 격려를 그렇게 표현한 것일 게다. 아무튼 너희들도 어서 실력을 쌓아 폭우대에 도전해야지."

"예!"

두 사람이 동시에 대답했다.

마을태가 구운생을 보며 말했다.

"이제 폭우대 소속인데 짐 챙겨야지 않겠나?"

구운생이 주위를 둘러보며 말했다.

"짐이라고 해봤자 들어올 때 가져온 흑의 두 벌이 전부인데, 너 가져라."

구운생이 이혈능을 보며 말했다.

"너, 내게 쌓인 것 많지?"

이혈능이 담담한 얼굴로 말했다.

"그런 것 없습니다."

구운생이 피식 웃었다.

"건방진 새끼. 네까짓 놈이 있으면 어쩔 건데."

"없다고 했잖습니까?"

"너 내게 찍혔다. 알겠느냐?"

"더욱 조심하겠습니다."

"흐흐! 오래 살고 싶으면 조심해라. 모가지는 한 개뿐이다."

마을태와 나란히 걸어가는 구운생의 어깨에 힘이 부쩍 들어가 있었다. 이혈능과 나란히 서서 떠나가는 구운생을 바라보는 곽무의 얼굴이 잔뜩 굳어 있었다.

도접의 도움으로 초식에 대한 포괄적인 이해력은 빨라졌다.

하지만 사람을 죽이고 적의 기세를 와해시키는 것은 도형 안에 담긴 내용물이다. 즉, 도초 안에 들어 있는 수많은 변화와 위력인데 이는 오랜 수련과 많은 실전의 경험을 통해 다듬어야 했다.

등천쇄심도법 제삼식 등천격점(登天擊點)에 이어 제사식 등천낙영(登天落影), 제오식 등천귀선(登天歸扇), 제육식 등천일섬(登天一閃)을 깨우쳤을 때 이혈능의 나이 열여섯 살이 되었다.

이혈능은 등천쇄심도법을 수련하며 틈틈이 무정도법을 정리했다. 이미 구결은 물론 대략의 도형까지 깨우친 터라 위력과 변화만을 담아내면 되는 무정도법.

등천쇄심도법과 성격만 다를 뿐 같은 도법이고 정통을 추구한 터라 서로가 보완적이 관계가 되면서 무정도법 또한 빠르게 그 신비의 허물이 벗겨지고 있었다.

무정(無情).

왜 하필 무정이라고 명명했을까. 어쨌든 무정도법은 이름처럼 자비가 철저히 배제되어 있었다.

어려서부터 무정도법을 배우고 있으면 이상하게도 인상이 찌푸려졌다. 뭔가 불편했고 감정이 꼬이면서 누군가를 미워하고 싶은 충동이 일어났다. 나중에서야 그 모든 기이한 감정들이 도법이 갖고 있는 성질과 변화 때문이라는 것을 알게 되었다. 무정도법은 단순히 죽이기만 할 뿐 아니라 사람을 매몰

차게 하는 마력이 담겨 있었고, 다른 한편으로는 인생의 희로
애락이 고스란히 묻어 있었다.

분노와 사랑이 치열하게 뒤섞인 도법.

'형의 도법에는 무언가 깊은 사연이 있다.'

이제는 확신할 수 있었다. 그리고 그 도법과 북사는 상호
깊은 작용을 하고 있을지 모른다는 것이 지금까지 형에 대해
이혈능이 내린 결론이었다.

탑은 하늘을 찌를 듯 높이 솟아 있었다. 천탑(天塔)이라고
불리는 십일층의 석탑은 만고풍상을 겪어온 듯 탈색되고 지
붕에 잡초가 무성했지만 은연중 도도한 위엄을 풍겼다.

"기분이 어떻습니까?"

천탑을 바라보며 곽무와 이혈능이 나란히 서 있었다. 구운
생이 떠나고 거의 일 년이 다 되어 마침내 곽무도 폭우대 도
전에 나섰다.

"솔직히 떨린다."

이혈능이 곽무를 돌아보았다. 지난 일 년 동안 지켜본 곽무
는 누구보다도 냉철하고 침착했다. 그런 그의 입에서 떨린다
는 말이 나오자 왠지 어색하게 들렸다.

"그만 가자!"

곽무가 탑을 향해 앞장서서 걸어갔다. 그 뒤를 이혈능이 따
라갔다. 이혈능은 폭우대에 도전하는 곽무를 응원할 목적으

로도 따라갔지만 나중을 위해 미리 천탑을 봐두고도 싶었다.

천탑은 모두 열한 개 층으로 이뤄져 있었다.

각 층마다 생사를 위협하는 오묘하고 살벌한 기관과 매복이 설치되어 있었는데, 폭우대에 합격하기 위해서는 늑대의 관문이라는 낭관(狼關)을 통과해야 했다. 낭관은 일층과 이층 두 개로 이뤄져 있었다.

천탑 입구 좌측으로 한 개의 쇠북이 매달려 있었는데 천고(天鼓)라는 것이었다. 천탑에 도전하려는 사람은 쇠북을 쳐서 자신의 도전 사실을 알린다.

곽무는 망설임없이 다가가 북채를 들어 쇠북을 두들겼다.

뗑— 뗑엥!

쇠북 소리는 강하면서 날카롭게 울려 퍼졌다.

그그긍!

쇠북이 울리고 얼마 되지 않아 커다란 굉음이 들리더니 천탑의 육중한 문이 좌우로 열렸다. 마치 지옥의 입구처럼 시커멓게 열린 천탑 안에서 용두괴장을 든 한 명의 노파가 모습을 드러냈다.

이혈능이 눈을 빛내며 물었다.

"뭐 하는 노팝니까?"

"천탑의 탑주이다. 과거 중원에서 마녀(魔女)로 불릴 만큼 악명 높은 노파였는데 제왕성주에게 패한 뒤 그의 수하 되기를 자처하며 이곳 천탑의 탑주로 들어앉았다고 들었다."

"헐헐! 도전할 놈들이냐?"

노파는 대뜸 소릴 질렀다.

이혈능이 소리쳤다.

"난 아니고 이분이오."

곽무가 큰 소리로 말했다.

"연무당 소속의 곽무가 정식으로 폭우대에 도전하겠소!"

마녀가 이혈능을 노려보았다.

"넌 도전도 하지 않을 놈이 뭐 하러 왔느냐?"

"따라오면 안 되는 것이오?"

이혈능이 따지듯 묻자 마녀가 웃었다.

"그놈 참 맹랑하도다."

그때 곽무가 가슴을 쫙 펴고 심호흡을 하더니 천탑을 향해 걸어갔다.

"곽 선배님!"

이혈능이 걸어가려는 곽무를 불렀다.

곽무가 돌아보자 이혈능이 주먹을 불끈 쥐며 말했다.

"선배님의 능력은 대단합니다. 걱정할 것 전혀 없습니다!"

곽무의 얼굴이 환해졌다.

"고맙다, 혈능!"

곽무가 열린 문 안으로 들어갔다.

천탑 일층은 무척 넓었다. 그리고 한 중앙에 이층으로 오르는 계단이 있었다. 계단은 모두 여섯 개로 되어 있었는데, 보통 계단과 다르게 넓고 길다. 곽무는 첫 계단 앞에 걸음을 세우고 숨을 가다듬었다. 계단을 노려보는 곽무의 두 눈이 형형하게 빛났다.

쉬익!

첫 번째 계단에 막 왼발을 내딛는데 검 한 자루가 튀어 올라왔다. 곽무는 번개처럼 왼발을 옆으로 비키며 오른 주먹으로 찔러 올라오는 검을 후려쳤다.

뚝!

검이 부러지며 기관이 닫혔다.

"후우!"

등골에 식은땀이 흘렀다.

스윽.

두 번째 계단으로 올라섰다. 계단 좌우는 난간이 아닌 두꺼운 벽으로 되어 있었고 여러 가지 장식물이 일반 실내처럼 걸려 있었다. 물론 곽무는 단순한 설치물로 보지 않았다. 필경 여러 함정을 위장하기 위한 은폐물일 것이다.

콰아아!

세 번째 계단에 오른발을 뻗으려는 순간 왼쪽 벽에 걸린 액자에서 주먹이 날아왔다. 계단을 오르기 위해 상체가 약간 앞으로 구부러져 있었기 때문에 공격을 맞이하는 것보다는 그냥 앞으로 엎어지는 것이 효과적이라는 판단이 들어 바닥으로 쓰러졌다. 물론 아직 많은 계단이 남아 있으므로 부딪치는 것보다는 피하여 체력 안배를 하겠다는 목적도 담긴 행동이었다.

쉬익!

주먹은 뒷덜미를 스쳐 지나가 계획은 성공한 듯했다. 하나 엎어진 바닥에서 시커먼 주먹이 또다시 올라왔다. 설마 넘어진 바닥에서 주먹이 또 솟아오를 것이란 생각은 꿈에도 못했지만, 어쨌든 얼굴을 들이대어 준 꼴.

"허억!"

예상치 못한 반전인데다 양손은 바닥을 짚기 위한 위치와 자세였기 때문에 손으로 쳐내기에는 늦었다. 순간적으로 실패라는 생각이 떠오르면서 동시에 가슴속에서 분노가 뻗쳤다. 불과 세 번째 계단에서 주저앉는다는 것은 도저히 참을 수 없는 수치였다.

"오냐, 너 죽고 나 죽자!"

곽무는 이를 악물며 얼굴을 향해 솟구쳐 올라오는 주먹을 향해 인정사정없이 이마로 박아버렸다.

이판사판이라는 악에 받친 공격.

계단에서 공격해 오는 주먹과 발은 나무로 만든 기관이기 때문에 뼈와 살로 된 주먹에 비해 강도가 세다.

빠아악!

박달나무로 된 주먹은 쪼개졌지만 그 대가는 처절했다. 이마가 깨지면서 피가 줄줄 흘러내렸다. 눈도 튀어나올 듯 아팠고 빠개질 것처럼 욱신거린다.

하나 해냈다는 기쁨에 곽무는 웃었다. 그리고 피는 곽무의 투쟁심에 불을 지폈다.

'오늘 천탑에서 죽자!'

한 번 피를 보자 두려움이 없어졌다. 네 번째 계단을 올라선 데 이어 순식간에 다섯 번째에 올라서서 천장에서 떨어지는 세 개의 검을 십자철독권으로 튕겨내며 여섯째 계단을 넘어 이층으로 가뿐히 올라섰다.

두 개 층인 낭관의 절반을 통과한 것이다.

덜커덩!

도전자가 이층에 오르면 일층 기관이 다시 바뀌면서 생기는 굉음이다. 곽무가 생각보다 일층을 빨리 통과하자 마녀가 천탑을 쳐다보며 놀라는 표정을 지었다.

그리고 이혈능을 쳐다보며 미소를 지었다.

순간 이혈능이 인상을 썼다.

"거 왜 아까부터 사람을 보고 자꾸 웃는 겁니까?"

마녀가 웃음을 지우며 물었다.

"너 제왕성에는 언제 들어왔느냐?"

이혈능은 시선을 천탑에 두고 대꾸했다.

"일 년 조금 지났습니다."

"혹시 너 무공을 익히기에는 근골이 아주 빼어나다는 소리 안 들어봤냐?"

"웬걸요? 귀 아프게 들었습니다."

"무척 좋은 골격이다. 더구나 몸속에서 은은한 서기가 풍기는 것이 뭔가 귀한 영약을 복용한 듯싶구나."

그제야 이혈능이 마녀를 쳐다보았다. 한눈에 만빙설련을 먹었다는 것을 알아차린 마녀의 안목에 놀란 것이다. 하나 표정은 일체의 변화가 없었다.

"어려서 보약 몇 첩 먹은 걸 가지고 그러시나 본데 별것 아닙니다."

이혈능은 대꾸할 일고의 가치도 없다는 듯 다시 천탑으로 시선을 옮기며 물었다.

"천탑에 도전하다 죽을 수도 있습니까?"

"죽지 않는 싸움도 있느냐?"

이혈능의 눈이 커졌다.

"같은 편인데 죽인단 말입니까?"

"천탑은 실전이다. 탑이 도전자의 적이 되는 셈이지. 평균 일 년에 십여 명씩 죽어나간다."

이혈능의 표정이 굳어졌다. 도전이 아니라 전쟁인 것이다.

세 번째 계단까지 올랐다. 이제 세 개의 계단만 더 오르면 폭우대 무사가 될 수 있다. 몇 군데 부상을 입었지만 견딜 만한 정도였다.

슥.

곽무의 오른발이 네 번째 계단에 닿았다.

"헉!"

곽무의 입에서 다급성이 터져 나왔다. 오른발이 막 올라서려는데 계단이 푹 꺼져 버린 것이다. 조심스럽게 발을 내딛었지만 네 번째 계단이 통째 밑으로 내려앉았기 때문에 그대로 추락할 판이었다. 위험은 그것으로 끝나지 않았다.

슈와악!

천장에서 두 개의 칼이 수직으로 내리꽂혔다.

자신에게 디딤판 없이도 몸을 솟구칠 수 있는 부운등공의 신법이 있다고 해도 머리 위에서 떨어지는 칼은 피할 수가 없다.

위기는 완벽했다.

그때 곽무의 눈이 가늘게 찢어졌다.

그것은 독오른 살모사의 눈빛과 다를 바 없었다.

"될 대로 되라."

타탁!

곽무는 망설이지 않고 천장에서 떨어지는 두 자루의 칼을 거머쥐었다. 맨손으로 칼을 잡았으니 손바닥이 베일 것은 자명한 이치.

하나 곽무는 도신을 있는 힘껏 양손으로 움켜쥐고 놓지 않았다.

주르륵!

대번에 피가 팔뚝을 타고 흘러내렸고 뜨거운 통증이 손바닥을 타고 온몸으로 퍼져 나갔다.

"크윽!"

악문 잇새로 비명이 터져 나왔다. 칼에 매달린 곽무의 몸은 뻥 뚫린 계단 밑으로 추락할 듯 떨어졌다. 하나 잠시 후 덜컹하는 소리가 들리며 칼은 원래 튕겨 내려왔던 천장을 향해 빠르게 올라갔다. 그에 따라 곽무의 떨어지던 몸 또한 빠르게 공중으로 이끌려 올라갔다.

타악!

그와 동시에 발아래 네 번째 계단이 원상태로 회복되었고 그제야 곽무는 도신을 쥐고 있던 손을 놓으며 바닥으로 떨어져 내렸다.

쿵!

곽무는 손부터 살폈다. 허연 뼈가 드러나 보일 만큼 손바닥 중간이 갈라져 있었다. 하지만 곽무의 입가에는 만족스런 미소가 떠올랐다.

'모든 기관은 원상태로 돌아간다.'

일층에서부터 자신을 위협했던 모든 기관 장치들은 공격한 뒤 반드시 원위치 되었다는 사실이 짧은 순간 떠올랐고, 그래서 과감히 칼을 잡았는데 예상대로 성공한 것이다.

찌이익!

조심스럽게 오른손으로 흑의 자락을 잡고 이빨로 찢어 길게 잘라냈다. 그리고 양 손바닥을 천으로 칭칭 동여맨 후 곽무는 다섯 번째 계단을 쳐다보았는데 두 눈이 파랗게 이글거리고 있었다. 이제 두 개만 오르면 그토록 목메이게 기다리던 폭우대 무사가 될 수 있었다.

계단을 한 번에 건너뛰어 버릴 수도 있다. 하지만 각 계단마다 기관이 설치되어 있고 사람의 발이 닿지 않으면 작동하지 않는다. 그래서 한 계단의 기관이라도 작동하지 않게 되면 자동으로 탈락이 된다.

처억!

다섯 번째 계단에 올라서는 순간 좌, 우측 벽이 갈라지며 강력한 장력이 밀려왔다. 사람의 것을 그대로 빼 닮은 박달나무로 만든 손바닥에서 살인적인 장력이 폭사되었다.

콰아!

슈욱!

계단의 폭은 이 장이 조금 넘는 거리. 더구나 소리를 느끼고 반응할 땐 이미 거리는 지척이었다.

곽무는 망설이지 않고 좌우에서 뻗어오는 장력을 향해 걸레조각이 되다시피 한 손을 말아 쥐고 그대로 부딪쳐 갔다.

딱— 따아악!

붕대로 칭칭 감은 양 주먹이 좌우에서 폭사해 온 장력과 정통으로 충돌했다. 기습받는 쪽이 무조건 불리할 뿐 아니라 거의 쪼개지다시피 갈라진 주먹으로 또다시 강력한 공격을 받아내자 정신이 혼미해질 만큼의 고통이 전해졌다. 앞에서나 뒤에서 받았다면 밀려나면서 충격을 조금은 완화시킬 수 있었을 텐데 그렇지 못했기 때문에 양팔에 고스란히 전해진 충격은 온몸을 걷잡을 수 없는 아픔 속으로 몰아넣었다.

"크어어억!"

아무리 비명을 삼키려 했지만 진저리가 날 정도로 아팠다. 중심을 잡을 수 없을 만큼 주위가 빙빙 돌았고 이를 깨물며 참았던 피가 입 밖으로 쏟아져 나왔다.

"으웨에엑!"

그러나 피를 질질 흘리면서도 곽무의 시선은 여섯 번째 계단을 노려보았다.

'저것만 지나면 된다!'

몸을 잔뜩 웅크린 곽무의 왼발이 마지막 여섯 번째 계단에 올라섰다. 올라서긴 했지만 다섯 번째 계단에서 입은 부상으로 중심을 잡지 못하고 비틀거렸는데 그때 느닷없이 또다시 좌우 벽이 갈라지더니 이번에는 주먹이 날아왔다. 다섯 번째 계단에서 좌우 벽으로부터 공격이 있었으므로 여섯 번째는 바닥, 아니면 천장일 것으로 예상하고 그쪽에 신경을 곤두세웠는데 또다시 좌우 벽이라니 완전히 허를 찔린 공격이었다.

"치사하군!"

곽무의 입술이 비틀렸다. 미리 정해진 기관 장치가 아니라 누군가 도전자의 상태를 봐가며 기관을 작동하고 있는 것이 분명했다. 그렇지 않다면 자신의 약점만을 골라 공격할 까닭이 없는 것이다.

마지막 여섯 번째 계단에서 선택할 수 있는 것은 오직 한 가지뿐이었다.

'너 죽고 나 살자!'

퍼어억!

시커먼 박달나무 주먹에 십자철독권을 쑤셔 박았다. 하지만 위세라고는 전혀 찾아볼 수 없는 빈약한 주먹이었다.

와지직!

뼈가 으스러지는 소리가 들리며 정신이 혼미해졌다. 하지만 곽무는 결코 쓰러지지 않고 낭관을 통과했다.

털썩!

삼층 바닥에 주저앉아 거친 숨을 내쉬는 곽무의 모습은 처참했다. 양손을 감았던 붕대는 이미 떨어져 보이지 않았고, 양 팔목이 부러진 듯 손이 덜렁거린다. 하지만 그의 얼굴에 고통의 빛이라고는 찾아볼 수가 없었다. 부러진 뼈쯤이야 붙이면 되고 내, 외상쯤이야 시간이 해결해 줄 것이다. 지금 제일 중요한 것은 마침내 제왕성의 폭우대 무사가 되었다는 사실이었다.

"큭큭!"

어깨를 들썩이며 웃었다. 원래 계획은 무사히 성공하면 천탑이 떠내려가라고 큰 소리로 웃는 것이었는데 너무 지쳐 웃을 힘이 없어 혼자 키득거릴 뿐이었다.

"해냈다. 난 이제부터 폭우대 무사다."

곽무는 벌렁 누워 거미줄 가득한 천탑의 어두운 천장을 올려다보았다.

이혈능은 은근히 긴장되었다. 떨어질 것이라는 생각은 추호도 하지 않았지만, 한 층의 계단을 오르는 데 반 각 가까이 시간이 걸린다고 했으므로 두 개 층이면 일각이다. 그런데 곽무가 천탑에 들어간 지 일각이 지나도록 아무런 소식이 없었다.

콧구멍을 후비며 유유자적하고 서 있는 마녀에게 어떻게 된 것이냐고 물으려는데 마녀가 먼저 입을 열었다.

"폭우대는 아무나 합격할 수 있는 기관이 아니다. 도전하는 놈들 중 오 할 정도가 합격하니까 쉽게 보는 경향이 있는데 제왕성에 들어오는 놈들의 면면을 본다면 생각이 달라질 것이다."

마녀가 천탑을 올려다보며 말을 이었다.

"제왕성에 자식을 들여보낼 정도면 그 가문은 이미 강호에서 명문으로 알려진 곳이다. 그런 집 자식들이 몸에 좋다는 영약 한두 첩 안 먹었겠느냐? 무공은 몰라도 내공은 이미 상당한 수준에 올라 있는 놈들인 만큼 연무당에서 일 년만 넘으면 대부분 강호 이류고수로 성장한다."

마녀의 말인즉 강호 이류고수들인데도 절반이 떨어지므로

폭우대에 합격하면 일류 턱밑이라는 설명이었다. 천탑 관문의 위력과 우수성을 설파하려는 의도인 듯했는데, 그때 돌연 이혈능의 눈이 빛을 뿌렸다.

천탑의 입구에 사람의 모습이 나타났다.

"서, 선배님!"

쓰러지지 않으려고 무척 느리게 걸어나오는 곽부의 몰골은 처참했다. 다가오는 곽무를 쳐다보는 순간 와락 눈물이 솟구쳤다.

"해냈군요."

씨익!

곽무가 자신을 보며 웃었다. 그것은 결국 성공했다는 자부심이었다. 그러나 곽무는 오래 서 있지 못하고 뒤로 벌렁 나자빠지고 말았다.

퍼어억!

곽무는 누워 하늘을 올려다보았는데 불현듯 지나간 일이 주마등처럼 떠올랐다. 가슴속에 묻어놓은 꿈이 어느 정도 이루어졌다고 생각했다.

몸이 몹시 피곤했다. 곽무가 폭우대로 떠난 이후 본격적인 강행군으로 피로가 쌓인 탓도 있겠지만 오늘 아침 따라 몸이 너무 무거웠다. 조금 전 묘시를 알리는 성내 종소리를 들었지만 몸이 물먹은 솜처럼 무거워 일어날 수가 없었다. 마음은 일어나야 한다고 외치고 있지만 몸이 꼼짝을 하지 않았다.

몇 번 뒤척이던 이혈능은 기어코 몸을 일으켜 세워 문을 열고 밖으로 나왔다. 밤새 눈이 내린 듯 십방의 마당이 온통 하얗다. 찬바람을 쏘이자 정신은 맑아졌지만 몸은 백 근의 쇠를 짊어지고 있는 듯했다. 지난 일 년 팔 개월 동안 하루도 빠지지 않고 해왔듯 이혈능은 마당 가운데 정좌하고 운기행공에 들어갔다.

"욱!"

운기를 시작하자마자 진기가 고삐 풀린 망아지처럼 단숨에 단전을 벗어나 요동쳤다. 난생처음 겪은 괴변에 이혈능의 안색이 급변했다.

'무슨 징조지?'

가슴이 서늘해지는 것을 느끼며 서둘러 육합범천혈심결을 운용하여 날뛰는 진기를 통제해 보려 했지만 전혀 듣지 않았다.

'도대체……'

이혈능은 이를 악물고 계속 통제를 시도했다. 하나 진기는 사방팔방으로 날뛰며 몸속의 여러 세맥으로 거침없이 분산되기 시작했다.

'흩어지면 안 된다!'

진기는 심법이 이끄는 대로 뭉쳐 집단으로 움직여야 한다. 자꾸 나눠지고 갈라진다는 것은 자신의 몸에 심각한 문제가 발생했다는 반증이었으므로 이혈능은 혼신을 다해 흩어지는 진기를 긁어모으려고 애썼지만 역부족이었다.

한순간 이혈능의 눈앞으로 주화입마라는 네 글자가 떠올랐다.

'안 돼!'

그것은 생각만 해도 섬뜩한 일이었다. 마음속으로 세빌 진기가 뜻대로 통제되기를 갈구하며 재차 육합범천혈심결을 운용해 봤지만 이미 내기는 사방으로 제각각 뻗어나갔다.

슈우우!

흩어진 진기들은 지악스럽게 온몸 곳곳의 경락을 들쑤시며 나돌아 다녔다. 이렇게 미친 듯 온몸을 돌아다니다가 종내에는 자신의 몸을 되돌아올 수 없는 주화입마라는 절망으로 던져 버릴 것이라는 생각을 떠올리자 혹한의 전율이 온몸을 옥죄었다.

그때 절망으로 안색이 검게 변해 있는 이혈능의 귓가로 창노한 목소리가 파고들었다.

"운기를 포기하지 마라."

고통으로 가물거리는 의식 속으로 들려온 목소리에 정신이 번쩍 들었다.

이혈능은 이를 악물고 손아귀를 빠져나가는 물고기를 가로채듯 재차 운기를 시도하여 사방팔방으로 흩어져 가는 진기를 끌어당기려 애썼다.

바로 그 순간 명문혈에 강한 충격이 전해져 왔다.

퍼억!

"크흑!"

허리가 끊어지는 고통에 이혈능은 비명을 흘렸다. 그런데 단 한 방에 뿔뿔이 흩어지던 진기들이 주춤거렸다. 그 기회를 놓치지 않고 이혈능은 너욱 육합범천혈심결을 높여 진기를 끌어당겼다.

퍽!

퍼퍼— 퍼억!

이혈능이 혼신을 다해 심법을 운용하는 것과 동시에 연거푸 가슴과 등 쪽 중요 혈도에 강한 충격이 전해졌다. 그것은 사방으로 흩어지는 진기를 한쪽으로 몰아 쫓는 효과를 가져다주었고 조금씩 진기가 구결에 따라 끌려오기 시작했다.

빠바바바박!

그것은 추궁과혈과 비슷했는데, 진기의 흐름을 쫓아 경락과 혈도를 부드럽게 해주어 진기가 빨리 끌려오도록 도와주는 것이었다. 진기가 통제되기 시작했다. 흩어진 진기가 단전 바로 위 천궐혈로 밀려들어 와 한데 뭉쳤다.

쏴아—악!

그런데 천궐혈의 진기가 이번에 뭉친 상태로 또 다른 한 곳을 향해 줄달음치기 시작했다.

'엇!'

좀 전과 다르게 흩어지지만 않았을 뿐 또다시 격렬하게 통제를 벗어나자 이혈능은 당황했다. 그때 또다시 창노한 음성이 들려왔다.

"걱정 마라. 지금은 제대로 흘러가고 있다. 아까와 달리 이제는 가로막으려 들지 말고 오히려 지금 진기가 달려가고 있는 임맥과 독맥으로 더욱 세차게 몰아붙여라."

임맥과 독맥이란 말에 떠오르는 것이 있었다. 그것은 무인이 어느 경지를 벗어나기 위해서는 반드시 돌파해야 하는 미증유의 관문이었다. 그곳을 뚫어야만 흔히 말하는 절정의 고수가 될 수 있고 종사의 반열에도 오를 수 있다. 암중 인물의 속뜻을 알아차린 이혈능은 젖 먹던 힘까지 다 쏟아 진기를 세차게 몰아갔다.

슈와아악!

무서운 속도로 솟구쳐 오르던 진기가 거대한 벽에 부딪쳤다.

콰앙!

하마터면 고통으로 의식을 놓을 뻔했다. 아픔에 어찌나 입술을 세차게 물었던지 피가 흘러내렸지만 이혈능은 천우신조의 기회라고 판단하여 다시 도전했다. 거대한 급류처럼 진기는 다시 임맥과 독맥의 두터운 벽을 향해 무서운 속도로 질주했다.

퍼어어억!

뜨거운 불길이 온몸을 휘감은 듯하더니, 한순간 봇물이 터지듯 통나무처럼 단단히 뭉쳐 있던 진기가 유유히 흘러나갔다. 뜨거운 사막에서 청량한 공기가 있는 숲으로 들어선 듯 온몸으로 퍼져 나가는 시원한 기운.

'생사현관이 뚫렸다!'

그때 귓속으로 다시 음성이 들려왔다.

"여기서 멈추면 안 된다. 진기를 일주천하여 임맥과 독맥을 완전하게 소통시켜라."

이혈능은 알 수 없는 인물의 지시대로 계속 운기조식을 취했다.

생사현관이 뚫려서인지 느낌부터가 다르다. 육중하고 무거운 내력이 육합범천혈심결을 따라 도도히 흐르기 시작했다. 가벼우나 경박하지 않고, 무거우나 두껍지 않은 힘이 느껴진다. 물먹은 솜처럼 무겁던 몸이 솜털처럼 가벼워졌고 복잡하던 머릿속이 물로 씻어낸 듯 맑아졌다.

이혈능이 눈을 떴다.

번쩍!

눈을 뜨자 가장 먼저 들어온 것은 마승이었다. 자신과 삼장의 거리를 두고 서 있었는데 이마에 땀방울이 맺혀 있는 것으로 보아 조금 전 자신의 몸 상태가 얼마나 급박했는지 짐작할 수 있었다. 의당 생명의 은인이므로 감사해야 하는데 쉽게 입이 떨어지지 않는다. 그래서 머뭇거리고 있는데 마승이 무거운 얼굴로 입을 열었다.

"지금 소화된 진기는 만빙설련과 아무런 상관이 없는 제삼의 힘이었다. 그 이전에 어떤 기연을 얻었느냐?"

등천쇄심도법 후반부로 갈수록 위력은 강해졌다. 위력이 강할수록 내공 소모 또한 많아지는 것은 당연한 이치. 그런데 몸속의 내공은 한정되어 있고 계속 강한 초식을 연마하자 당연히 피로가 누적되면서 몸이 무거워질 수밖에.

그런 와중에 운기조식을 취하자 몸속에 있던 형의 진기가 끌려 나오면서 생사현관이 뚫린 것이다.

"예."

이혈능은 짤막하게 대꾸했다. 주화입마라는 절대적 위기에 구해준 것은 틀림없이 고마운 일이었지만 그렇다고 형에 대해 털어놓을 수는 없었다. 고마움은 고마움이고 적은 적인 것이다. 도움을 받았다고 해서 피아의 경계가 모호해져서는 안 된다. 백열아홉. 이젠 해가 지났으므로 백이십 살 먹은 노인의 뱃속에 뭐가 들었는지 열여섯 살 인생으로서는 도저히 알 수가 없다. 마승은 이혈능의 대답을 예상한 듯 별다른 반응은 보이지 않았다.

"생사현관의 타통이 무엇을 의미하는지 아느냐?"

"조금은 압니다."

생사현관을 뚫지 못하고 일생을 마감하는 무인이 더 많다고 형은 말했다. 몸속의 기혈은 삼백육십 도 회전하면서 순환을 이루어야 하는데 임맥과 독맥이 막혀 있으면 진기가 되돌아온다는 것이다. 몸속의 피가 온몸을 돌면서 산소를 공급하여 건강을 유지시키는 것처럼 진기 또한 끊임없이 경락과 혈도를 돌면서 정화되고 증진되는데 임맥과 독맥이 그 기능을 막아버리는 것이다.

그래서 생사현관이 뚫리지 않으면 발전의 한계에 부닞친다고 했다.

"앞서 얘기했지만, 넌 누구보다도 강할 수 있는 조건을 갖고 있는데 생사현관까지 뚫려 이젠 날개까지 단 꼴이 되었다. 게으름만 피우지 않는다면 오래지 않아 강력한 고수가 될 것을 믿어 의심치 않는다."

"궁금한 것이 있습니다."

"왜 널 도와주느냐고 묻고 싶은 것이냐? 강해져라, 그러면 그 이유를 알게 될 것이다."

그리고 예의 번개 같은 신법을 펼쳐 종적을 감추어 버렸다. 일 년 팔 개월 동안 적지 않게 성장했는데도 떠난 모습을 볼 수가 없다. 도대체 사람이 그토록 빠르게 사라질 수 있다는 것이 이해가 되지 않았다.

第九章

제왕지도(帝王之道)

시련의 연속 끝에 마침내 웅크렸던 몸을 일으켜 찬비한다!

복수를 위해 제왕성에 뛰어든 소년에게 닥친 엄청난 고난과

신비하며 때로는 악마의 모습들을 갖춘 소림삼십칠방의 등장!

험난하고 고독하며 위력적이고 놀라운 곳 그곳의 문이 열린다!

『소림삼십칠방(少林三十七房)』

세월은 빠르게 흘러갔다. 이혈능은 어느새 제왕성에서
세 번째 겨울을 맞이하고 있었다. 제왕성에 들어온 지 정확히
이 년 하고 육 개월이 지난 것이다. 신체는 이제 소년기를 지
나 청년기로 전환 중에 있었고, 무예는 등천쇄심도법 전 십팔
식 중에서 십오식을 깨우치고 있었다. 그동안 폭우대에 진출
한 곽무가 한 번 다녀갔다. 특히 석 달 전에 찾아왔을 땐 곧
추룡대에 도전할 것이라고 했는데 풍기는 기세가 연무당을
떠날 때와는 천양지차였다. 눈매의 날카로움은 물론이려니
와 몇 번 강호로의 출전 경험까지 더해져 곽무는 이제 늠름한
무사가 되어 있었다.

마승은 생사현관을 타통시켜 준 그날 이후 한 번도 나타나지 않았다. 물론 탈혼도백도 보지 못했다. 반년 전쯤 마을태부당주가 지나가는 말로 두 사람 모두 출타 중이라는 말을 들었던 기억이 그들의 동정에 대한 전부였다.

"후우!"

여전히 평소와 다름없이 아침 일찍 일어난 이혈능은 운기조식으로 하루를 시작했다. 진기의 소통은 더욱 원활했고 이젠 운기조식을 취하면 흐릿하지만 머리 위로 세 개의 연꽃이 만들어졌다.

이름하여 삼화취정(三花聚精).

생사현관이 타통되고 본격적인 성장의 세계에 진입하여 첫 열매를 맺는 것이 삼화취정의 단계다. 내공에도 각 단계가 있는데 삼회취정의 바로 윗단계가 오기조원(五氣造元)으로 '다섯 기운을 조절하여 으뜸이 된다'는 단계이다.

한 번 더 도약하면 화롯불이 맑은 청색이 된다는 노화순청(爐火純靑)인데, 이 경지에 이르면 안광을 갈무리할 수 있어 겉으로는 무공을 전히 익히지 않은 사람처럼 보인다.

머리 위에 피어난 흐릿한 세 송이 연꽃이 콧구멍 속으로 빨려 들어가고 잠시 후 이혈능이 눈을 뜨자 두 눈에서 맑은 정광이 줄기줄기 폭사되었다.

이혈능은 곧바로 옆구리에 차고 있는 칼을 뽑아 들었다.

멈칫!

칼을 반쯤 세우던 이혈능이 다시 내리며 도신을 살폈다.

그동안 등천쇄심도법을 연마하면서 수천, 수만 번을 휘둘렀다. 특히 도법의 위력을 검증해 보기 위해 나무와 바위에 수를 헤아릴 수 없을 만큼 부딪쳤는데도 칼은 멀쩡했다. 벌건 녹도 그대로 붙어 있었고 날 한 조각도 상하지 않았다는 것을 지금 발견한 것이다.

'거참, 희한하군.'

이혈능은 형의 칼이 평범하지는 않다는 것을 느꼈다. 보통 칼이라면 이미 수십 번은 부러졌어야 했다.

이혈능은 다시 칼을 세웠다. 오늘 연마할 초식은 등천쇄심도법 제십육식 항룡유회(亢龍有悔), 하늘 끝까지 날아오른 용은 후회한다는 뜻을 가진 오 초(五招)로 만들어진 식.

하늘 끝까지 올라봤자 더 이상 대적할 적이 없으므로 후회하지 않기 위해 적당한 선에서 오르기를 멈춘다는 광오하기 이를 데 없는 도식이었다.

'마음에 드는 초식이군.'

이혈능이 만족스런 미소를 지으며 칼을 세웠다. 그냥 누구에게서나 볼 수 있는 지극히 평범한 자세.

분명히 기수식 등천룡이었는데 처음과는 많은 차이가 있다. 따뜻한 봄 햇살이 눈부시어 약간 눈살을 찌푸린 소년의 권태까지도 살짝 엿보이는 능숙한 자세.

"패 죽일 놈, 언제 봐도 폼 하나는 죽인단 말이야."

도접이 다가오고 있었다. 여전히 앞가슴에 칼을 끌어안고 있었는데 십팔도형을 남기고 떠난 첫 방문 이후 오늘로 벌써 네 번째 찾아오는 것이다.

네 번째라는 것 때문인지 도접을 맞이하는 이혈능의 표정도 제법 여유가 있었다. 간단한 목례로 예를 취했지만 그렇다고 무례한 느낌은 전혀 들지 않았다.

도접이 이혈능을 빤히 쳐다보았다.

"뭘 그렇게 쳐다봅니까?"

"쯧쯧! 아직도 턱 밑이 매끈하구나."

이혈능이 인상을 찌푸렸다. 도접은 찾아올 때마다 자신을 어린애 취급 했다.

"남자 턱 밑에 수염이 났는지 안 났는지 검사나 하고, 대주님께서는 그렇게 할 일이 없으십니까? 그러는 대주님께서는 얼마나 늙었기에 얼굴이 그렇게 깨밭 천지입니까?"

이혈능이 사정없이 쏘아붙이자 도접의 인상이 벌게졌다. 그리고 점차 인상이 돌덩이처럼 굳어졌다.

"이 새끼 말하는 것 좀 봐라. 너, 지금 내 얼굴을 깨밭 천지라고 했냐?"

"그것도 들깨 밭입니다."

"너… 너!"

"저 바쁩니다. 수련해야 하니 비켜주십시오."

"누가 수련을 방해했다고 그래. 수련하면 될 것 아니냐?"

"옆에 계시니까 신경 쓰이잖아요."

"너, 말이면 단 줄 알아. 이 자식 진짜 많이 컸네. 너 앞으로 조심해!"

이혈능을 잡아먹을 듯 노려보던 도접이 등을 돌렸다. 막상 도접이 화를 내며 등을 돌리고 떠나자 이혈능은 멈칫했다. 지난 이 년 넘도록 겪어본 도접은 겉으로만 차가워 보일 뿐 누구보다도 다정다감한 여자였다. 특히 세 번째 방문했을 때는 놀랍게도 자신이 직접 만들었다면서 꿩 만두를 가져오기까지 했다. 비록 추룡대라는 무시무시한 집단의 수장이며 상관이었지만 한편으로는 마음을 털어놓고 싶은 누나 같은 여인이었다.

"대주님, 잠깐 기다리세요."

이혈능이 사라지는 도접을 불러 세웠다. 도접이 돌아서더니 짜증스럽게 물었다.

"뭔데?"

이혈능이 씨익 웃었다.

"그런다고 진짜 가는 거예요? 에이, 오셨으면 물이라도 한잔 드시고 가셔야죠. 얼른 이리 좀 앉으세요."

잽싸게 소매 춤으로 마루를 닦아 치웠다. 굳은 표정으로 자신을 노려보는 도접을 향해 이혈능이 애교있는 웃음을 지었다.

"들깨 밭이라고 말해서 화나셨어요? 여자는 젊으나 늙으나 잘 삐친다더니 틀린 말이 아니군요."

도접이 버럭 소릴 질렀다.

"이 자식, 말하는 것 좀 봐! 누가 삐쳤다고 그래!"

"아니면 얼른 앉으세요."

도접이 눈을 흘기며 마루에 걸터앉았다. 이혈능은 잽싸게 우물가에서 물 한 바가지를 떠다 내밀었다.

"목마르실 텐데 드세요."

바가지째 내미는 이혈능을 보며 도접이 풀썩 웃었다.

"저번에도 바가지에 물을 떠주더니, 여긴 잔 같은 건 하나도 없느냐?"

"다음에 오실 땐 잔에 따라 드릴 테니 오늘은 그냥 바가지째로 드세요."

"안 마셔, 임마! 아침부터 누가 물 마시냐? 술이라면 모를까."

이혈능이 눈을 크게 떴다.

"술도 할 줄 아세요?"

도접이 바가지를 마루에 놓고 일어섰다. 이혈능이 눈을 치켜뜨며 물었다.

"왜 일어서시는 겁니까?"

"일 나가다 잠깐 들렀다."

이혈능이 눈을 크게 떴다. 일을 나간다는 건 상부의 명령을 받고 출전(出戰)한다는 뜻이다.

"이번엔 또 누굽니까?"

"상대가 조금 세다. 이번에는 상당히 오랫동안 돌아오지 못할 거야."

도접이 깊은 시선으로 이혈능을 보며 말했다.

"그동안 네놈이 너무 오만해질까 봐 말 안 했는데."

이혈능의 눈이 반짝였다.

"뭔데요?"

"너 상당히 세졌어. 대단히 발전했다는 뜻이야. 나도 똑똑하다는 말 많이 들었지만 너야말로 놀라운 놈이다. 이번에 일 끝내고 돌아오면 상대 한번 해주겠다."

이혈능의 눈이 커졌다.

"비무 상대가 되어주시겠단 말입니까?"

"안 봐준다. 맞아 뒈지기 싫으면 열심히 수련해라."

자신보다 뛰어난 고수가 비무 상대가 되어준다는 것은 홍복이다. 더구나 똑같은 등천쇄심도법을 사용한다면 쌍수를 들어 기뻐해야 할 일이었다.

도접이 어깨를 한 번 탁 치곤 걸어갔다. 칼을 끌어안고 약간 웅크린 듯 걸어가는 도접의 모습이 마치 늑대 같았다.

"대주님!"

이혈능이 부르자 도접이 걸음을 세우고 돌아섰다.

"몸조심하십시오."

도접이 환하게 웃었다. 순간 이혈능의 눈이 커다랗게 떠졌

다. 차갑고 냉혹한 여인으로만 세간에 알려진 그녀의 얼굴이
흰 박꽃처럼 소담하게 피어나고 있었다. 그녀의 미소는 너무
도 아름다웠다.

〈1권 끝〉

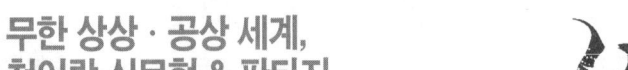

지금 유전자가 말하는 사랑과 성의 관한 솔직 대담한 진실이 펼쳐집니다!

남편의 후광을 등에 업는 것은 까마귀와 인간뿐…

모두에게 바보 취급받던 독신 암컷이 단번에 인생대역전을 해서
서열 1위인 수컷의 아내 자리를 차지할게 될 수도 있다는 말입니다.
모든 여성이 이상형의 남자와 결혼할 수 있는 것은 아닙니다.
적당한 선에서 타협하여 적당한 사람과 결혼하지요.
하지만 솔직히 말해서 당연히 멋진 남자가 더 좋지 않겠습니까?
따라서 여성은 생각합니다.
'그럼 어떻게 하지? 유전자만이라면 가질 수 있어!'
그리하여 장기계획형이나 단기승부형과 같은 여러 가지 방법의
외도가 생겨나는 것입니다.
물론 모든 여성이 이를 실행에 옮기지는 않습니다.

하지만 기회가 있다면 어떨까요?
다른 조건과 이미 타협을 봤다면?
남편이 사소한 일은 눈치 못 채는 둔한 남자라면?
뭔가 유전자의 음모가 느껴지지 않습니까?

실패를 모르는 남자 선택법!
「내 남자친구는 왼손잡이」 법칙

어째서 여성은 왼손잡이 남성에게 마음이 끌리는 걸까요?

여기서 기억해야 할 것은 몸의 좌우와 뇌의 좌우는 원칙적으로 반대 관계라는 점입니다.
따라서 왼손잡이 남성은 우뇌가 발달했습니다.
발달했다는 사실이 왼손잡이를 통해 반영된 것입니다.

그리고 두 번째로 생각해야 할 것은 우뇌는 남성 호르몬의 일종인 테스토스테론에 의해 발달한다는 점입니다.
요약하자면 왼손잡이 남성은 우뇌가 발달했는데, 그것은 테스토스테론 수치가 높기 때문입니다.
그것은 다름 아닌 생식 능력이 높다는 것을 의미하지요.

「내 남자 친구는 왼손잡이」에 감춰진 의미는… 내 남자 친구는 생식 능력이 높아… 인 것입니다.

초등학생이 반드시 읽어야 할 좋은 책 49권

각 학년별로 초등학생이 반드시 읽어야할 좋은 책을 선정하여 통합논술의 기본이 되는 '올바른 독서법'을 일깨워 줍니다.

교과서와 함께하는
초등학교 통합논술

초등1학년 | 값 12,000원 / 초등2학년 | 값 9,500원 / 초등3학년 | 값 11,000원 / 초등4학년 | 값 9,500원 / 초등5학년 | 값 9,500원 / 초등6학년 | 값 11,000원

♣ 혼자 할 수 있어요.

엄마가 책 읽는 방법을 가르쳐 주어도 좋아요.
독서지도하는 선생님이 가르쳐 주어도 좋답니다.
"초등 교과서와 함께하는 **통합논술 시리즈**"는
아이 스스로 독서할 수 있도록 꾸며진 책이에요.
엄마와 선생님은 요령만 가르쳐 주시면 된답니다.

♣ 교과서의 중요한 내용이 총정리되어 있어요.

각 학년별로 중요한 교과 내용이 함께 수록되어 있어요.
초등학생은 교과서 내용을 충실하게 공부해야 합니다.
아울러 그와 병행한 독서가 대단히 중요하지요.
"초등 교과서와 함께하는 **통합논술 시리즈**"는
두 가지 방법 모두 알려준답니다.

♣ 이 책은 훌륭하신 선생님들이 함께 쓰신 책이랍니다.

동화작가 선생님들이 쓰셨어요. 소설가 선생님도 쓰셨답니다.
국어 논술독서지도 선생님들도 함께 쓰셨지요.
"초등 교과서와 함께하는 **통합논술 시리즈**"는
엄마의 마음으로 모든 선생님들이 함께 꾸민 책이랍니다.

입소문을 통해 아는 분은 다 알고 계십니다!
올 한해 공인중개사 최고의 화제작!

1~2권 합본 | 이용훈 지음
3~4권 합본 | 이용훈 지음
5~6권 합본 | 이용훈 지음
용 어 해 설 | 이용훈 지음

수험생 기본 필독서
만화 공인중개사

제목 : 만화공인중개사 쓰신 분에게 감사드립니다.

학원을 두 달 다녔어요. 근데 과연 그 숫자 외우기 그런 게 몇 문제나 나올까 생각을 했어요.
아니라는 생각이 드네요. 학원강의를 뒤로하고 서점을 갔어요. 내 머리에 가장 이해될 수 있는
책이 없나 하구요. 거기서 만화를 발견했어요. 무조건 세 번 봤어요. 3개월 걸렸어요. 문제집을 보라고
했는데 그건 시행을 못했어요. 근데 합격을 했네요.
어떻게 감사의 말을 해야 될지…….
도서관에서 만화책 들고 다니니까 사람들이 비웃더라구요. 만화책으로 공인중개사를 공부한다고
미친 사람처럼 보더라구요. 근데 그거 다 감수하고 했던 내가 자랑스럽습니다.
어떻게 감사의 말을 해야 할지… 정말 감사합니다.
부디 행복하세요. 제 나이 41살에 좋은 스승을 만난 것 같습니다.
엎드려 감사드립니다.

—본사 홈페이지에 독자분이 올린 메일 中 에서 발췌—